# SI UN JOUR TU ES À MOI

Titre original : If you were mine

Photo de couverture : InnervisionArt / Shutterstock
Couverture : Laëtitia Kalafat

Pour la présente édition :


34-36 rue La Pérouse
75116 Paris
www.hugoetcie.fr

Collection New Romance ® dirigée par Hugues de Saint Vincent
Ouvrage dirigé par Sylvie Gand
ISBN : 9782755636024

NEW ROMANCE®

Melanie Harlow

# SI UN JOUR TU ES À MOI

Traduit de l'anglais (américain)
par Fabienne Vidallet

Hugo Roman

*Pour les femmes de ma vie… qui sont toutes des dures à cuire.*

*Ce qui embellit le désert, c'est qu'il cache un puits quelque part.*

Antoine de Saint-Exupéry

# Chapitre 1

## Claire

Je n'avais pas l'intention de mentir – ça m'a échappé.

Je ne suis même pas une bonne menteuse. Chaque fois que je raconte un bobard, mes oreilles se glacent et me picotent si fort que je dois les frotter. Pour de vrai. Quand j'étais gamine et que ma mère nous soumettait, ma sœur Giselle et moi, à un interrogatoire serré pour savoir qui avait fait n'importe quoi avec le dentifrice, oublié de sortir le chien ou mangé tous les cupcakes en laissant les emballages sur le plan de travail, elle disait que je me trahissais toujours en me touchant les oreilles. (Giselle, évidemment, était une menteuse incroyable. Elle était incroyable pour tout.)

J'étais donc toute prête à répondre sincèrement. J'avais les mots sur le bout de la langue : *Eh non, en réalité, je n'ai pas trouvé de cavalier pour m'accompagner à ton mariage. Je viens toute seule.*

(*Toujours seule* : *les mémoires de ma vie sexuelle*, par Claire French.)

— Ce n'est pas grave si tu n'as pas de plus un. Il faut juste que tu me le dises pour que je sache combien j'ai d'invités.

Mon ami Elyse, la future mariée, m'a coincée près de la photocopieuse de l'école élémentaire où nous enseignons toutes les deux. Son expression hésitait entre la compassion (« je suis désolée que tu sois toujours célibataire ») et la reconnaissance (« Dieu merci, moi, j'ai trouvé quelqu'un »).

— Il y aura une table des célibataires et elle est bien pleine, a-t-elle ajouté. Qui sait ? Tu rencontreras peut-être quelqu'un !

Oh non. La table des célibataires.

J'ai été reléguée à cette table assez de fois pour savoir que ce n'est absolument pas l'endroit où j'ai envie de passer un samedi soir. Ni aucun autre soir. Y a-t-il pire endroit dans tout l'Univers que la table des célibataires ? Je me souviens du dernier mariage où je me suis rendue seule. Mes compagnons de table formaient un éventail hallucinant de gens étranges : un gars m'a parlé des nouveaux draps que sa mère venait de lui acheter (des draps Spider Man), un autre m'a expliqué au bout de cinq minutes que son *safe word* était « rutabaga » et un troisième s'est plaint en continu du fait que son personnage préféré dans *Game of Thrones* venait d'être assassiné (« Non mais sérieux : toutes les scènes dans lesquelles on l'a vu sont un mensonge ! ») Un peu plus tard, j'ai attrapé le bouquet et je peux affirmer sans plaisanter avoir entendu un soupir de soulagement collectif dans la foule, suivi d'un commentaire qui à mon avis émanait de ma mère et qui disait : « Merci mon Dieu ! »

Je ne peux pas m'infliger ça de nouveau.

Et c'est comme ça que, tandis que je récupère mes photocopies dans la machine, je m'entends dire :

— Je viens avec quelqu'un.

Mes oreilles commencent déjà à picoter et je me cramponne à mes papiers pour éviter de les frotter.

— Vraiment ?

J'essaie de ne pas me formaliser de la stupeur que j'entends dans sa voix. Ce n'est pas comme si je ne sortais jamais avec des hommes. C'est juste que la plupart des mecs que je rencontre sont de gros connards.

— Oui. Je vais te renvoyer le carton tout de suite. Je suis désolée d'avoir traîné.

— C'est pas grave. C'est génial, Claire. Je ne savais pas que tu avais quelqu'un.

Nous sortons toutes les deux du bureau et nous gagnons le couloir. Sa classe, celle des CM1, est juste en face de la salle de dessin. La mienne. Fut un temps où Elyse et moi étions très amies, mais depuis qu'elle est fiancée, c'est-à-dire depuis deux ans, nous nous fréquentons beaucoup moins. Je peux peut-être m'en tirer si elle ne se montre pas trop curieuse…

— Tu étais très occupée par le mariage et ça ne fait pas si longtemps que nous sortons ensemble.

Je marche vite. Plus vite je gagnerai ma salle de classe, mieux ce sera. Elyse est très bavarde et elle adore les commérages.

— Ça fait combien de temps ?

— Environ deux mois.

— Ouah ! Je suis super contente pour toi. Comment ça se passe ?

— Génialement bien ! je m'écrie sur un ton un peu trop enthousiaste.

— Il est mignon ?

— Sublime.

— Il ressemble à quoi ?

— Euh… Il est blond. Les yeux bleus. Un look un peu baroudeur quand il oublie de se raser.

En réalité, je suis en train de décrire mon fantasme, c'est-à-dire Ryan Gosling.

Elle baisse la voix.

— Et au lit ? Il est bon ?

— Fabuleux.

(Mon autobiographie, *Toujours seule*, serait pleine d'histoires nous concernant, Ryan et moi. Entre nous, ça marche du feu de Dieu.) J'atteins la porte de ma salle juste au moment où la sonnerie retentit et je pousse un soupir de soulagement.

— Allez, bon cours !

Je me glisse dans ma salle en lui adressant un petit signe de la main et je referme la porte derrière moi.

Je laisse immédiatement tomber mes photocopies sur le bureau le plus proche pour me frotter vigoureusement les oreilles. Elles sont *vraiment* froides. J'ai fait des recherches sur Internet un jour et j'ai découvert que l'angoisse éloignait le sang de mon visage. C'est plutôt logique, puisque mentir m'angoisse. En réalité, beaucoup de choses me rendent anxieuse. J'aimerais bien avoir davantage confiance en moi, mais j'ai l'impression que Giselle a pris toute la confiance disponible de la famille. C'est peut-être pour ça qu'elle vit à New York et qu'elle réalise son rêve à Broadway tandis que j'habite toujours dans la ville où nous avons grandi, à moins de deux kilomètres de nos parents, et que j'enseigne l'art dans l'école primaire que nous avons fréquentée enfants.

— Mais comment tu peux supporter ça ? Tu n'as jamais envie de partir d'ici ? me demande souvent ma sœur.

Est-ce si horrible de ne pas en avoir envie ?

J'ai des rêves, moi aussi ; ils sont juste plus simples. Tranquilles. Moins brillants. Je voudrais fonder une famille. Je voudrais inciter les enfants à créer et à apprécier l'art dans leur vie, à trouver de la beauté dans des endroits inattendus. Et j'aimerais, un jour, voir mes propres œuvres exposées dans une galerie, ou dans le cadre d'une exposition ou même en vente dans une boutique de souvenirs, peu importe. Mais jusqu'ici je n'ai jamais trouvé le courage de démarcher qui que ce soit. Bientôt. Peut-être.

— Nous sommes tellement différentes, a coutume de dire Giselle.

Elle vit à cent à l'heure, elle veut être le centre de l'attention en permanence et elle y parvient parfaitement : elle n'est jamais plus heureuse que lorsqu'elle est sur une scène, costumée et maquillée. Quand nous étions au lycée, j'étais ravie de peindre le décor et de faire partie de l'équipe technique, habillée de noir afin que personne dans le public ne puisse me voir. J'applaudissais Giselle depuis les coulisses plongées dans l'obscurité, et j'étais très heureuse.

Tout le monde n'a pas l'étoffe d'une étoile.

Tout en préparant le matériel pour les cours du matin, je réfléchis de nouveau au problème de mon plus un, qui est en réalité bien plus qu'un problème de cavalier : c'est un problème de petit ami. Merde. Est-ce qu'au moins je connaîtrais quelqu'un qui correspond à la description que j'ai faite à Elyse ?

Si c'était le cas, tu ne serais pas célibataire, idiote.

C'est juste. Je fronce les sourcils tout en disposant les pinceaux sur chaque bureau. Je pourrais peut-être prétendre qu'il est tombé malade. Je pourrais renvoyer le carton d'invitation en disant que nous serons deux, histoire qu'Elyse ne me place pas à la table des célibataires, et me pointer toute seule en disant qu'il a la migraine ou un truc du genre.

Oui, c'est ça ! Ce plan est parfait.

Du moins, il l'aurait été, si Elyse avait tenu sa langue. Durant la journée, les autres professeurs des écoles et le personnel administratif ne cessent de venir me voir pour me dire qu'ils ont appris, pour mon petit ami super sexy, et qu'il leur tarde de le rencontrer au mariage. Et ils ajoutent des choses du genre : « Enfin, hein ? », ou : « Il était temps ! »

En rentrant chez moi, le soir, je mets dans la balance l'humiliation de me pointer toute seule et la difficulté de trouver quelqu'un pour jouer le rôle de mon petit ami. Je décide que l'humiliation serait pire. Même si on met de côté le problème de la table des célibataires, j'en ai ras-le-bol qu'on me taquine en permanence sur mon statut. Est-ce que les gens croient que je ne veux pas rencontrer quelqu'un ? Est-ce qu'ils pensent que c'est facile pour moi de voir mes amis tomber amoureux et se fiancer tandis que ma vie sentimentale va de mal en pis ? Est-ce qu'ils savent à quel point il est difficile de me regarder dans le miroir et de me demander ce qui cloche chez moi parce que j'ai trente ans et que je ne suis jamais tombée amoureuse ? Giselle n'a qu'un an de plus que moi mais elle a déjà été amoureuse une cinquantaine de fois – du moins, c'est ce qu'elle prétend –, et elle a commencé à quatorze ans. Elle a même été fiancée une fois. Très, très brièvement.

Ce n'est pas comme si je n'avais jamais essayé de rencontrer quelqu'un. J'ai plus de rencards que quiconque. Je laisse tout le monde me présenter des mecs – de ma mère à ma coiffeuse en passant par mon prof de yoga – et j'ai essayé toutes les applis de rencontres du monde.

J'ai rencontré quelques types pas mal, pour être honnête. Mais je n'ai jamais ressenti cette chose, ce truc qui accélère le rythme cardiaque et qui vous coupe le souffle comme dans un téléfilm romantique. Je sais que ce sentiment existe parce que je l'ai souvent lu dans les romans, que je l'ai vu dans les films et même dans la vraie vie. Avec Giselle, évidemment. C'est un vrai cœur d'artichaut, et elle change d'avis sur les hommes aussi facilement qu'elle change de costume. Mais mes deux amies les plus proches, Jaime et Margot, sont follement amoureuses de leurs petits amis et Margot vient de se fiancer. Je vois ce qu'elles vivent et je veux la même chose. Je crois en l'âme sœur et je veux trouver la mienne.

Mais elle est où, bordel ?

* * *

— J'abandonne, dis-je à Jaime ce soir-là lors de notre traditionnelle sortie du mercredi entre filles.

Nous ne sommes que toutes les deux puisque Margot a déménagé dans la ferme de son fiancé, à deux heures de route au nord de Détroit, et qu'elle ne vient nous voir qu'une ou deux fois par mois.

— Je vais mourir vieille fille.

Jaime lève les yeux au ciel.

— Ne sois pas ridicule. Si je peux tomber amoureuse, alors ça peut arriver à tout le monde. Et regarde Margot : elle est fiancée avec un agriculteur, putain ! Ces choses-là arrivent quand on s'y attend le moins.

J'acquiesce, maussade. Mes deux meilleures amies ont rencontré l'amour quand elles ne s'y attendaient pas, mais je n'ai ni la personnalité flamboyante de Jaime ni l'élégance de Margot. J'ai l'impression qu'il y a des choses en elles qui attirent les hommes, des qualités que je ne possède pas. Elles ont toutes les deux un truc en plus, comme ma sœur. Je sais que je suis jolie, mais à côté d'elles, je me sens transparente.

Jaime est une véritable bombe, sexy, plantureuse et brune, tandis que Margot possède une beauté éthérée dans le genre de Grace Kelly. Pour ma part, je ne suis pas mal fichue, j'ai hérité des yeux vert-gris de ma mère et j'ai de beaux cheveux ; mais rien d'extraordinaire.

Si nous étions des parfums de glaces, Jaime serait quelque chose de fun comme « Gâteau d'anniversaire » et Margot quelque chose de classique, genre praliné, alors que moi je serais l'ennuyeuse vanille. Sympa, jamais décevante, mais sans intérêt. Le truc qu'on commande quand le glacier est à court de son parfum préféré.

— C'est à cause du mariage d'Elyse ? demande Jaime sur un ton accusateur tout en ramassant ses cheveux en une queue-de-cheval basse.

Je m'accoude au comptoir du bar en soupirant, le front sur les mains.

— Je pense.

— Tu n'as pas trouvé de plus un ?

— Non. Et Elyse me harcèle. J'étais sur le point de lui dire que j'allais venir seule quand elle a évoqué la table des célibataires.

Jaime laisse échapper un petit bruit de dégoût.

— La table des célibataires. J'espère que Margot ne va pas nous infliger ça. Je hais les mariages.

Je sirote une gorgée de mon cabernet. Margot se marie juste avant la Saint-Valentin : encore une fête à redouter.

— Au moins, au mariage de Margot, je serai à la table d'honneur. Et je n'aurai pas besoin d'être accompagnée puisque je suis demoiselle d'honneur.

— Je ne comprends pas pourquoi tu vas à ce mariage. Tu ne fréquentes même plus vraiment Elyse.

Je grimace.

— Je sais, mais je culpabiliserais. Je dois y aller. Et maintenant, c'est pire, puisque je lui ai dit que je venais avec mon petit ami.

Jaime s'étouffe avec son Martini et repose le verre si brusquement qu'il déborde.

— Ton quoi ?

— Mon petit ami. Tu sais, celui qui ressemble à Ryan Gosling et qui baise comme une rock star.

— Pardon ? (Elle jette un coup d'œil autour d'elle comme si elle s'attendait à voir surgir un caméraman pour une émission de télé.) J'ai raté quelque chose ?

Je soupire tout en secouant la tête.

— C'est tellement débile. L'idée de me retrouver à la table des célibataires m'était tellement insupportable que j'ai inventé un petit ami.

Jaime éclate de rire.

— Je ne vois pas ce qu'il y a de drôle. (J'avale une autre gorgée de vin.) Qu'est-ce que je vais faire, maintenant ?

— Tu ne peux pas trouver une raison à son absence ?

— C'était ce que j'avais prévu, mais Elyse a parlé de lui à tout le monde et je sais que si je viens seule ils devineront que j'ai menti. (Je m'affale sur mon tabouret, abattue.) Est-ce que Quinn ne connaîtrait pas un mec célibataire, super sexy, blond aux yeux bleus ?

— Je ne pense pas. Si c'était le cas, je te l'aurais déjà présenté.

— En réalité, je m'en fiche qu'il soit célibataire. Je suis un peu désespérée. Ce n'est que pour un soir, et je jure que je ne poserai pas la main sur lui. Il peut même être gay. Est-ce que ton frère aurait un ami gay mignon que je pourrais lui emprunter ?

— Waouh, tu es vraiment désespérée, constate Jaime en pouffant. Tu veux que je te prête Quinn ? Ses cheveux sont châtains et il a les yeux bleus.

Je pousse un petit cri.

— Jaime, c'est une idée de génie ! (Pendant une seconde, tous mes problèmes sont résolus, puis je me souviens soudain pourquoi ça ne peut pas marcher.) Oh, attends. Elyse a rencontré Quinn à mon dîner d'anniversaire il y a deux ans. Juste au moment où vous avez commencé à sortir ensemble.

— Ah oui, c'est vrai, le dîner auquel il s'est invité en prétendant que nous étions en couple. (Le souvenir fait rire Jaime.) J'ai eu envie de le tuer, ce soir-là.

— Je sais.

Pour les autres personnes présentes ce soir-là, il était évident que Quinn et Jaime étaient faits l'un pour l'autre et qu'il était fou d'elle mais elle passait son temps à le repousser. Et puis Margot a rencontré son fiancé, Jack, quand elle a été embauchée pour faire de la publicité pour sa ferme. Au début, ils ne se supportaient pas, mais ils sont tombés fous amoureux l'un de l'autre en moins d'une semaine. Je suis heureuse pour eux, vraiment, mais je ne peux m'empêcher de me demander ce que je fais de travers : pourquoi est-ce que je ne trouve pas l'amour alors qu'il a l'air de tomber du ciel sur toutes les personnes de mon entourage ? Je fais signe au serveur de me servir un deuxième verre de vin.

— Pourquoi est-ce que c'est si compliqué ? Est-ce que j'essaye trop ? Est-ce que je suis trop exigeante ? Est-ce que c'est la faute de mes cheveux ?

— De tes cheveux ?

Je ramène avec nervosité mes longues boucles blondes sur une épaule. Je suis récemment revenue à ma couleur naturelle.

— Oui. Peut-être qu'ils me rendent transparente. Est-ce que j'ai l'air trop pâle ? Insipide ?

Elle lève les yeux au ciel.

— Tu es folle à lier. Tes cheveux sont très bien. J'adore ce blond. Ça me rappelle quand on était gamines.

Un deuxième verre de vin surgit devant moi et j'en bois une longue gorgée.

— Pourquoi est-ce qu'on ne peut pas louer un petit ami pour une nuit exactement comme on loue un film ?

Elle me sourit par-dessus son verre.

— Petit-ami-à-la-demande ?

— Voilà ! fais-je en claquant des doigts. On pourrait faire son choix et avoir un petit ami rien qu'à soi pendant vingt-quatre heures. Je serais même prête à payer un supplément pour l'avoir en HD.

— Tu veux dire avec des Doigts Habiles ?

J'éclate de rire.

— Exactement.

— Il me semble que ça existe. J'ai lu un article quelque part à ce sujet ; c'est très populaire au Japon.

— Tu es sérieuse ? dis-je en me redressant sur son siège. On a ça ici ?

Elle hausse les épaules.

— Peut-être. Mais c'est peut-être dangereux.

— Comment ça s'appelle ? Tu t'en souviens ?

— Non. (Jaime me regarde comme si j'avais perdu l'esprit.) Tu n'envisages quand même pas d'embaucher un inconnu pour t'accompagner au mariage, Claire ? Tu n'es pas désespérée à ce point ?

— Non, je suppose que non.

Mais mes oreilles picotent.

# Chapitre deux

## *Claire*

Deux jours plus tard, je n'ai toujours pas de cavalier et je décide donc de faire une recherche sur Google. (J'aimerais préciser que j'ai bu une bouteille de vin presque entière tout en regardant des romances de Noël à la chaîne ; je ne peux donc pas être tenue pour responsable de mon comportement.) Tandis que le générique de fin défile encore, je verse ce qui reste de la bouteille dans mon verre et j'ouvre mon ordinateur portable. Je tape « louer un rencard pour un soir » dans la barre de recherches, prends une gorgée pour me donner du courage et clique.

Je suis immédiatement bombardée par des photos de seins et de fesses. Je comprends que j'ai fait erreur et je rectifie en : « louer un mec ». Je clique de nouveau, tout en espérant que je ne serai pas assaillie par des photos de sexes masculins.

Plusieurs sites apparaissent. Le premier s'appelle SexyMenALouer.com. Je jette un coup d'œil par-dessus mon épaule comme si j'avais peur d'être prise en flagrant délit (ce qui est ridicule puisque je vis toute seule), j'avale deux nouvelles gorgées de chianti et j'ouvre le lien.

**Besoin d'un cavalier pour une occasion spéciale et pas le temps d'en trouver un ?**

**Fatiguée qu'on vous demande pourquoi vous êtes toujours célibataire ?**

**Vous cherchez un compagnon pour une durée limitée et qui fera semblant de vous adorer ?**

**Ne cherchez plus.**

**SexyMenALouer a l'homme qu'il vous faut.**

Je me sens gagnée par l'enthousiasme. On dirait que ce site est fait pour moi ! Les mecs sont séduisants, ils n'ont pas trop l'air de psychopathes et on y trouve plein de témoignages de clientes satisfaites.

« SexyMenALouer était exactement ce dont j'avais besoin pour survivre à la fête de Noël de ma boîte ! Ron s'est révélé être un vrai gentleman et il est tellement canon ! »

« Les mots me manquent pour dire tout le bien que je pense de Shemar ! Il a été poli, séduisant et attentif toute la nuit ! »

« Tout le monde m'a envié mon Sexy Man au mariage, et mon ex a failli tomber à la renverse ! Je me suis sentie incroyable toute la soirée ! »

Le site est dirigé par des femmes et il y a des Sexy Men dans vingt-deux États, y compris le Michigan.

Ce n'est pas un site de rencontre, affirment-elles.

« Si vous cherchez une vraie relation ou un plan cul, ce site n'est pas pour vous. Mais si vous avez besoin de passer une soirée avec quelqu'un de fiable, d'amical et, cerise sur le gâteau, canon, alors nous pouvons vous aider ! »

*Oui ! Aidez-moi, Sexy Men !*

Cinq minutes plus tard, j'ai payé les 29,95 dollars nécessaires pour accéder au profil des Sexy Men de ma région et j'en cherche frénétiquement un qui ressemble à Ryan Gosling.

Il ne me faut pas longtemps pour comprendre que les hommes qui figurent en page d'accueil ne sont pas tout à fait représentatifs, mais je ne tombe sur personne qui ait l'air de sortir de prison. Je finis par dénicher un mec qui pourrait faire l'affaire : il est blond, les yeux clairs, je lui mets un bon huit sur dix sur l'échelle de la sexytude et il s'appelle Fred.

À en croire son profil, Fred est pilote d'avion, il aime voyager, les voitures de collection et rencontrer de nouvelles personnes. Il mesure un mètre quatre-vingts, il a trente et un ans et n'a jamais été marié. La vingtaine de commentaires le concernant est ultra positive et il n'a que des cinq piments. « Super sympa ! », dit Lisa, d'Orlando. « Une crème », roucoule Jasmine, à Phoenix. « Charmant et attentionné ! », s'exclame Shelly, à Buffalo. « Et c'est un danseur hors pair ! ».

Orlando, Phoenix, Buffalo ? Il voyage partout. Est-ce que c'est parce qu'il est pilote ? Où habite-t-il ? Non pas que ça m'intéresse. Une seule chose doit me préoccuper : qu'il soit ponctuel et qu'il fasse semblant de m'apprécier, ce qui, j'espère, ne sera pas trop difficile, à condition qu'il soit meilleur acteur que moi.

À cent dollars de l'heure, il a intérêt à l'être.

J'avale une gorgée de vin supplémentaire et je lui envoie un message via le site.

**Bonjour Fred, je m'appelle Claire et je cherche un cavalier pour m'accompagner au mariage d'une collègue le 21 décembre au soir. Êtes-vous disponible ? Si oui, serait-il possible qu'on prenne un café avant, histoire de se connaître un peu mieux et de discuter de la situation ?**

Juste avant de cliquer sur « envoyer », je sens la panique me gagner. C'est complètement dingue, non ? Je suis prête à louer un homme juste pour ne pas perdre la face. Et s'il m'étranglait et cachait mon corps dans le coffre de sa Camaro vintage, ou un truc du genre ?

Puis je me souviens de la fois où mon voisin de la table des célibataires m'a récité trois cent soixante-neuf décimales de Pi avant de me demander si j'aimerais lire sa fanfiction Pokémon érotique.

Je clique.

**Merci ! Fred vous répondra le plus rapidement possible !**

Je ferme mon ordinateur et reste assise un instant en essayant de décider si je me sens désespérée et flippante ou au contraire moderne et au taquet. Rien ne cloche chez moi, n'est-ce pas ? Après tout, je suis une femme du nouveau millénaire ! Nous ne sommes plus obligées de nous conformer à des règles démodées comme nos mères et nos grand-mères pour sortir avec des hommes ! Et puis de toute façon, il n'est pas question de sortir avec quelqu'un. Je me contente de… faire du shopping en ligne. Pour un être humain.

*Oh mon Dieu.*

Je me sens un peu mal. Mais quand la situation est désespérée, il faut prendre des mesures en conséquence. Quelques centaines de dollars ne sont pas grand-chose si ça peut faire taire tout le monde et me permettre de m'asseoir à une table plus sympa. Et en plus je passerai la soirée avec un mec canon qui aura pour mission de me flatter toute la nuit. Personne ne saura jamais que je l'ai payé. Après le mariage, nous partirons chacun de notre côté, j'inventerai une histoire de rupture plausible pour mes collègues dans laquelle j'aurai le beau rôle (Fred, tu n'es qu'un abruti) et on n'en parlera plus.

Qu'est-ce qui pourrait bien mal tourner ?

* * *

À trois heures du matin, je me réveille en proie à la panique.

Qu'est-ce que j'ai fait ? Maintenant que les effets de l'alcool se sont dissipés, je suis assaillie par le remords. Je bondis hors de mon lit et me précipite vers l'escalier, mais comme mon pantalon de pyjama est trop grand, je glisse et je descends toutes les marches sur les fesses.

Parvenue en bas, je me remets sur pied, remonte mon pantalon et cours vers le canapé. J'ouvre mon ordinateur portable et clique sur l'historique de navigation. Sois maudit, chianti, et vous aussi, films à l'eau de rose ! Y a-t-il un moyen pour que je récupère mon message ?

Est-ce qu'il a déjà été lu ? Que vais-je faire s'il m'a répondu ?

Mon cœur bat à toute allure tandis que le site SexyMenALouer.com charge. Je ne me suis pas déconnectée et je vois tout de suite que j'ai un message de Fred.

**Bonsoir, Claire. Je suis disponible à cette date, oui. On peut évidemment se rencontrer pour prendre un café avant. Je fais toujours ça. Je demande juste cent dollars de caution non remboursables et qui seront déduits de votre note, que vous décidiez ou non de m'embaucher. J'attends de vos nouvelles.**

Mes mains tremblent tandis que j'essaie de trouver une réponse qui ne soit pas trop pathétique.

**Salut Fred, finalement mon petit copain sera en ville ce week-end, donc…**

Non, c'est ridicule. Me voilà en train d'inventer un deuxième petit ami imaginaire afin que le premier petit ami imaginaire ne me prenne pas pour une nulle ? C'est n'importe quoi.

Je recommence.

**Salut Fred, il se trouve que finalement je ne me rendrai pas au mariage. Désolée pour le…**

Non. C'est stupide, ça aussi. Qu'est-ce qui aurait bien pu se passer en l'espace de quelques heures pour m'empêcher d'y aller ?

Je me mordille le bout du doigt. Est-ce que je ne devrais pas plutôt aller jusqu'au bout ? Je regarde de nouveau sa photo et je relis son message. Il est mignon. Il a l'air sympa.

Je peux bien prendre un café avec lui. Où est le mal ? Si ça tourne au désastre, je n'irai pas plus loin. Je perdrai cent dollars mais au moins je ne serai pas coincée avec lui toute une nuit. Et puis, un café est un endroit public : il ne risque pas de m'étrangler ni de me démembrer. On se présentera et on discutera brièvement de ce qui se passera au mariage. Si tout va bien, je le réserverai.

Je me redresse pour taper ma réponse :

**Salut Fred, merci de m'avoir répondu. Pourrait-on se rencontrer en ville vendredi 19 à 17 heures ? Great Lakes Coffee fait des lattes extraordinaires.**

Je prends une profonde inspiration et j'appuie sur « envoyer ». Puis je retourne me coucher en frottant mes fesses endolories. Pourquoi donc est-il si compliqué de rencontrer un homme ? Pourquoi la vie ne ressemble-t-elle pas aux contes de fées dans lesquels des marraines fées accordent des vœux, des princes canon ont besoin d'être sauvés du naufrage et des garçons d'écurie se révèlent être des princes charmants ?

* * *

Fred accepte ma proposition et le 19, après l'école, je rentre vite chez moi, défais mon chignon négligé, me rends compte que j'ai de la peinture sur le chemisier, monte dans ma chambre à toute allure me changer, retouche mon maquillage et me reproche un million de fois d'être aussi agitée.

Ce n'est qu'un mec, n'est-ce pas ? Et ce n'est pas un rencard : c'est une transaction professionnelle. Je n'ai pas besoin de lui plaire. C'est à lui de le faire ! Mais tout en conduisant vers le rendez-vous, j'ai l'estomac noué.

Je me gare dans un parking sur Woodward et j'inspire l'air glacé tout en remontant la rue enneigée. Juste avant de pousser la lourde porte en verre de Great Lakes Coffee, je prends le temps de regarder à l'intérieur en espérant apercevoir Fred. Il n'y a rien de pire que de rentrer dans un endroit bondé et d'essayer de trouver quelqu'un sous les regards attentifs de la foule. Ça me donne toujours l'impression d'avoir oublié de mettre mon pantalon.

Il y a beaucoup de monde et je suis obligée de rentrer à cause des gens qui se massent derrière moi, pressés d'échapper au froid. Je leur tiens la porte, et une fois que je suis à l'intérieur, je fais un pas de côté pour enlever mes gants et jeter un coup d'œil discret autour de moi. Je ne vois personne qui ressemble à Fred sur les tabourets du comptoir ni aux tables près de moi. Il est peut-être en retard, lui aussi. Ou alors il a pris une table dans le fond.

J'espère avoir l'air décontractée et pas du tout désespérée tandis que je me dirige vers le comptoir pour commander. Comme je ne suis pas pressée, je laisse deux personnes passer devant moi. Ce sont les gens désespérés qui se dépêchent. Je commande un latte à la lavande avant de chercher Fred de nouveau des yeux dans la foule. Je ne le vois nulle part. Qu'est-ce que je vais faire s'il ne vient pas ?

Une fois mon café en main, j'aperçois deux sièges vides au bout du comptoir et je me dis que je vais les prendre, juste au cas où il se pointerait. Malheureusement, le couple qui est entré juste avant moi a la même idée et on se dirige vers les sièges en même temps.

— Oh, allez-y, dis-je en reculant. La personne que j'attends n'est pas encore arrivée, de toute façon.

Je jette de nouveau un coup d'œil dans le café. Toujours pas de Fred. Je sens mes épaules s'affaisser. Découragée, je me dirige vers une table au fond de la salle. J'enlève ma doudoune blanche que je suspends au dossier de la chaise avant de m'asseoir. Je me sens très malheureuse : le mec que j'étais prête à payer m'a posé un lapin.

Je suis peut-être maudite. Le destin ne me sera jamais favorable. Je suis peut-être née sous une mauvaise étoile.

Après tout, dans les contes de fées, il y a des malédictions aussi.

# Chapitre trois

## Theo

En voyant Claire French franchir la porte du café, je comprends trois choses sur elle.

Un : c'est une femme qui suit les règles. Elle n'entre pas par la porte marquée sortie, elle emprunte le bon escalier et ne franchit jamais un panneau sur lequel il est écrit : « Ne pas aller au-delà de cette limite ». Elle ne traverse pas en dehors des clous, elle ne fait pas d'excès de vitesse, elle ne triche pas. Elle ne se gare jamais sur les emplacements réservés aux handicapés, accepte toujours de rendre service et ne fera jamais de queue de poisson sur l'autoroute. Quelqu'un d'authentiquement bien. J'ai aussi le sentiment qu'elle voit toujours le bon côté des autres. Ça me plaît, même si ça veut certainement dire qu'elle accorde trop facilement sa confiance, qu'elle pardonne trop vite et que tout le monde se sert d'elle.

Deux : c'est une vraie fille. Une romantique. Tout en elle est doux, adorable et féminin, de son pull rose à ses longs cheveux blonds ondulés en passant par sa doudoune blanche et son petit bonnet. Sa voix est chaleureuse et douce, même quand elle s'adresse à des inconnus. Je suis trop loin pour sentir son parfum – et même si j'étais plus près, je ne le ferais pas –, mais je sais qu'elle sent les chamallows que ma grand-mère trempait dans du beurre fondu avant de les rouler dans de la cannelle et du sucre et de les cacher dans des croissants. Quand ils étaient au four, ils embaumaient tellement la maison qu'on aurait pu la manger, comme dans un conte de fées.

Je ne crois plus aux contes de fées, mais je suis prêt à parier qu'elle, oui.

Trois : elle ne sait pas à quel point elle est belle.

Les femmes dans son genre ne le savent jamais.

# Chapitre quatre

## *Claire*

J'enlève mon bonnet et je me passe la main dans les cheveux, bien décidée à lui donner au moins le temps que je boive mon café. Mais avant que je puisse prendre une gorgée, un mec qui porte un blouson en cuir noir pose sa tasse sur ma table et s'assied en face de moi.

Je lui jette un regard, embarrassée à l'idée de lui dire qu'il ne peut pas s'installer là. Il est beau, brun avec des yeux sombres, et ce n'est pas Fred :

— Je suis désolée, j'attends quelqu'un. Mais je peux aller ailleurs.

À ma grande surprise, il m'adresse un sourire assuré.

— Claire, n'est-ce pas ? Je suis Fred.

Je fronce les sourcils.

— Impossible. Fred est blond aux yeux bleus. J'ai vu sa photo.

Il éclate d'un rire presque condescendant.

— Je n'utilise pas ma véritable photo, Claire. Les gens sont trop bizarres.

Quoi ? C'est absurde.

— Je ne comprends pas. Comment pouvez-vous faire de la publicité avec la photo de quelqu'un d'autre ? Est-ce que les femmes ne vous en veulent pas ?

Il hausse les épaules et son sourire se fait un peu arrogant.

— Je n'ai jamais eu de plaintes jusqu'à présent.

En réalité, il est plus séduisant que la photo qu'il utilise sur le site ; plus négligé et plus viril, avec sa barbe de trois jours, ses épaules larges et son torse puissant. J'ai l'impression d'avoir commandé du poulet à l'italienne et de voir arriver une énorme côte de bœuf qui ne figurait même pas sur le menu.

Mais là n'est pas le problème.

(En plus, j'ai décrit quelqu'un de complètement différent à Elyse.)

— Si je comprends bien, vous utilisez une fausse photo pour attirer des clientes potentielles et ensuite vous vous pointez en retard aux rendez-vous au café afin de voir à quoi elles ressemblent ? je demande, indignée.

— Vous ne feriez pas la même chose ? répond-il en ôtant son blouson. Il y a des tarés partout.

Je croise les bras tout en me redressant.

— Non ! C'est une arnaque. Je n'aime pas les arnaqueurs.

— Absolument pas. Je ne leur demande pas d'argent. Je ne leur parle même pas, je me contente de tourner les talons.

— Je trouve ça amoral. Ces femmes sont prêtes à vous payer pour que vous passiez du temps avec elles, elles se sentent vraiment très mal dans leur peau et vous, vous ne leur laissez même pas une chance ?

Il hausse les épaules.

— Écoutez, si ça peut vous rassurer, ça ne m'est arrivé qu'une fois et uniquement parce que j'ai reconnu la femme. Je préfère bien séparer mes identités personnelle et professionnelle. C'est compréhensible, n'est-ce pas ?

Son identité professionnelle ? C'est un homme à louer ! Je secoue la tête, incrédule.

— Est-ce que vous vous appelez bien Fred ?

— Ça a de l'importance ?

— Oui, je rétorque sèchement. Comment savoir quel nom vous donner ?

Il se penche vers moi, un grand sourire aux lèvres, et baisse le ton.

— Appelez-moi comme vous voulez. C'est vous la patronne.

Il me drague ou il se moque de moi ? Je m'éclaircis la voix et je serre les genoux.

— J'aimerais vous appeler par votre vrai prénom, s'il vous plaît. C'est déjà assez dur comme ça de payer quelqu'un pour faire semblant d'être mon petit ami. J'aimerais bien que quelque chose soit vrai dans cette histoire.

Il plonge son regard dans le mien pendant quelques instants. J'ai l'impression qu'il me jauge, qu'il essaie de décider s'il peut me faire confiance : du coup je lui rends son regard sans ciller. Si l'un de nous deux est digne de confiance, c'est bien moi.

— Theo, finit-il par répondre à voix basse tandis que son regard se fixe sur mes lèvres pendant une fraction de seconde. Je m'appelle Theo.

*Voilà. C'*était si difficile ? Je lui adresse un sourire avant de m'emparer de mon café.

— Je suis ravi de faire votre connaissance, Theo.

— Parce que vous me croyez ? Vous êtes beaucoup trop confiante, Claire. Je parie que tout le monde profite de vous tout le temps.

Je repose ma tasse sur la soucoupe avec un claquement agacé.

— Vous vous appelez Theo, oui ou non ?

— Calmez-vous. Je m'appelle bien Theo, répond-il en riant. (Puis il jette un coup d'œil pardessus son épaule comme s'il appartenait à la CIA.) Mais je ne le dis pas souvent. Vous devriez vous sentir spéciale.

Bon sang. Pourrais-je supporter ce mec toute une soirée ? Je m'empare de nouveau de ma tasse. J'aimerais bien qu'elle contienne quelque chose de plus fort que de la caféine. Les choses ne se déroulent pas du tout comme prévu.

— Je ne me sens pas spéciale. Je me sens ridicule.

— Pourquoi ?

— *Pourquoi ?* je répète en le regardant par-dessus la tasse que je tiens à deux mains. Quel genre de femme est obligé de payer quelqu'un pour lui servir de plus un ? C'est humiliant.

— Pensez plutôt qu'il s'agit juste d'une transaction financière, suggère Theo en haussant ses épaules musclées.

Il porte un polo noir boutonné comme celui de Dexter Morgan, le serial killer de la série télévisée.

Cette association d'idées n'est pas la bienvenue.

— Ça n'arrange rien. Sortir avec un homme est supposé être romantique et n'avoir aucun rapport avec une relation d'affaires.

— Et pourquoi vous n'avez personne pour vous accompagner, alors ?

Il s'empare de sa tasse, qui a l'air de contenir un expresso, et me jette un regard critique.

Je me redresse, le rouge aux joues.

— Arrêtez de me regarder comme ça.

— Comme quoi ?

— Comme si vous essayiez de comprendre ce qui cloche chez moi.

— Oh, je sais déjà ce qui cloche chez vous, répond-il sur un ton neutre. En revanche, je serais curieux de savoir ce que *vous* croyez qui cloche chez vous.

Je reste bouche bée. Je suis tentée de lui balancer le reste de mon latte à la figure, mais une part de moi, une part stupide me dit : « Et s'il savait vraiment ce qui cloche chez toi ? »

— Et ? je demande, irritée, en colère contre lui ; et contre moi aussi.

— Vous avez peur.

— J'ai peur ? je répète plus fort que je ne l'aurais voulu.

— Chut. Ce n'est pas la peine de vous mettre en colère, Claire, fait-il sur un ton beaucoup trop calme.

Je veux juste dire par là que vous m'avez l'air d'être le genre de femme qui prend bien soin de ne prendre aucun risque dans la vie.

Il a raison. Et ça me met hors de moi.

— Comment ça ? Vous me connaissez depuis deux minutes ! Comment vous pouvez prétendre savoir quoi que ce soit sur moi ?

Son expression se fait de nouveau arrogante.

— Je suis très intuitif. Je devine beaucoup de choses sur les gens en quelques minutes.

— C'est ridicule. Et je n'ai pas peur.

— Si.

— D'accord, Monsieur le Médium. Je veux bien rentrer dans votre petit jeu. (Je pose ma tasse et m'accoude sur la table.) Si votre intuition est si merveilleuse que ça, dites-moi exactement ce dont j'ai peur.

— Je n'en suis pas entièrement certain, admet-il en me dévisageant. Il faudrait que je vous connaisse un peu mieux.

— Ah ! réponds-je en lui lançant un regard impérieux.

— Mais si je devais hasarder une réponse, je dirais que vous avez peur d'être rejetée.

Eh bien… comme tout le monde, n'est-ce pas ? Je suis en train de réfléchir à une repartie bien sentie mais il me prend de court.

— Je parie que vous êtes désespérément romantique et que vous voulez rencontrer le type d'amour qui existe dans les romans et dans les films. Vous voulez quelqu'un de parfait. Mais vous pensez qu'un homme parfait ne tombera jamais amoureux de vous, pour une raison qui m'échappe, et donc vous ne donnez sa chance à personne. Vous ne vous investissez pas.

— C'est faux, je proteste. Je m'investis à fond. Je me suis tapé un million de rencards pourris parce que je ne sais pas dire non.

— C'est parce que vous ne voulez pas qu'on ne vous apprécie pas. C'est votre truc, ça, d'être sympa. Vous tenez la porte, vous laissez les gens passer devant, vous abandonnez votre siège…, dit-il en lançant un regard en direction du comptoir.

*Il était là. Il m'a observée.*

— Je suis polie, c'est tout, je marmonne.

Combien de fois m'a-t-on reproché d'être trop sympa ? C'est le compliment qu'on me fait le plus souvent, et je finis par croire qu'en réalité, ce n'en est pas un.

— Je suis d'accord, vous êtes polie, mais c'est plus que ça. Pourquoi pensez-vous que vous ne méritez pas qu'il vous arrive des trucs cool, Claire French ?

Ses yeux couleur chocolat me dévisagent par-dessus le rebord de sa tasse.

J'ouvre la bouche pour répondre à sa question, avant de la refermer. Mais il fait quoi dans la vie en vrai, il est psy ? Je pense que je mérite qu'il m'arrive des trucs cool ! C'est bien pour ça que j'attends un homme sympa et qui serait bien pour moi. Ce n'est pas ma faute si c'est si long !

— Est-ce que cette maltraitance psychologique et émotionnelle fait partie du package de

SexyMenALouer ? je fulmine. Ou est-ce que je devrai payer un extra pour ça ?

Il sourit.

— Je n'essaie pas de vous mettre mal à l'aise, Claire. Au contraire, j'essaie de vous aider. De vous donner des conseils.

Je croise les bras.

— Mais vous êtes qui pour me donner des conseils sentimentaux ? Quel genre de mec se fait louer pour passer une soirée avec des inconnues ?

— Le genre de mec qui bouge beaucoup, sait tirer le meilleur parti de n'importe quelle situation et adore rencontrer de nouvelles personnes.

— Et pourquoi est-ce que vous bougez tout le temps ? J'ai vu dans votre profil que vous avez eu des rendez-vous dans trois ou quatre villes différentes en un an.

— Je suis un nomade. Je m'ennuie vite.

Il y a autre chose là-dessous. Je hausse un sourcil.

— Vous avez une femme et des enfants quelque part ?

— Non.

— Où est votre famille ?

— Je n'en ai pas.

— Où est votre maison ?

— Ma maison, c'est la route. L'horizon. Je ne suis attaché à personne et à aucun endroit.

Il affirme ça avec fierté.

— C'est triste.

Il éclate de rire.

— Pas du tout. Je préfère. Certaines personnes veulent un happy end joliment enrubanné alors que d'autres se satisfont de laisser l'histoire se dérouler pour l'éternité. Comme moi. Vous cherchez une destination ; moi j'aime le voyage. Je ne veux pas qu'il se termine.

Dit comme ça, c'est difficile de discuter. Mais je suis quand même persuadée qu'il ne me raconte pas tout.

— Vous avez grandi où ?

— Vous m'avez posé assez de questions. Je suis ravi de voir que je vous fascine, mais…

— Vous ne me fascinez pas, réponds-je sèchement, je suis juste curieuse.

Mais il m'intrigue. Pas seulement parce qu'il est si canon, mais parce qu'il est tellement différent de moi. Très assuré, très décontracté. Satisfait de la façon de là où la vie le mène et content de se réinventer à chaque nouvel endroit. Mais est-ce que c'est drôle ? Ou est-ce qu'il se sent seul ? Il est courageux, aussi. Piloter un avion c'est prendre la responsabilité de faire voler des tonnes de métal dans les airs et de la vie des autres. Bon sang ! J'ai peur de l'avion. Je suis terrifiée. Je meurs d'envie de me rendre en Europe pour visiter le Louvre, le Prado et la galerie des Offices, mais je ne l'ai jamais fait parce que j'ai trop la trouille de prendre l'avion.

— Parlons plutôt de ce mariage, fait Theo en se penchant vers moi et, pour la première fois, je remarque à quel point ses lèvres sont pleines et ses cils longs.

Quelque chose frémit dans mon ventre et je pose la main dessus.

— C'est celui d'une collègue.

— Depuis combien de temps on sort ensemble ?

Je me mords la lèvre.

— Environ deux mois.

Il hoche la tête.

— On s'est rencontrés où ?

— J'y ai réfléchi. Au magasin de loisirs créatifs. J'enseigne l'art dans une école primaire et comme il s'agit du mariage d'une collègue, on ne peut donc pas dire qu'on s'est rencontrés au travail.

— Vous êtes professeur des écoles, dit-il comme s'il était impressionné. Est-ce que je peux vous appeler Mademoiselle French ?

— Non.

Il soupire.

— Vous n'êtes vraiment pas drôle. Va pour le magasin de loisirs créatifs. Est-ce que je suis un artiste ? Quel est mon métier ?

— Je ne sais pas. Pourquoi ne pas utiliser le vrai ? Vous n'êtes pas pilote ?

Il penche la tête et plisse les yeux comme s'il était en train de réfléchir à la question.

— Ce n'est pas vraiment un métier, plutôt un hobby.

Je le dévisage.

— Je ne comprends pas. Comment vous gagnez votre vie en dehors des rencards dans tout le pays ?

— Qui vous dit que j'ai besoin de gagner ma vie ? (Il s'adosse à son siège et met les mains derrière la tête, un sourire arrogant aux lèvres.) Je suis peut-être riche.

— Ou peut-être que vous êtes un serial killer.

— Je vous promets que je ne suis pas un serial killer.

— Tant mieux.

— Je ne tue que les femmes. Je plaisante, je plaisante ! ajoute-t-il quand je lui lance un regard noir. Vous êtes vraiment trop sérieuse, Claire.

Vous ne devriez pas prendre les choses au premier degré comme ça.

— Je suis désolée, mais c'est très important pour moi et je me fais du souci. Je vais devoir mentir à mes collègues et mes amis toute la nuit et je suis une actrice épouvantable.

— Ne vous inquiétez pas, je suis assez bon pour tous les deux.

— Vous ne m'aidez pas vraiment, dis-je en m'enfouissant le visage dans les mains. Ça ne marchera jamais.

— Pourquoi est-ce que vous faites ça ? demande-t-il. Pourquoi est-ce que vous n'y allez pas toute seule ?

Je lui lance un regard à travers mes doigts.

— Vous avez déjà assisté à un mariage assis à la table des célibataires ?

— Non.

Je m'affaisse dans mon fauteuil, les mains sur les genoux.

— Croyez-moi si je vous dis que c'est pire que la mort. Je n'ai personne en vue en ce moment et j'en ai marre de subir des blagues sur les célibataires.

Il hausse les épaules et se penche de nouveau vers moi.

— On va y aller ensemble et on va bien s'amuser. On va leur montrer à quel point vous n'êtes pas du tout célibataire. Vous sortez avec un pilote qui est raide dingue de vous.

— D'accord. Vous habitez où ?

— Et si on disait Royal Oak ?

— OK. (Je prends une profonde inspiration et je croise les doigts.) J'espère que ça va marcher.

— Croyez-moi, ça va marcher. Détendez-vous.

Il pose une main légère sur la mienne. Nos regards se croisent et une chaleur inattendue me parcourt le bras.

— Je vais essayer.

Je sens le rouge me monter aux joues et je baisse la tête. Je rougis comme une gamine de douze ans parce qu'un mec mignon m'a touché la main. Super. Je saisis mon sac à main posé sur la chaise à côté de moi.

— Est-ce que…, je déglutis et baisse la voix. Est-ce qu'il faut que je vous paye maintenant ? J'ai apporté du liquide.

— Oui. Une fois rentré chez moi, je réserverai la date officiellement et je vous enverrai un contrat électronique à signer.

Il enfile son blouson.

— Qu'est-ce qu'il y a dans le contrat ?

— Mon tarif, les détails du rendez-vous et l'Engagement Platonique.

— L'Engagement Platonique ? je répète en lui tendant cinq billets de vingt dollars pliés en deux.

Il les range dans la poche intérieure de son blouson.

— C'est une clause du contrat dans laquelle nous nous engageons tous les deux à ne pas coucher ensemble.

— Oh, absolument, réponds-je, les joues encore plus écarlates. Tout à fait.

— Si vous pensez que ça pose un problème, Claire, je ne peux pas accepter le rendez-vous.

J'agite les mains, déstabilisée.

— Non, non ! Bien sûr que ce n'est pas un problème. Je…

Il éclate de rire et attrape mon poignet.

— Je plaisantais.

— Oh, fais-je en riant tout en secouant la tête. Désolée, c'est juste que toute cette situation m'angoisse.

— Je vois ça.

Il me presse le poignet avant de le lâcher et je me rends compte qu'il a des mains grandes et musclées.

— On va bien s'amuser, fait-il en se levant. Je vous le promets.

Waouh, il est vraiment grand. Et il a de longues jambes. Je me demande s'il a de belles fesses.

— Si je dis que je vous crois, est-ce que ça veut dire que je suis trop confiante ?

Il sourit et des pattes d'oie se forment au coin de ses yeux.

— Dans ce cas précis, vous avez le droit me croire. On va vraiment passer une bonne soirée ensemble.

Quelque chose dans sa façon de me répondre me fait involontairement serrer les cuisses.

J'essaie de ne pas y penser.

# Chapitre cinq

## Theo

Claire refuse que je la raccompagne jusqu'à sa voiture : elle a rendez-vous avec des amies pour dîner à Union Street, un restaurant tout près d'ici. Je lui serre donc la main pour lui dire au revoir en lui promettant de la recontacter rapidement. Je suis toujours un petit peu gêné de me faire payer pour ces rencontres en amont mais j'ai appris à m'y faire. Les femmes sont plus susceptibles de réserver une soirée si elles ont déjà versé un acompte et j'ai besoin d'argent. Depuis quelque temps, les boulots se font rares, l'échéance du prêt immobilier de Josie tombe le 15, mon connard de frère est toujours aux abonnés absents et les filles ont été malades. Les soins médicaux coûtent cher.

Si j'avais su que je devrais un jour subvenir aux besoins de ma belle-sœur et de mes nièces, j'aurais essayé de décrocher un diplôme universitaire et de moins bousiller ma vie. Chaque fois que je pense à la bourse d'études que j'ai décrochée et foutue en l'air parce que j'étais jeune et stupide, j'ai envie de me donner des baffes. Certes, la fac, c'était difficile, et je ramais un peu pour obtenir des notes décentes. J'aurais quand même dû m'accrocher.

Mais je suis un MacLeod. Abandonner est une tradition familiale.

Ma mère a fichu le camp alors que je portais encore des couches. Mon frère aîné, Aaron, avait neuf ans à l'époque et il m'a avoué plus tard qu'elle avait laissé un mot à notre père qui disait : «*Dis aux garçons que je les aime*».

— Tu penses que c'est vrai ? ai-je demandé quand j'avais environ six ans.

Sa réponse m'a pris par surprise.

— Oui. J'en suis sûr.

— Mais… elle est partie.

— Oui. C'est vrai.

— Est-ce que papa nous aime ?

— Peut-être, a-t-il répondu en fronçant les sourcils. J'en sais rien.

Mon père était un alcoolique qui a passé toute mon enfance à faire des allers et retours en prison. J'ai rapidement compris qu'il était préférable qu'il soit incarcéré parce que quand il était à la maison je devais expliquer à l'école les raisons de mes bosses et de mes bleus. C'est pourtant Aaron qui en a pris le plus plein la gueule. Quand il était là, il ne permettait pas à mon père de lever la main sur moi. Quand cet abruti a fini par partir pour de bon, j'avais huit ans et Aaron seize. Nous avons quitté Kansas City pour Détroit, où j'ai enfin trouvé un semblant de normalité. Notre grand-mère nous a recueillis et s'est très bien occupée de nous. J'ai fréquenté un bon lycée, je me suis fait des amis et j'ai fait du sport. J'ai même réussi à décrocher une bourse en tant que joueur de football américain pour une des universités de l'État de New York. Aaron a eu le bac et a trouvé un job dans une entreprise de bâtiment. De l'extérieur, tout avait l'air d'aller bien.

Mais nous sommes abîmés, même si ça ne se voit pas.

Je n'en suis pas fier. Parfois, je souhaiterais être différent. Mais quel est l'intérêt ? Si quelque chose est dans votre ADN, ça fait partie de vous au même titre que votre couleur de peau ou de cheveux. Ça détermine si vous êtes impulsif ou raisonnable, audacieux ou prudent, émotif ou rationnel. Vous pouvez toujours essayer d'être quelqu'un d'autre, mais c'est voué à l'échec. Autant accepter les cartes que la vie vous a données et en tirer le meilleur parti possible. Dans mon cas, j'aurais préféré ne pas avoir été chopé autant de fois pour conduite en état d'ivresse et ne pas avoir écopé d'un an de prison ferme pour vol de voiture, ce qui m'empêchera à vie d'obtenir un brevet de pilote professionnel. Mais c'est la vie. Nous avions vingt-deux ans et nous étions bourrés : voler ce pick-up sur le parking du Eager Beaver Saloon nous paraissait le meilleur moyen d'occuper un samedi soir. Et puis de toute façon, qui a besoin de mener une vie normale ?

J'étais sincère un peu plus tôt avec Claire : j'aime n'avoir aucune attache. Est-ce que je me sens seul, parfois ? Bien sûr. Mais ça rend ma vie beaucoup plus facile. Et où que j'aille, je trouve toujours des gens malhonnêtes à qui louer mes services pour un prix décent, à condition que je disparaisse juste après. (La fraude à l'assurance n'est pas aussi glamour que le vol de bagnole : il est peu probable qu'on en fasse jamais un jeu vidéo, mais on ne peut pas tout avoir.)

Je ne gagne pas beaucoup de thunes, mais ça me suffit pour vivre et pour aider ma belle-sœur et mes nièces depuis que mon frère s'est barré. Elles habitent à Détroit, et c'est pour ça que je refuse toute arnaque dans cette ville : je suis obligé d'y venir souvent. On ne mélange pas les torchons et les serviettes.

C'est aussi la seule ville où j'ai un appartement. Quand je suis ici, j'essaie de booker autant de jobs d'escort que possible, parce que c'est de l'argent gagné honnêtement même si c'est un peu étrange. Et ça rend ma vie moins solitaire. Mais je n'ai jamais brisé les règles du contrat, parce que je ne peux pas risquer de perdre ce job. J'ai trop besoin de ce revenu. C'est déjà assez difficile d'utiliser un faux profil même si évidemment je ne peux pas utiliser le vrai parce que j'ai un casier.

Pour éviter d'attirer l'attention du fisc, je fais un peu de menuiserie de temps en temps, mais la plupart du temps, ce sont des jobs fictifs qui me permettent de blanchir l'argent des fraudes. J'aime la menuiserie et je me débrouille plutôt bien, mais il est impossible de construire une réputation ou une clientèle quand on est tout le temps sur les routes.

Je me dirige vers le parking où j'ai garé ma voiture, les mains dans les poches pour me tenir chaud. D'habitude, il ne fait pas si froid au mois de décembre, mais il fait – 5 °C et plusieurs centimètres de neige recouvrent le sol. Je passe devant Union Street : le restaurant a l'air confortable et chaleureux. Pendant un instant, je m'autorise à me demander quel effet ça me ferait d'inviter Claire à dîner pour de vrai dans un endroit pareil. D'apprendre à la connaître parce que j'en ai envie et pas parce que j'en ai besoin. De sentir qu'elle a envie d'être là pour moi et pas pour celui que je prétends être. Partager quelque chose de réel avec elle. De lui tenir chaud pendant une nuit pareille.

Mais c'est ridicule. Les filles comme Claire ne sortent pas avec des mecs dans mon genre. Et même si elle le faisait, je bousillerais tout.

Je me connais.

Je suis un loser. Un ancien détenu. Une « menace pour la sécurité ».

Les choses sont mieux comme ça.

# Chapitre six

## Claire

Après le départ de Theo, j'envoie un SMS à Jaime et Margot pour savoir si elles sont déjà au restaurant. Margot a passé l'après-midi à Détroit pour essayer une robe de mariée et elle dîne avec nous. Il me tarde de la voir, on ne s'est pas vues depuis des semaines.

Jaime me répond qu'elles sont déjà là toutes les deux, alors je boutonne ma doudoune, j'enfile mes gants et je me dépêche de rejoindre la porte pour sortir dans le froid mordant. Je marche rapidement tandis que la neige qui tombe crisse sous mes semelles. Il me semble apercevoir Theo devant moi et je presse le pas. C'est bien son blouson noir : je me mets à trottiner afin d'obtenir une meilleure vue de ses fesses, manquant par là même de glisser sur le trottoir.

Mais ça vaut le coup.

Son blouson est juste assez court pour me donner un joli aperçu et, en tant qu'artiste, je sais apprécier les courbes humaines. En tant que femme qui n'a couché avec personne depuis deux ans et qui n'a jamais connu le genre d'ébats décrits dans les livres (les téléfilms romantiques sont assez décevants de ce côté-là), je me retiens pour ne pas pousser un gémissement à l'idée d'empoigner ce cul rond et ferme. Theo est ultra musclé : il remplit son polo comme du sable dans un *punching ball*. J'imagine un instant ce que ça ferait de sentir son poids sur moi. Je sens mon ventre frémir.

Quand il passe devant Union Street, il ralentit, jette un coup d'œil à l'intérieur, et je ressens l'étrange envie de le rejoindre pour l'inviter à dîner avec nous. Mais c'est idiot ; c'est notre soirée filles et de toute façon il n'est pas mon genre. J'aime les hommes grands, bruns et beaux, mais Theo est du genre à croire qu'il sait tout et à vouloir vous faire partager tous ses avis, qu'on le lui demande ou pas. J'aime son sourire, mais pas son arrogance.

J'envie peut-être un peu son attitude désinvolte face à la vie, mais je ne la partage pas. Je veux rencontrer quelqu'un de plus traditionnel. Quelqu'un de plus établi. Quelqu'un qui veut la même chose que moi : tomber amoureux, se marier et fonder une famille. La citronnade sur la balancelle dans la véranda en été. Le bonhomme de neige en hiver. Je ne pense pas que Theo soit du genre citronnade et bonhomme de neige.

Mais si mon futur mari a un cul comme le sien, je ne me plaindrai pas.

Pas du tout.

* * *

— Alors ? demande Jaime en gigotant sur son siège dès que le serveur a posé nos cocktails devant nous. Je meurs de curiosité ! Dis-nous comment ça s'est passé avec Fred !

Fred. Je retiens un éclat de rire.

— Ça s'est… bien passé, je suppose.

— Tu l'as trouvé sur Internet ? demande Margot d'un ton soucieux. Tu es sûre que tu ne risques rien ?

— Je crois, réponds-je en haussant les épaules. Le site Internet a l'air vrai et il a de bons commentaires.

— De bons commentaires, voilà qui est hilarant, constate Jaime en s'emparant de son verre de Martini. On peut évaluer les hommes comme on le fait d'un livre ou d'un film. (Elle prend une gorgée.) Mais tu ne coucheras pas avec lui, n'est-ce pas ?

— Non, réponds-je en pouffant. Il y a une clause dans le contrat qui s'appelle l'Engagement Platonique et qui interdit toute relation sexuelle.

— Il est canon ? demande Margot.

— Oui, fais-je en croisant les jambes, même s'il ne ressemble absolument pas à sa photo de profil. Ce n'est pas lui du tout. Et il ne s'appelle pas Fred.

Elles me dévisagent toutes les deux.

— Claire, c'est bizarre tout ça, fait Margot. Est-ce qu'il t'a donné son vrai nom ?

— Oui, il s'appelle Theo.

— Theo comment ?

J'incline la tête.

— Vous savez quoi ? Il ne m'a pas donné son nom de famille.

Mes amies échangent un regard.

— Il ressemble à quoi ? demande Jaime.

— Grand. Musclé. Brun, les yeux marron. Pas rasé. De grandes mains.

*Un joli cul.*

Elle éclate de rire.

— Tu as remarqué ses mains ?

Je me sens rougir.

— Je suis une artiste. Je remarque les mains de tout le monde.

— Mais il ressemble à quoi ? insiste Margot. Est-ce qu'il a l'air honnête ? C'est un gentleman ?

— Il est plutôt sympa. Un peu arrogant, du genre à penser qu'il est un cadeau du ciel pour les femmes et qu'une soirée passée en sa compagnie est forcément une soirée réussie. Et puis de toute façon, je n'ai que lui sous la main, donc… (Je hausse les épaules.) Il faudra bien qu'il fasse l'affaire.

— Ce sera peut-être chouette.

Margot fait de son mieux pour avoir l'air optimiste. Je vois bien que l'idée ne l'emballe guère, mais qu'elle a trop de peine pour moi pour le dire.

— Au moins, tu n'as pas à te soucier de repousser ses avances, puisqu'il n'a pas le droit de te toucher, constate Jaime.

— Absolument, réponds-je sur un ton soulagé même

si j'avoue que j'aurais bien aimé qu'un homme dans son genre me fasse des avances. Je déteste ce genre de rencard. Mais je ne pense pas qu'il soit du genre à faire du rentre-dedans à une femme. Il m'a fait comprendre que d'habitude c'était plutôt l'inverse.

— Ah d'accord, c'est ce genre-là, grommelle Jaime.

— Vois-le toujours en public et ne monte pas en voiture avec lui, m'avertit Margot. Sois prudente.

Je prends une gorgée bien méritée de mon Cosmo.

— Je suis toujours prudente.

— Oui, mais tu es aussi très confiante, fait-elle. Parfois trop.

Je soupire.

— C'est ce qu'il a dit.

— Theo a dit ça ? demande Margot. Comment le sait-il ?

— Est-ce qu'il te juge parce que tu l'embauches ? demande Jaime.

— Non, pas du tout, fais-je en secouant la tête. Et puis peut-être que c'était juste une taquinerie. Mais il a ajouté qu'il savait pourquoi je n'avais pas de petit ami.

— Quoi ? s'étonne Jaime en se redressant. Je l'aurais frappé.

— Qu'est-ce qu'il a dit ? demande Margot.

— Oh, que j'avais peur de rencontrer la personne parfaite parce que je pense que je ne suis pas à la hauteur, réponds-je sur un ton léger comme si c'était absurde. Il a ajouté que j'avais peur d'être rejetée et que du coup je ne donnais sa chance à personne. (Je lève les yeux au ciel.) C'est ridicule, pas vrai ?

Elles ne répondent pas assez vite.

— Pas vrai ? je répète, paniquée.

Elles échangent un regard avant de reporter leur attention sur moi.

— Ce qui est ridicule, c'est qu'il ait osé te dire ça, commence Margot, mais je ne suis pas certaine qu'il ait tout à fait tort.

— Quoi ? (Je me tourne vers Jaime.) Qu'est-ce que tu en penses ?

Elle a l'air nerveuse, ce qui ne lui arrive jamais.

— Je pense que c'est un connard d'avoir verbalisé ça, mais j'aimerais bien l'engager comme stratège marketing, parce que j'ai l'impression qu'il est très bon pour déchiffrer les gens en quelques minutes.

— Vous êtes sérieuses ? Vous pensez qu'il a raison ? Je ne suis jamais tombée amoureuse parce que j'ai peur ?

— Je ne pense pas que ce soit la seule raison, répond gentiment Margot. Mais je crois qu'il a en partie raison quand il affirme que tu as peur d'être rejetée et que du coup tu ne te donnes pas la permission de tomber amoureuse. C'est comme si tu t'en empêchais.

— Exprès ? Pourquoi diable ferais-je une chose pareille ?

C'est hallucinant !

— Tu ne le fais peut-être pas exprès, répond-elle en haussant les épaules. Je pense que notre subconscient nous joue parfois des tours. Ton cerveau dit : « Oui, je veux rencontrer quelqu'un donc je vais aller à ce rendez-vous », mais ton cœur répond : « Attends, ça fait peur et je pourrais être blessé ». Du coup tu cherches tout ce qui cloche chez l'autre et toutes les raisons pour lesquelles il n'est pas le bon. On a toutes fait ça.

J'inspire et j'expire lentement en essayant de garder mon calme.

— Je pense que ça n'affecte pas seulement ta vie sentimentale, poursuit Jaime. Tu es très talentueuse, et depuis que je te connais tu rêves de vendre tes œuvres ou au moins de les exposer, mais tu ne l'as toujours pas fait.

— Je vais le faire, je proteste, sur la défensive. Merde, les filles, vous exagérez.

Un silence gêné s'installe entre nous, ce qui n'arrive jamais.

Margot pose la main sur la mienne, le regard inquiet.

— Je suis désolée si on t'a blessée. Ce n'était pas l'intention.

— Je suis navrée, moi aussi, renchérit Jaime. Je n'aurais pas dû dire ça. Je suis une vraie connasse.

J'inspire, un peu tremblante.

— Ça va. C'est juste que ce n'est pas très agréable d'entendre que ses amies, et un inconnu complet, ce qui veut dire que c'est évident pour tout le monde sauf moi, pensent que je sabote tous mes rêves parce que je suis lâche.

— Tu n'es pas lâche, proteste vigoureusement Jaime. Tu es juste prudente. Mais tu es aussi belle, géniale et talentueuse et on voudrait que le monde entier le sache. Sois courageuse ! Prends des risques !

— J'entends bien. C'est juste que je ne sais pas comment faire. J'aimerais ressembler à ma sœur.

Jaime lève les yeux au ciel.

— J'ai dit courageuse, pas égocentrique.

Je parviens à sourire un peu.

— Je vais essayer.

— Tu es sûre que ça va ? insiste Margot.

— Oui. Ce n'est pas non plus une surprise totale : j'ai été angoissée toute ma vie. Il y a une raison pour laquelle je ne prends jamais l'avion ni ne suis jamais montée à cheval ou sur une moto. Je ne cherche pas les frissons. Et en général, ça me va. C'est juste qu'en ce moment, je suis très sensible parce que j'ai l'impression d'être entourée par des couples heureux et d'être une ratée. Je suis la fille bizarre toujours célibataire.

— Pas du tout, répond Jaime sur un ton catégorique.

— Bien sûr que non, ajoute Margot.

Bien sûr que si, mais ce n'est pas leur faute et je ne veux pas qu'elles se sentent coupables parce qu'elles sont heureuses et amoureuses.

— Parlons d'autre chose. (Je me tourne vers Margot, le sourire aux lèvres.) Parle-nous du mariage.

Tandis qu'elle nous raconte les derniers détails, je me retrouve submergée par toute cette excitation romantique. Ils avaient envisagé de se marier à la ferme mais Margot a fini par céder à l'insistance de sa mère et par choisir l'église presbytérienne de Fort Street où cinq générations de femmes Thurber ont dit oui. Elle a choisi la salle de réception de l'hôtel Westin Book Cadillac.

— Attendez de voir les centres de table, ils sont splendides, fait-elle ravie. Et les invitations sont magnifiques.

Margot ayant un goût sophistiqué – et un budget illimité –, je suis certaine que le mariage sera exquis du début à la fin.

Jaime et moi avons prévu de lui organiser un enterrement de vie de jeune fille surprise le mois prochain. C'est un véritable défi puisque Margot aime tout contrôler, mais on lui a demandé de réserver la date en prétendant que nous voulions passer la journée au spa. En réalité, nous avons prévu un brunch au champagne avec plein de scones différents ; c'est une *private joke* qui renvoie à la fois où Margot a perdu son calme et a balancé des scones à la tête de son ex-petit ami.

Chaque fois que je pense à cet incident, je ne peux pas m'empêcher de rire. Margot est la femme la plus calme et la plus classique du monde. Elle ne se comporte jamais mal. Mais si elle n'avait pas fait un scandale en lançant ses scones en pleine soirée mondaine, elle n'aurait jamais quitté la ville. Et si elle n'avait pas quitté la ville, elle n'aurait jamais rencontré Jack.

C'est peut-être ce qu'elles entendent par « sois courageuse » : faire quelque chose de différent. Quelque chose de surprenant et qui n'est pas dans ma nature. Quelque chose qui m'enthousiasme et qui m'oblige à sortir de ma routine habituelle, à ouvrir les yeux sur de nouvelles possibilités.

Mais quoi ?

* * *

Ma mère me téléphone pendant le dîner et je la rappelle en rentrant chez moi. Je me demande quel chant de Noël elle a choisi pour sonnerie aujourd'hui. Ma mère adore les fêtes, surtout Noël, et elle est toujours d'excellente humeur en décembre. Rien ne la rend plus heureuse que de préparer cette fête et elle n'a pas abandonné les traditions de mon enfance, même si Giselle et moi avons quitté la maison. Elle continue à accrocher nos chaussettes sur la cheminée et à déposer une assiette de cookies pour le père Noël. Je suis sûre que si on l'entaillait, elle saignerait des guirlandes de Noël.

— Bonsoir, ma chérie !

— Bonsoir, maman.

— C'était comment, le dîner avec tes copines ?

— Super.

Je la mets au courant des plans de mariage de Margot et elle soupire.

— Comme ça doit être super sympa de préparer un mariage ! Muffy doit être au paradis, constate-t-elle, songeuse.

Muffy est la mère de Margot.

— Message reçu cinq sur cinq, maman.

— Loin de moi l'idée de te presser, ma chérie. Je me dis juste que ça doit être sympa de planifier un mariage.

— Peut-être que Giselle va annoncer qu'elle est fiancée. Et que cette fois-ci ça durera pour de bon.

— Elle a un nouveau mec ? demande ma mère sur un ton plein d'espoir.

— Pas que je sache. (J'ai eu ma sœur au téléphone la semaine précédente et elle m'a raconté son dernier plan à trois mais je ne pense pas que ma mère ait envie d'entendre ça.) Tu m'as appelée un peu plus tôt ?

— Oui. Je suis en train de préparer le menu du réveillon de Noël et je me demandais si tu pouvais faire le pudding au chocolat de Mamie Flossie.

— Bien sûr. (Ce pudding est très compliqué à confectionner, mais je sais que si je suggère à ma mère de préparer quelque chose de plus simple, elle fera une attaque. Noël n'est pas Noël sans le pudding de mamie !) Qu'est-ce que Giselle apporte ?

Je pose la question même si je connais déjà la réponse.

— Elle arrivera en avion le matin même, donc elle ne peut rien apporter. Et puis de toute façon elle ne sait rien faire, donc je ne vois pas l'intérêt de lui demander quoi que ce soit.

— OK.

J'essaie de ne pas éprouver de rancune pour toutes les tâches ménagères auxquelles Giselle a échappé en simulant l'incompétence. Être une bonne actrice est très utile dans la vraie vie, pas juste sur la scène.

— Bon, ma chérie. On se rappelle.

Elle m'envoie deux baisers avant de raccrocher. Je balance mon portable sur le siège du passager, vaguement agacée contre moi-même pour ne pas avoir osé dire à ma mère que je voulais faire une tarte au lieu d'un pudding et pour ne pas avoir eu le cran d'avouer que ça m'énerve que Gisèle ne fasse jamais rien pour les dîners de famille.

Et peut-être que ma mère n'a pas voulu se montrer blessante en faisant ce commentaire sur le mariage, même si elle est très douée pour faire des allusions innocentes. Mais elle n'a jamais caché qu'elle voulait être grand-mère et qu'elle pensait qu'il était largement temps. Toutes ses amies marient leurs enfants un par un et deviennent grand-mère. C'est devenu une compétition entre elles.

Comme Giselle a toujours prétendu qu'elle ne voulait pas d'enfant, je suis la seule joueuse en lice dans l'équipe de ma mère. *Tu n'as pas de bol, maman.*

Cette nuit-là, étendue dans mon lit, j'essaie de trouver des manières de me montrer plus audacieuse et de sortir de ma coquille. Je pense à Margot et à ses scones et soudain j'ai une illumination. Le rouge à lèvres.

Margot porte toujours un rouge à lèvres très rouge. Ce n'est peut-être pas pour ça qu'elle a autant d'assurance, mais ça ne peut pas faire de mal. D'ailleurs, en y réfléchissant bien, je me rends compte que c'est aussi le cas de Giselle. Même Taylor Swift a commencé à sortir avec des hommes plus intéressants quand elle a adopté un rouge à lèvres rouge.

C'est de ça dont j'ai besoin ! Du maquillage de scène ! Quelque chose qui me donne l'impression que je peux être la femme assurée et brillante que je veux être.

Je pose les doigts sur mes lèvres et j'essaie de m'imaginer avec une moue boudeuse comme celle que Giselle adopte sur tous ses selfies. Sur moi, ce sera forcément différent. Puisque j'ai des lèvres très pulpeuses et que je n'aime pas attirer l'attention sur elles, j'utilise des rouges à lèvres neutres, des beiges et des roses qui portent des noms comme *Chérie* et *Rougissement*. Il me faut quelque chose de plus osé, quelque chose qui s'appelle *Effrontée* ou *Insolente* ou *Dure à cuire*.

J'éclate de rire… Je vais bien m'amuser.

# Chapitre sept

## *Theo*

Un sac plein de courses dans chaque bras, je me fraie un chemin avec difficulté dans l'allée qui mène à la petite maison de ma belle-sœur. Je vais en profiter pour déneiger l'allée pendant que je suis là. Et il faut aussi que je sale l'entrée.

Une fois sur la véranda, je passe les deux sacs sur mon bras droit pour pouvoir frapper à la porte. J'entends quelqu'un pleurer à l'intérieur et une autre voix s'exclamer : « Le voilà ! ». Un instant plus tard, deux fillettes font leur apparition derrière la fenêtre à ma droite. Elles se tiennent entre le rideau et la vitre pleine de traces de doigts et agitent leurs mains avec enthousiasme dans ma direction.

— Salut, oncle Theo ! s'écrie Ava, qui a six ans.

Sa petite sœur, Hailey, sourit de toutes ses dents tout en sautant sur place comme si j'étais le père Noël. Mon cœur se serre à cette idée : Josie pourra-t-elle célébrer correctement Noël avec ses filles ? Je vais m'y employer.

*Maudit sois-tu, Aaron. Fais une cure de désintox et rentre à la maison.* Mon frère est un alcoolique, exactement comme notre père, et même s'il n'a pas bu une goutte d'alcool pendant les premières années de son mariage, sa sobriété s'est fait la malle quand il s'est retrouvé au chômage il y a deux ans. Depuis, il est bourré du matin au soir et même s'il se déteste d'agir comme ça, il a l'impression qu'il ne peut pas changer.

Il n'est pas violent comme notre père et la seule personne à qui il fasse du mal, c'est lui-même, mais quand j'ai essayé de lui expliquer qu'il faisait souffrir sa famille en prenant la tangente, il a refusé de m'écouter. « Elles se porteront mieux sans moi, a-t-il prétendu. Je ne leur fais pas de bien. » Cette fois-ci, ça fait deux mois qu'il est parti, et même s'il lui arrive de déposer un peu d'argent liquide dans la boîte aux lettres, ça ne suffit pas. Josie est serveuse le soir mais tout son salaire passe dans le baby-sitting. Et elle est perpétuellement épuisée.

J'adore mon frère, et je comprends très bien pourquoi il est comme ça, mais je meurs d'envie de le frapper jusqu'à ce qu'il comprenne à quel point il est stupide de tourner le dos à tout ça. Peut-être que cette maison n'est pas grand-chose et que oui, la vie est difficile quand on est au chômage avec une femme et trois enfants, mais bordel, c'est sa maison, et sa femme, et ses enfants ! Ils l'adorent. Il y aurait de quoi se battre pour ça. *Rester*, au moins. Et le plus fou dans l'histoire, c'est que je sais qu'il les aime. Ce n'est pas comme s'il n'en avait rien à foutre. Ça me fait peur de voir qu'il est capable de les abandonner comme ça. Exactement comme notre mère l'a fait avec nous. Peut-être qu'il est formaté comme ça. Et peut-être que moi aussi.

Une raison de plus pour moi de rester seul.

La porte d'entrée s'ouvre sur ma belle-sœur qui porte Peyton dans ses bras. Le bébé est en train de s'égosiller et Josie a très mauvaise mine : le teint blafard, les yeux cernés, des mèches de cheveux sombres s'échappant d'une queue-de-cheval négligée.

L'épaisse chevelure couleur de miel de Claire surgit soudain dans mon esprit. Ses cheveux sont-ils aussi doux qu'ils en ont l'air ? *Mais c'est pas vrai, tu vas arrêter de penser à elle ? Tu t'es déjà branlé deux fois et tu l'as rencontrée il y a moins de vingt-quatre heures. C'est quoi ton problème ?*

— Salut, fait Josie sur un ton fatigué. Entre.

Je ramasse les sacs que j'avais posés au sol et je m'exécute. La maison ressemble à une boîte, avec le salon et la cuisine d'un côté, deux chambres et une salle de bain de l'autre. Tout en me dirigeant vers la cuisine, je constate qu'il n'y a pas de sapin de Noël.

— C'est quoi le problème avec Peyton ? je demande en posant les sacs sur la table encombrée de crayons de couleur cassés et de livres de coloriage abîmés. Je prends note de leur en acheter de nouveaux.

— Elle a une otite, répond Josie sur un ton aussi épuisé que son apparence. Le médecin dit que les antibiotiques ne devraient pas tarder à faire effet mais je n'ai plus d'antalgiques.

— Je vais t'en acheter, promets-je en sortant le lait, les pommes et le fromage d'un des sacs. Laisse-moi ranger les courses d'abord.

— Tu en fais déjà trop, constate Josie en jetant un coup d'œil dans les sacs. Regarde tout ce que tu as acheté. Laisse-moi te rembourser.

— Hors de question.

Ava et Hailey surgissent dans la cuisine et se jettent sur moi, enserrant mes jambes de leurs petits bras. Je ferme la porte du frigo et me penche pour les prendre toutes les deux dans mes bras.

— Salut ! Comment vont Blanche-Neige et Cendrillon ? je demande en posant un baiser sur leurs fronts respectifs. Vous avez encore organisé un thé ?

— Oui ! s'écrie Ava. Mais cette fois-ci, je veux être la Belle au bois dormant.

— Si tu veux. (Je remarque que Hailey porte le même genre de pull rose que Claire la veille.) Tu vas encore me faire manger la pomme empoisonnée ?

Elle se met à glousser.

— Oui !

Je pousse un soupir exagéré et je les repose à terre.

— D'accord. J'ai une petite course à faire pour votre mère avant mais on jouera quand je reviendrai. Ça vous va ?

Elles hochent la tête et regagnent les chaises pour continuer leurs coloriages.

— Tu as eu de ses nouvelles ? me demande Josie par-dessus les pleurs de Peyton.

L'espoir que j'entends dans sa voix me serre le cœur. Quoi qu'il fasse, elle l'aime et refuse de divorcer. Elle a de la famille dans l'Ohio, une tante et des cousins et j'ai suggéré qu'elle les rejoigne, mais elle refuse de partir. Je ne comprends pas.

— Non.

Je me concentre sur les courses et je me retiens de dire ce qui me brûle les lèvres. Josie n'a pas besoin de m'entendre dire du mal de mon frère. Ça ne sert à rien.

— J'en déduis que toi non plus ?

— Pas depuis quinze jours. Il a laissé une enveloppe mardi dernier, mais c'était pas grand-chose. J'espère qu'il va bien.

Je ferme le frigo, je me redresse et je pivote pour lui faire face.

— Il devrait être là, Josie. Il devrait prendre soin de sa famille. S'assurer que vous allez bien.

— Il va revenir, affirme-t-elle, et je sais qu'elle le croit. Il revient toujours.

— Tu as réfléchi à l'idée de partir dans l'Ohio ?

— Non.

Sa bouche forme une ligne têtue.

— Mais…

— Non. Quand on aime quelqu'un, on ne part pas.

— C'est pourtant ce qu'il a fait.

Elle me lance un regard plein de défi.

— Parce qu'on ne lui a jamais appris ça.

— Tu ne lui en veux pas ?

— Bien sûr que si. (Elle pose un baiser sur le sommet du crâne de Peyton.) Mais il souffre, Theo. Je sais. Il a trop honte pour rentrer à la maison.

— Il peut avoir honte. (Je suis furieux et j'ai envie de crier mais je le dis à voix basse afin que les deux grandes filles n'entendent pas.) Ce n'est pas le genre de père qu'il voulait être.

— Ce n'est pas lui, insiste Josie. Quelqu'un d'autre prend le dessus quand il boit. Ce n'est pas lui.

C'est à la fois vrai et faux. Je comprends ce qu'elle veut dire : le Aaron dont elle est amoureuse est fort, courageux et dur à la tâche. Fier et farouchement protecteur de ses filles. Mais il abrite au fond de lui des démons qu'il ne peut ignorer. Il essaie de les faire taire avec l'alcool, mais ça ne fait que leur donner plus de place. C'est pour ça que j'ai arrêté de boire il y a six ans.

— Il doit absolument cesser de boire s'il revient.

— Il reviendra, affirme-t-elle, les yeux pleins de larmes. Il le doit.

Quelque chose dans son ton me donne la chair de poule. Je baisse les yeux vers son ventre.

— Tu es enceinte.

— Chut, fait-elle en lançant un regard inquiet par-dessus son épaule à ses filles. Je ne le leur ai pas encore dit.

— Aaron est au courant ?

— Je lui ai annoncé la dernière fois qu'il a téléphoné. Je n'aurais pas dû. Je pense que je n'ai fait qu'empirer les choses.

Je serre les poings. Ça me tue de voir qu'elle pense que c'est sa faute.

— C'est pour quand ?

— Début juillet, je pense. Ça a dû arriver la dernière fois qu'il était à la maison, en septembre. (Une larme coule le long de sa joue.) On a passé quelques bonnes semaines.

*Maudit sois-tu, Aaron.*

— Tu as vu un médecin ?

— Pas encore.

— Prends rendez-vous.

— Mais je n'ai pas les moyens de…

— Prends. Un. Rendez-vous. Je paierai. Et monte le chauffage : il fait trop froid ici pour les enfants.

Mon ton est sans appel. Les lèvres serrées, je caresse les cheveux blonds de Peyton avant de me diriger vers la porte.

— Je vais chercher le médicament et du sel pour l'allée. Je n'en ai pas pour longtemps.

* * *

Quand je reviens, je donne aussi leurs nouveaux crayons de couleur et leurs livres de coloriage aux filles, je dégage la neige qui a envahi l'allée et le trottoir en raclant furieusement la pelle contre le sol. Je suis fou de rage contre mon frère. Je lui en veux à mort. Et pourquoi est-ce que Josie se montre aussi aveuglément loyale à son égard ? Même s'il finit par rentrer, s'il ne suit pas une cure de désintoxication, il repartira. C'est un cercle vicieux et elle le sait. Le passé ne cesse de se répéter. Est-ce qu'elle ne se réveillera pas tous les matins en se demandant : « Va-t-il nous quitter aujourd'hui ? ». Est-ce qu'elle ne veut pas quelque chose de mieux pour ses enfants ? Moi je veux quelque chose de mieux pour elles, et ce ne sont que mes nièces !

L'amour est vraiment un sentiment tordu.

# Chapitre huit

## *Claire*

A*udacieuse.*

Dès que je vois le nom écrit sur le tube de rouge à lèvres, je sais qu'il est pour moi.

On est jeudi, et je me suis arrêtée au supermarché en sortant du boulot pour acheter un tube de courage écarlate. (Margot désapprouverait certainement mon choix de l'acheter au supermarché, mais nous n'avons pas le même compte en banque. Je ne peux m'offrir que la version discount de la badass attitude.)

En rentrant chez moi, je découvre que Theo m'a envoyé un message via la messagerie de SexyMenAlouer.com.

**Bonjour Claire, je me demandais si vous vouliez que je passe vous prendre avant le mariage ou**

**si vous préfériez que je vous retrouve à la réception. Les deux me vont.**

Je réfléchis un instant et je décide qu'il peut passer me chercher. Ce n'est pas un complet inconnu ; nous nous sommes déjà rencontrés et nous avons échangé quelques messages. De plus, ce serait gênant d'expliquer aux autres pourquoi nous arrivons dans deux voitures séparées. Mais au cas où Theo serait vraiment un serial killer, j'appelle Jaime pour lui expliquer qu'il va venir me chercher en voiture.

— Si tu n'entends plus jamais parler de moi, c'est parce que j'avais trop honte d'aller à un mariage sans plus un.

— Je veux absolument que tu m'envoies des SMS toute la nuit et que tu me préviennes quand tu es rentrée, répond-elle. Et je tiens à ce que tu saches que je pense que c'est une mauvaise idée.

— Bien noté. D'après toi, comment je devrais m'habiller ? je demande en contemplant ma garde-robe.

— Je t'interdis de porter la Robe de Mariage, fait-elle en évoquant la robe noire ample que j'ai portée à tant de cérémonies qu'on a été obligées de la baptiser ainsi.

— Pourquoi pas ?

— Elle n'a aucun intérêt.

— Elle est confortable, je proteste en la sortant du placard.

— Elle n'est pas sexy.

Jaime et Margot n'ont de cesse de me convaincre de m'habiller de manière plus sexy, ou du moins plus stylée, mais je ne suis pas sûre de savoir le faire.

— Je n'ai pas besoin d'avoir l'air sexy, j'ai juste besoin d'avoir l'air non célibataire.

Elle pousse un soupir exagéré.

— Laisse tomber, je vais me débrouiller, réponds-je en rangeant la robe dans l'armoire.

— Tu es nerveuse ?

— Oui. Theo est sympa, et on va peut-être passer une bonne soirée, mais j'ai peur de ne pas réussir à convaincre les autres que c'est vraiment mon petit ami. Ce n'est pas moi l'actrice de la famille. C'est la première fois que je fais un truc pareil.

— Je sais, répond-elle en riant. Je pensais justement que depuis vingt ans que je te connais, c'est la chose la plus folle que tu aies jamais faite.

Sa remarque me fait sourire.

* * *

Lorsque le vendredi arrive, je ne sais toujours pas ce que je vais mettre.

Après l'école, ce jour-là, j'examine de nouveau ma garde-robe. J'aimerais bien avoir l'air un peu sexy, mais du rouge à lèvres rouge plus une tenue audacieuse, c'est trop pour moi et je suis déjà suffisamment nerveuse comme ça : je n'ai pas besoin d'en rajouter avec une robe trop moulante ou trop décolletée. Une chose à la fois ; pour ce soir, les lèvres suffiront.

Je décide donc d'ignorer les conseils de Jaime et de porter la Robe de Mariage. Elle est peut-être trop simple, mais elle me va bien. Je l'enfile et comme il fait froid, je mets des collants noirs épais et des bottines plates. C'est mignon, non ? Contente de moi, j'applique le rouge à lèvres rouge et je me regarde dans le miroir.

— Sur une échelle de un à dix, tu vaux au moins un huit et demi, me dis-je à moi-même. Tu n'es pas une bombe, mais tu es quand même une balle, voire une petite grenade.

J'envoie un baiser à mon reflet avant de dévaler l'escalier et de sortir de chez moi.

* * *

Je vais à la cérémonie, fixée à dix-huit heures, toute seule parce que je n'ai pas les moyens de payer Theo plus de trois heures. À la fin, au moins cinq personnes me demandent où est mon homme mystère et leurs expressions vont de curieuses à sceptiques.

— Il n'a pas réussi à se libérer suffisamment tôt du boulot, j'explique, ravie par la facilité avec laquelle je mens. (Le rouge à lèvres fonctionne ! Mes oreilles picotent à peine.) Mais il sera à la réception.

De retour chez moi, j'ai un quart d'heure avant l'arrivée de Theo, quart d'heure que je passe à me regarder dans le miroir de la salle de bain. Je remets une couche de rouge à lèvres *Audacieuse* et je m'entraîne à faire la même moue que Giselle. J'ai l'impression d'y parvenir après quelques essais.

Quand la sonnette de la porte retentit, des papillons s'envolent dans mon ventre, ce qui m'agace. Ce n'est pas un rendez-vous, c'est juste une transaction financière, comme l'a souligné Theo.

Mais au cas où la deuxième couche de rouge à lèvres ne serait pas une bonne idée, j'en enlève un peu.

Il sonne de nouveau, et je jette le mouchoir plein de rouge dans la poubelle.

— J'arrive, j'arrive ! je crie en me précipitant vers la porte.

Quand j'ouvre cette dernière, je reste bouche bée.

Theo est splendide, absolument splendide. Mon cœur se met à battre un peu plus vite tandis que je le contemple de haut en bas. Il porte un costume noir avec une chemise blanche et une cravate rouge sombre. Ses cheveux bruns sont bien coiffés, sa barbe disciplinée et ses chaussures cirées. Et il est tellement grand : le sommet de mon crâne atteint à peine son menton. Si je voulais l'embrasser, je devrais me mettre sur la pointe des pieds.

Dès que cette pensée surgit dans mon esprit, je la balaye. *Il ne risque pas de t'embrasser, idiote.*

— Entrez, dis-je en m'effaçant. (Je constate qu'il ne porte pas de manteau.) Je suis presque prête.

— D'accord. Il n'y a pas d'urgence. J'ai quelques minutes d'avance. (Il pénètre dans le salon et regarde autour de lui tandis que je referme la porte.) C'est joli chez vous.

— Merci. Il faudrait que je fasse quelques travaux, mais j'adore cette maison.

— Comment on appelle ce style d'architecture, déjà ?

— Arts and Crafts. C'est du moins ce que l'agent immobilier qui me l'a vendue a prétendu.

— Vous… on peut se tutoyer, non ? Après tout, nous sommes censés sortir ensemble depuis deux mois.

— Oui, bien sûr.

— Tu vis ici depuis quand ? demande-t-il en admirant mon sapin de Noël avant de jeter un coup d'œil dans la salle à manger qui ne contient ni tables ni chaises.

— Peu de temps. J'ai acheté cette maison l'été dernier et je la rénove une pièce à la fois. Mais comme je le fais toute seule, c'est long.

Theo s'approche de la cheminée pour observer le tableau que j'ai accroché au-dessus, une aquarelle des cerisiers en fleur à côté du chalet que possède ma famille un peu plus au nord. Ce sentiment désagréable et angoissant qui m'assaille chaque fois que des gens regardent mes œuvres se fraie un chemin dans mon estomac et j'espère presque qu'il ne remarque pas ma signature en bas de la peinture. Ce n'est malheureusement pas le cas.

— C'est toi qui as peint ça ? demande-t-il.

Je n'arrive pas à deviner au ton de sa voix si c'est une bonne chose ou pas.

— Oui.

— C'est magnifique.

Mon anxiété s'apaise un peu et un orgueil léger me réchauffe le cœur.

— Merci.

Il jette un coup d'œil autour de lui sur les étagères encastrées sur lesquelles j'ai posé des photos de ma famille et de mes amis et de petits tableaux, des esquisses et des projets que j'ai réalisés.

— C'est toi qui as fait tout ça ?

— Oui.

— Qu'est-ce que c'est ?

Il s'empare d'une œuvre que j'ai finie il y a peu, un vieil exemplaire d'un recueil de contes de fées dont j'ai transformé la couverture rigide en une tour ouvragée comme celle de Raiponce avant de recouvrir les pages d'aquarelles.

— J'appelle ça un livre détourné.

— C'est fabuleux, constate-t-il en le reposant avant d'en attraper un autre. Tu ne fais ça qu'avec les contes de fées ?

— Non, mais c'est vrai qu'ils m'inspirent beaucoup. Les histoires, les sentiments, les symboles qu'ils véhiculent. J'aime aussi la mythologie et la poésie.

Je m'approche de lui et je m'empare de mon préféré, un volume des sonnets de Shakespeare dans lequel j'ai gravé et peint un cœur.

Il l'admire un moment.

— Comment tu fais ça ?

— Je commence par une esquisse puis j'imagine un moyen de dessiner au milieu des pages. Quand je sais exactement ce que je veux faire, je grave le dessin dans le livre avec un cutter. Une fois que je me suis occupée de toutes les couches de pages, je passe à l'aquarelle puis je colle les côtés.

Expliquer comment je fais quelque chose est beaucoup plus facile pour moi que de partager mon travail. Je pourrais parler pendant des heures du processus, voire apprendre aux autres à le faire, mais exposer mes œuvres au jugement de tous… c'est difficile. J'ai l'impression que c'est moi qu'on juge. Je repose le livre sur l'étagère.

— Est-ce que tu vends tes œuvres ? demande Théo en observant attentivement le portrait que j'ai fait de ma sœur.

— Non. Enfin, pas encore, j'ajoute rapidement. J'aimerais bien le faire un jour.

Il se redresse et plonge son regard dans le mien.

— Quand ça, un jour ?

— Je ne sais pas, réponds-je en haussant les épaules. Bientôt, peut-être.

— Pourquoi tu ne l'as pas déjà fait ?

— Il faut envoyer son travail aux expositions et aux galeries et… je ne suis pas certaine d'être à la hauteur.

Le sentiment d'angoisse est de retour. Mes amis et ma famille prétendent que j'ai du talent, mais peut-être qu'ils disent ça juste pour être sympa avec moi ?

— Je te trouve vraiment à la hauteur. Qu'est-ce qui te retient ?

— Rien, mens-je. J'attends juste le bon moment.

Il hoche lentement la tête, le regard scrutateur. J'ai l'impression qu'il lit en moi comme dans un livre ouvert. Je m'attends à ce qu'il affirme de nouveau que j'ai peur, mais au lieu de ça, il demande :

— C'est ça que tu vas porter au mariage ?

Je jette un coup d'œil à ma robe noire.

— Oui. Pourquoi ?

Il fronce les sourcils.

— Cette robe ne te va pas.

— Comment ça ? Bien sûr que si.

— Non. Elle est trop ample. On ne voit même pas tes formes.

— Mes formes ?

Je devrais l'envoyer bouler, mais au lieu de ça je me dirige vers le miroir en pied fixé derrière la porte de la chambre d'amis. Pourquoi je fais ça, je n'en ai aucune idée puisque je sais exactement de quoi j'ai l'air dans cette robe. Mais je pense vraiment qu'elle me va.

Theo m'emboîte le pas.

— Oui. Tu es bien fichue, tu devrais le montrer. Avoir plus confiance en toi.

— En réalité, j'avais confiance en moi avant que tu arrives. Tu sais, aucune des femmes qui ont laissé un commentaire sur le site n'ont dit que tu étais critique de mode.

Je lui lance un regard noir par-dessus mon épaule.

— J'essaie juste de t'aider, répond-il en levant les mains pour prouver son innocence. Tu m'as dit que tu avais du mal avec les hommes. Je te donne donc mon avis d'homme.

— Je n'ai jamais dit que j'avais du mal avec les hommes.

Je tourne sur moi-même devant le miroir. A-t-il raison à propos de la robe ? Est-elle trop grande ? Je veux être à l'aise, pas mal fagotée.

— Tu n'as pas dit ça ? Ah bon. Je suppose que c'était sous-entendu, alors.

— Tu trouves vraiment qu'elle me va mal ?

— Elle ne te va pas vraiment mal, fait-il en haussant les épaules avant de se placer derrière moi et de regarder mon reflet dans le miroir. C'est juste qu'elle ne te met pas du tout en valeur. Et puis tout ce noir…

Il secoue lentement la tête.

— Quoi ? je demande en posant les mains sur mes hanches.

— Je ne veux pas te blesser.

— Vraiment ? Et depuis quand ?

— C'est juste qu'on dirait que tu te rends à un enterrement et pas à une soirée sympa. En revanche, j'adore ton rouge à lèvres.

Je pince les lèvres.

— D'accord. Je vais me changer.

— Tu devrais aussi te détacher les cheveux, conseille-t-il tandis que j'emprunte le couloir. Tu as des cheveux magnifiques. C'est l'un de tes gros atouts.

— Ça suffit ! je crie en montant les marches quatre à quatre.

— Qu'est-ce que j'ai dit ? C'est un compliment !

J'atteins le haut de l'escalier et j'enlève rageusement ma robe que je jette sur le sol. Quel connard ! Et je suis certainement une grosse idiote parce que je l'écoute ! Tout en marmonnant dans ma barbe, je passe en revue toutes les robes de mon placard et j'en choisis une, toute neuve, que j'ai achetée sur un coup de tête quinze jours plus tôt. J'avais envisagé de la porter ce soir avant de décider qu'elle était trop moulante. Je jette la robe sur mon lit, enlève mes bottines et mon collant noir. Il n'y a pas de porte à ma chambre parce que tout l'étage est un loft et je garde un œil sur l'escalier, m'attendant à moitié à voir surgir Theo pour critiquer mes sous-vêtements.

Je troque la jolie culotte noire que j'avais enfilée contre une gaine couleur chair sous laquelle je ne mets pas de culotte. Ce n'est pas dans mon habitude, mais la robe est si moulante que les sous-vêtements se devineraient dessous. Il va falloir que je fasse attention à ma façon de m'asseoir.

— C'est pour ça que s'habiller sexy est une plaie, je marmonne. Impossible d'être à l'aise.

Je troque mon soutien-gorge noir contre un autre couleur chair puis je me glisse dans la robe, une petite chose droite en dentelle bordeaux avec des manches trois quarts et un ourlet asymétrique. Elle n'est pas décolletée, mais courte, et sa coupe souligne mes formes. Malheureusement, je suis incapable de remonter la fermeture Éclair jusqu'en haut.

Merde. Je vais être obligée de demander à Theo de m'aider.

Agacée, j'enlève toutes les épingles à cheveux qui retiennent mon chignon et je laisse mes cheveux ondulés retomber sur mes épaules. J'essaie de les arranger un peu en me regardant dans le miroir fixé sur mon armoire, mais je n'ai pas vraiment le temps d'en faire quoi que ce soit. Jambes nues, j'enfile mes escarpins nude et je contemple mon reflet dans le miroir. Est-ce que c'est bien ? Je tourne sur moi-même sans y trouver à redire. En réalité, je me trouve plutôt pas mal. Mais c'était aussi le cas avec l'autre robe. Je parie que Theo va y trouver quelque chose à critiquer.

Si j'avais su qu'il me ferait autant de critiques, j'aurais choisi quelqu'un d'autre. Je n'ai besoin de personne pour me trouver des défauts. J'éteins la lumière de ma chambre et je descends l'escalier avec précaution.

Theo, qui est de nouveau en train de contempler l'aquarelle posée au-dessus de ma cheminée, pivote dans ma direction et se met à siffler. Sa réaction me plaît. Serais-je donc horriblement anti-féministe ?

J'essaie de garder l'air agacé.

— J'ai besoin d'aide pour fermer la robe.

— Bien sûr. (Il me dévisage, les yeux écarquillés, tandis que j'atteins la dernière marche de l'escalier.) Ouah. Tu es éblouissante.

Je le regarde, surprise. Personne ne m'a jamais trouvée éblouissante avant. Est-ce que ça fait partie de son personnage ?

— Merci, réponds-je, un peu incertaine.

Je pivote sur moi-même et écarte les cheveux de ma nuque afin qu'ils ne se retrouvent pas prisonniers de la fermeture Éclair. Lorsque sa main effleure mon dos, je sens un frisson me parcourir la colonne vertébrale. Est-ce que je me fais des films ou est-ce qu'il prend vraiment son temps pour accomplir sa tâche ? J'ai l'impression qu'il lui faut une éternité.

— Attends, il y a une petite agrafe en haut.

Il se rapproche de moi ; il est si près que je sens son souffle sur ma nuque tandis qu'il finit de fermer la robe.

Mon cœur bat la chamade et j'ai du mal à déglutir. *Bon sang, Claire, il n'est pas en train de te déshabiller ! Il remonte la fermeture ! Ressaisis-toi !* Mais sa façon de le faire est… érotique.

— Désolé. J'ai de trop grandes mains. Voilà ! C'est fait.

— Merci. (Je laisse retomber mes cheveux mais je suis incapable de le regarder. Je me dirige vers le placard tout en essayant d'avoir l'air désinvolte et décontracté.) Tu ferais mieux de me déposer juste devant la porte, sinon mes jambes vont geler.

— Bien sûr.

Je m'ordonne de me ressaisir tout en attrapant mon manteau en laine. Lorsque je me retourne, je découvre que Theo est en train de mater mes jambes.

— Quoi encore ? je demande, prête à encaisser une autre critique. Mes talons ne sont pas assez hauts ? Ce n'est pas la bonne couleur ? Mes jambes sont trop pâles ?

— Non, répond-il, et son regard rencontre le mien. Tu es parfaite.

— Oh. Merci.

J'enfile une manche de mon manteau, embarrassée par ma façon de rougir. *C'est quoi ton problème ? Il dit certainement ça à toutes ses clientes ; ça fait partie de son job de les faire se sentir belles, désirables et désirées. Tu n'es pas spéciale.*

— Laisse-moi t'aider, fait Theo alors que je m'apprête à enfiler la deuxième manche.

— Merci.

Mes doigts tremblent et j'ai du mal à boutonner mon manteau, comme une gamine de cinq ans.

— Je suis désolé de t'avoir blessée un peu plus tôt. Parfois je dis les choses sans réfléchir.

— Ce n'est pas grave. Et tu as probablement raison à propos de la robe noire. (Je pivote vers lui tout en sortant mes gants de la poche de mon manteau.) Mes amies n'aiment pas cette robe non plus. Elles ne la trouvent pas assez sexy.

— Elle n'est pas sexy du tout.

Je lui lance un regard noir et il prend immédiatement un air penaud.

— Oups. Désolé.

J'enfile mes gants en soupirant.

— Ne t'inquiète pas. Le truc, tu vois, c'est qu'à mon avis ce n'est pas la robe, le problème. C'est juste moi qui ne suis pas sexy.

— Tu penses que tu n'es pas sexy ?

Mes joues se mettent à brûler. Mais pourquoi j'ai dit une chose pareille ? Je ferme les yeux tout en levant une main.

— Laisse tomber. Je ne veux pas recevoir de faux compliments. Je sais que je te paye pour que tu mentes aux autres, mais tu n'as pas besoin de me mentir à moi.

Il incline la tête.

— Donc, quand on te fait une critique, tu la crois, mais si on te complimente, on te ment, c'est ça ?

Il a tellement raison que je ne sais pas quoi répondre. Il secoue de nouveau la tête.

— Ce n'est pas grave. Je promets de ne pas te mentir ce soir, Claire. Tous les compliments que je te ferai seront réels. (Son ton est mesuré et sérieux. Il ne sourit pas.) Tu es belle et sexy. Et je ne sais pas avec quel genre d'abrutis tu as l'habitude de sortir, mais s'ils ne te font pas sentir ça, qu'ils aillent se faire foutre.

Les papillons reprennent du service dans mon ventre.

— Merci. Toi aussi tu es très bien.

C'est un euphémisme, mais je n'arrive plus à réfléchir correctement. Est-ce qu'il me flatte ? Ou est-ce qu'il pense vraiment ce qu'il dit ? Comment suis-je supposée faire la part du mensonge et de la vérité ?

J'ai vraiment besoin d'un verre de vin.

— Merci. (Theo sort une clef de sa poche.) Tu es prête ?

Je hausse les épaules.

— Je ne pourrais pas l'être plus.

— Ne sois pas nerveuse. Ça va être génial.

— J'en aurai pour mes trois cents dollars ? je le taquine tandis que nous franchissons la porte d'entrée.

J'ai signé un contrat pour les trois heures au minimum, avec une clause stipulant que je peux rajouter des heures si je le souhaite.

— Ça va valoir trois millions de dollars, rétorque-t-il en me donnant le bras tandis que nous marchons sur le trottoir verglacé. En fait, tu vas tellement t'amuser ce soir que tu penseras que trois cents dollars, c'est une affaire.

J'éclate de rire et il me conduit jusqu'à un 4x4 Ford noir qui a l'air d'avoir au moins cinq ou six ans mais qui a été lavé pour l'occasion. Il m'ouvre la portière côté passager et attend que je sois installée pour la refermer. Au moins, il est bien élevé. Les commentaires n'ont pas menti. Il est aussi grand et beau. Il me tarde de faire mon entrée à la réception à son bras. J'entends déjà les murmures qui s'élèveront et cette fois-ci, ils seront positifs. Personne ne se moquera de moi ou n'aura pitié de moi. On m'enviera.

Je jette un coup d'œil machinal sur la banquette arrière et un éclat de rose attire mon regard. J'ai du mal à attraper ce qui gît sur le sol à cause de ma robe moulante, mais quand Theo s'installe derrière le volant, je brandis une Barbie à moitié nue.

— Tu as une fille secrète ? Ou un penchant pervers pour les poupées Barbie ?

Il rougit un peu.

— J'ai une nièce secrète. Tu as trouvé ça où ?

— Sur la banquette arrière.

— Merde.

— Je croyais t'avoir entendu dire que tu n'avais pas de famille.

Il grimace.

— Je suis désolé. Je n'aime pas dévoiler ma vie privée. Ne va pas croire que je ne te fais pas confiance.

Je contemple la Barbie en me demandant s'il dit parfois la vérité.

— Elle a quel âge ?

— La Barbie ?

Je lui lance un regard agacé.

— La nièce.

— Oh. J'en ai trois. Elles ont six ans, cinq ans et deux ans.

— Trois. Waouh.

— Ce sont les filles de mon frère.

Je soupire.

— D'accord, pourquoi pas ? (Je balance de nouveau la poupée sur la banquette arrière et j'attache ma ceinture.) Mais s'il s'avère que tu as un penchant fétichiste pour les Barbies, j'exigerai que tu me rembourses.

Il m'adresse un grand sourire tout en mettant le contact.

— D'accord.

Je lui souris en retour. J'aime bien Theo, malgré sa capacité à m'agacer. Tant qu'il garde ses conseils de mode, de beauté et de séduction pour lui-même, je suis certaine que je vais passer un bon moment avec lui.

Je suis même un peu désolée que tout ça ne soit que faux-semblant.

# Chapitre neuf

## Theo

— Parlons de nos préférences, dis-je tandis que nous roulons vers la réception.

— Préférences ? Comment ça ? demande-t-elle en tournant la tête vers moi.

Sa façon de plisser les sourcils est adorable. Comment s'appelle la couleur de ses yeux ? Vert sauge ? Quant à ses lèvres… comment se fait-il que je n'aie pas remarqué l'autre jour qu'elles étaient pleines et désirables ? En parlant de désir, cette robe moule des formes que je n'avais pas imaginées… j'ai pourtant passé beaucoup de temps à penser à elle ces deux derniers jours.

Ça me perturbe. Je ne suis pas habitué à ce qu'une femme s'installe dans mes fantasmes de cette manière-là, et certainement pas une femme que je connais en vrai. En règle générale, je pioche dans une variété impressionnante de mannequins lingerie, d'actrices de Hollywood très célèbres ou de stars du porno qui ont des noms dans le genre de Cherry Poppins ou Ivana Grossesalope. Mais depuis deux jours (et mon imagination peut s'en donner à cœur joie en seulement deux jours), même Ivana a pris les traits de Claire dans mes fantasmes.

Je ne cesse de me dire que c'est parce que Claire représente une nouveauté. Je n'ai pas rencontré beaucoup de femmes dans son genre : belle, intelligente, sympathique, qui a fait des études, qui est très entourée par sa famille et dont l'avenir s'annonce radieux. Je ne suis pas abstinent, loin de là, mais quand j'ai besoin de tirer un coup, je m'en tiens aux filles faciles. Les rares fois où j'ai essayé de sortir avec quelqu'un, ça a tourné à la catastrophe. Je suis très fort pour tout foutre en l'air.

Et je ne sors jamais avec les clientes. Ce sont en général des femmes plus âgées qui sortent d'une rupture ou d'un divorce. Elles sont sympa et ravies de l'attention que je leur procure, mais aucune ne m'a jamais attiré. Et aucune non plus ne m'a jamais donné envie de briser l'Engagement Platonique, contrairement à Claire. Ses cheveux, sa bouche, son corps dans cette robe, ses jambes… je leur jette un coup d'œil et je sens mon sexe se réveiller.

*C'est bien fait pour toi, abruti. C'est toi qui lui as dit de mettre cette robe. Pourquoi est-ce que tu ne l'as pas encouragée à garder le sac à patates ?*

J'aurais mieux fait, merde. Mais j'ai vraiment envie de l'aider. Il est évident qu'elle manque de confiance en elle et elle n'obtiendra jamais ce qu'elle veut si elle ne change pas. Elle a besoin de se mettre en avant. J'essaie juste de la coacher un peu.

Mais putain de merde, qu'est-ce qu'elle est sexy, habillée comme ça.

Je m'agite un peu sur mon siège et je me concentre sur la route tout en me maudissant : j'aurais dû prendre la précaution de me soulager avant de partir de chez moi.

— Oui, nos préférences. Du genre, quelle est ta couleur favorite ?

— Tu veux dire que ton instinct fabuleux ne te l'a pas dit ? me taquine-t-elle.

— Très drôle. Si je devais deviner, je dirais… Rose.

*Ne pense pas à tout ce qui peut être rose chez elle. Laisse tomber, connard.*

— Bien joué. Et toi ?

— Vert. Juste comme les yeux de ma chérie, réponds-je en lui lançant un regard énamouré.

Elle me donne un petit coup sur le bras.

— Le vert est vraiment ta couleur préférée ? demande-t-elle, soupçonneuse.

— Non. Je n'ai pas de couleur préférée.

Je ricane. Pour quelqu'un qui n'est pas sûr d'elle, elle ne se laisse pas facilement démonter. Mes yeux s'égarent de nouveau sur ses jambes et je me demande comment elle est au lit.

*Arrête, nom de Dieu.*

Je m'éclaircis la voix.

— Ton plat préféré ?

— Voyons voir. Italien peut-être ? J'adore les boulettes.

Ça me tue de ne pas faire une blague cochonne mais je me retiens.

— Moi aussi. Ton restaurant préféré ?

— Andiamo, répond-elle sans réfléchir. J'adore leur tiramisu.

Je hoche la tête.

— Je note. Ton film préféré.

— Non. Celui-là, à toi de le trouver, fait-elle en croisant les bras. J'ai déjà répondu à suffisamment de questions.

Un petit sourire étire mes lèvres.

— Laisse-moi réfléchir. (Je me frotte le menton tout en lui lançant un regard critique.) Je suis prêt à parier que c'est quelque chose de romantique qui finit bien et que tu pleures chaque fois que tu le regardes.

— Je plaide coupable, répond-elle en soupirant. Mes amies me taquinent toujours parce que je pleure beaucoup au cinéma. Mais qui n'aime pas les happy ends ? Il n'y a rien de mal à cela, n'est ce pas ?

J'éclate de rire.

— Tu peux me croire, moi aussi j'aime les fins heureuses. Je n'ai jamais dit que c'était mal. Je trouve ça plutôt mignon.

— Il n'y a que toi qui puisses prononcer le mot « mignon » comme si c'était une insulte.

— Je te promets que ce n'était pas une insulte. Laisse-moi réfléchir un instant. Quel film de fille peut être ton préféré… je dirais bien *Titanic* mais je suis sûr que tu es furieuse parce que Jack meurt à la fin.

— Il n'est peut-être pas mort ! s'exclame-t-elle. On ne le voit pas mourir, donc il a peut-être survécu.

— Je pense au contraire qu'il est très clair qu'il est mort.

Elle lève le menton, têtue.

— Tu as droit à un deuxième essai.

Je réfléchis un instant.

— *Casablanca ?*

— Non. Je déteste la fin. Mais j'adore le film.

— C'est un Disney, alors ? je demande en pensant qu'elle a peut-être des goûts similaires à ceux de mes nièces, dont la couleur préférée est aussi le rose.

— Il y a une princesse dedans mais ce n'est pas un Disney. (Quand elle voit que je garde le silence, elle frappe des mains, ravie.) Ha ha, je t'ai eu !

— Pas du tout. Laisse-moi encore une minute de réflexion. (Je pénètre dans le parking devant la salle de réception et je roule vers le voiturier afin que Claire n'ait que quelques mètres à franchir, à l'abri sous un auvent.) Bon, ce n'est pas un Disney, mais il y a une princesse et ça finit bien. J'ai trouvé ! fais-je en coupant le contact, un grand sourire aux lèvres. *Princess Bride !*

Elle se décompose.

— Zut. J'étais certaine que j'avais gagné.

Elle est tellement mignonne.

— Mais tu as gagné. Tu vas passer trois heures en ma compagnie.

Elle sourit de nouveau, avec plus d'assurance cette fois-ci.

— Trois heures pendant lesquelles tu ne te moqueras ni de mes goûts en cinéma, ni de mes vêtements, ni de quoi que ce soit d'autre. Tu ne me feras que des compliments, comme ça tout le monde pensera que tu es dingue de moi.

Je ne peux pas résister à l'envie de la taquiner en lui parlant comme le valet à Bouton d'Or.

— Comme vous voudrez [1].

* * *

Une fois l'intérieur, nous déposons le manteau de Claire au vestiaire et nous trouvons nos noms sur le plan de table. On nous a installés à la table 12. Je laisse Claire ouvrir la marche, ce qui me permet d'admirer son derrière. Elle s'arrête soudain, se retourne, et je suis persuadé pendant un instant qu'elle m'a surpris en flagrant délit mais au lieu de me réprimander, elle pose une main sur ma poitrine et me murmure à l'oreille :

— Je te parie vingt dollars que c'est la table des célibataires, fait-elle en désignant du menton une table autour de laquelle sont assis des gens à l'air embarrassé et malheureux.

Personne ne parle et tout le monde regarde l'écran de son smartphone, à l'exception d'un mec qui est en train de fabriquer un cygne avec sa serviette.

— Ouh la. J'aurais dû augmenter mes tarifs.

Elle me lance un regard noir et enfonce son doigt dans ma poitrine.

— Sois sage. Quel est ton nom de famille au fait ? Je ne te l'ai pas demandé et il va bien falloir que je te présente.

---

1 Bouton d'or est le nom de la princesse dans le film Princess Bride, sorti en 1987. Son valet lui répond très souvent par cette phrase.

— Woodcock.

Elle me jette un regard suspicieux.

— Quoi ? C'est un vrai nom de famille.

— Mais est-ce que c'est vraiment le tien ?

Ça ne l'est pas, et j'ai promis de ne pas lui mentir, mais je ne peux pas faire autrement. Je n'utilise jamais mon vrai nom.

Et puis en plus… Woodcock ça veut dire trique en bois. Je trouve ça génial.

— C'est mon nom ce soir.

Elle soupire.

— Comme tu veux. J'espère juste qu'ils ne demanderont pas à voir ton permis de conduire.

— Si c'est le cas, aucun problème, je le leur montrerai.

— Tu as un faux permis ? (Elle lève une main en secouant la tête.) Ne réponds pas. Je ne veux pas savoir.

— Tant mieux. Tu es prête à monter en scène ?

Elle pâlit un peu.

— J'ai le trac.

Je m'empare de sa main et je dépose un baiser dessus juste pour le plaisir, ravi de la voir rosir.

— Bonne chance, ma chérie.

Nous trouvons notre table et Claire me présente aux convives. Même si certains lèvent le sourcil en entendant mon nom, ses collègues sont trop polis pour rire ou pour vérifier mes dires. Je serre la main de tout le monde puis je lui demande si elle veut boire quelque chose. Elle s'est perchée, mal à l'aise, sur le bord de sa chaise et elle se tord les mains.

— Oui, du vin, répond-elle. Un grand verre.

— Je t'apporte ça. Du rouge ?

Elle acquiesce, reconnaissante.

Je me tourne vers le reste de la tablée.

— Vous désirez boire quelque chose ?

Une des femmes présentes répond qu'elle voudrait bien du vin elle aussi et je rapporte donc du bar deux verres de cabernet.

— Tu ne bois pas ? me demande Claire quand je me rassieds.

— Je conduis.

Je ne peux pas lui dire devant tout le monde que je ne bois pas puisque c'est quelque chose qu'elle saurait évidemment si on sortait ensemble depuis quelques mois.

Elle hoche la tête et avale quelques gorgées de vin.

— Merci pour le verre.

— Avec plaisir. (Je baisse la voix et je me penche vers elle pour lui parler à l'oreille, un bras sur le dossier de sa chaise. Ses cheveux sentent merveilleusement bon. J'ai envie de plonger dedans.) Comment ça va ?

— Bien, murmure-t-elle en retour tout en se touchant l'oreille.

— Est-ce que tout le monde nous regarde ?

— Oui.

— Tant mieux. Compliments, compliments, compliments.

Elle glousse.

— Merci.

Je me redresse avec réticence… mais je laisse le bras sur le dossier de sa chaise.

— Alors, Theo, dit Fran, l'une des invités. Est-ce que Claire t'a parlé des projets artistiques qu'elle a montés avec les Girls Scouts pour l'Opération Gratitude ?

Je jette un coup d'œil à Claire pour deviner ce que je dois répondre et elle rougit.

— Tu veux parler des cartes de vœux et des bracelets dans les colis pour les soldats qui sont déployés outre-mer ? demande-t-elle un petit peu trop fort.

— Oh, absolument ! Elle m'en a parlé. (Je secoue la tête comme si je ne parvenais pas à croire que j'avais oublié une chose pareille.) Elle est tellement généreuse que je perds le fil de toutes ses bonnes actions.

— C'est tellement vrai ! C'est elle qui a organisé la collecte de bonbons d'Halloween pour les colis, ajoute Fran.

— Arrête, Fran. Tu me gênes.

— Je veux juste être certaine qu'il sait quel trésor il a dégoté, ma chère. Tu es beaucoup trop modeste.

— Je suis entièrement d'accord, fais-je en tapotant l'épaule de Claire. Je n'arrête pas de lui seriner qu'elle doit arrêter de donner ses œuvres et essayer de les vendre.

Je ne suis pas certain qu'elle donne ses tableaux, mais je serais prêt à le parier.

— Tu as tout à fait raison ! acquiesce Fran, enthousiaste. Je lui répète tout le temps aussi. Elle m'a fait cadeau de cette magnifique peinture de magnolia après que j'ai dû couper le mien et je l'adore. Il faut absolument que tu arrives à la persuader, Theo. Elle est tellement talentueuse et elle ne s'en rend pas compte.

— Je vais faire de mon mieux, réponds-je en souriant à Claire.

Cette dernière a l'air de vouloir disparaître mais pas sans m'avoir transpercé la jambe à coups de couteau à beurre avant.

Une fois qu'il devient clair que personne ne soupçonne quoi que ce soit dans notre relation, Claire se détend un peu : elle se renfonce dans sa chaise, sourit davantage et rit avec plus de naturel.

J'adore son rire. Il est pétillant et enfantin et il me donne envie de la mettre dans ma poche et de la transporter avec moi afin de pouvoir l'entendre s'esclaffer tout le temps.

Elle n'a jamais rien de malveillant à dire sur personne. Et je comprends très vite qu'elle est aussi bonne professeur qu'artiste. Ses amis louent sa créativité, sa bienveillance avec les enfants et son investissement dans son job. Elle rougit joliment et balaye les compliments en disant qu'elle se contente de faire ce qu'elle aime.

Elle est tellement mignonne.

*Et comment. C'est d'ailleurs pour ça qu'elle ne s'intéressera jamais à quelqu'un dans ton genre : un nomade qui a un casier judiciaire, un sens moral pour le moins flou et une fâcheuse tendance à disparaître. N'y songe même pas.*

La voix qui résonne dans ma tête a raison ; en dehors du sexe, je n'ai rien à offrir à une femme dans le genre de Claire et je ne veux sortir avec personne.

Mais pourquoi est-ce qu'un gentil mec avec un bon job, un bon cœur et de bons gènes n'a pas fait la conquête de Claire ? Ne l'a pas séduite ? N'a pas fait battre son cœur ? Elle est belle, talentueuse et aimable. Je ne comprends pas qu'elle soit toujours célibataire alors que ce n'est pas un choix. Quelque chose cloche.

J'y pense pendant tout le dîner. J'ai le temps de mouliner, puisque comme toujours quand je suis avec une cliente, je la laisse mener la conversation. Si quelqu'un me pose une question directement, j'y réponds mais je détourne habilement toutes celles qui concernent la relation vers Claire qui a l'air de s'amuser. Sa performance m'impressionne : elle répond aux questions sans hésitation, raconte de charmantes anecdotes nous concernant et me couvre de compliments dès qu'elle en a l'occasion.

Enfin, elle couvre le faux-moi de compliments.

— Nous nous sommes rencontrés dans un magasin de loisirs créatifs mais il m'a vraiment séduite grâce à un plat italien. Theo est un merveilleux cuisinier.

Un merveilleux cuisinier ? Je sais faire bouillir de l'eau. Faire fonctionner le micro-ondes. Et commander une pizza. Mes talents s'arrêtent là.

— Il était blond quand on s'est rencontrés, n'est-ce pas incroyable ? Il est comme moi, il aime le changement de temps en temps. Mais de toute façon il est toujours beau.

Les cheveux blonds ne me vont pas du tout, mais il est hors de question que je le lui dise.

— Quand j'ai découvert qu'il jouait du ukulélé, j'ai trouvé ça tellement mignon ! Et il a une superbe voix.

Qu'est-ce qu'elle raconte ? Du ukulélé ?

— Oh, j'adore le ukulélé, roucoule Fran. Il chante pour toi, Claire ?

— Tout le temps, répond Claire, dont le regard pétille tandis qu'elle me tapote la jambe. Il est formidable. J'ai tellement de chance.

Elle a l'air si heureuse que je ressens de la culpabilité à l'idée que l'homme qu'elle décrit n'existe pas.

Sans réfléchir, je me penche vers elle et je fais quelque chose que je n'ai jamais fait avec une cliente : je pose un baiser sur sa joue. Elle est douce et tiède sous mes lèvres et je suis dégoûté que ce soit la seule fois où ma bouche touchera sa peau. *Je donnerais n'importe quoi pour la goûter.*

Claire est ravie.

— On va danser, mon chéri ?

— Comme tu voudras.

Son sourire se fait encore plus large.

Je me lève et lui tends la main. Elle s'en empare et je la conduis vers la piste de danse où l'orchestre joue une vieille ballade de Sinatra. Claire se glisse dans mes bras avec une telle facilité que j'ai l'impression qu'elle a toujours été là et ça me perturbe. Je prends bien garde de la maintenir à une légère distance même si je la tiens d'un peu plus près que n'importe quelle cliente, mais je ne permets pas à nos corps de se toucher. Je n'ai pas le droit de la toucher pour bien des raisons et je ne veux pas que mon sexe pense autrement.

Mais, bon Dieu, qu'est-ce qu'elle sent bon.

— Theo, je m'amuse comme une folle ! fait-elle à mi-voix en renversant un peu la tête afin de pouvoir me regarder. Je n'arrive pas à croire que cette soirée m'ait autant angoissée. Tout le monde nous prend pour un vrai couple.

*Il y a quelque chose de vrai entre nous* : *le désir que j'ai pour toi.* Je me force à sourire.

— Tu es une bien meilleure actrice que ce que tu prétends. Tu ne te vois jamais comme tu es.

— Dis donc, fait-elle en fronçant les sourcils. Je t'interdis de me gronder. J'ai encore droit à vingt minutes du gentil Theo.

— Je ne te gronde pas. Je t'encourage. Parce que je ne comprends pas comment quelqu'un d'aussi talentueux que toi ne vend pas ses œuvres. Tu devrais au moins les exposer.

Elle soupire et détourne les yeux.

— J'attends d'avoir créé la bonne œuvre avant de poser ma candidature quelque part.

— Tu travailles dessus ?

— Non. Je n'ai pas l'inspiration.

— C'est un peu facile, non ? De rejeter la faute sur le manque d'inspiration.

Son regard se plante résolument dans le mien.

— Comment ça ?

— J'ai vu plein d'œuvres magnifiques chez toi. Pourquoi ne pas exposer l'une d'entre elles ?

— Parce que ça doit être parfait, répond-elle. Tu ne comprends pas.

— Au contraire, je comprends parfaitement. Tu penses que tu n'es pas à la hauteur.

Elle ouvre la bouche avant de la refermer. Elle ne sait pas comment se défendre.

— Mais tu es à la hauteur, Claire.

— Mais si ce n'était pas le cas ? répond-elle en secouant la tête. Ton avis ou le mien n'ont aucune importance. On pourrait me dire que je ne suis pas bonne. Et ça me détruirait.

— Et alors ? Tu ne dois pas t'empêcher de tenter ta chance. Je comprends que ce ne soit pas facile pour toi de te jeter à l'eau. On ne te garantit pas de fin heureuse. Mais, Claire… (J'arrête de danser pour la forcer à me regarder.) Je sais comment tout ça se termine.

— Vraiment ?

Elle me lance un regard confiant comme si elle pensait que je pouvais prédire l'avenir.

— Oui. Tout le monde meurt.

Elle lève les yeux au ciel.

— Et dire que je suis tombée dans le panneau.

Je lui adresse un sourire contrit.

— Désolé, je n'ai pas pu résister. Mais c'est la vérité, Claire. La vie est courte. Est-ce que tu veux vraiment vivre ta vie comme ça ? Sans jamais prendre de risques ? Sans jamais tester tes limites ?

— Non, admet-elle. Mais je ne sais pas comment me forcer à le faire. Je ne sais pas comment être différente même si parfois j'aimerais vraiment, vraiment être quelqu'un d'autre.

— Crois-moi, je comprends. (Ô combien.) Mais tu n'as pas besoin d'être quelqu'un d'autre. Tu as juste besoin d'arrêter de regarder par-dessus le parapet et de sauter dans le vide.

Je devine à son regard qu'elle a envie de me faire confiance.

— À t'entendre, c'est facile.

— Ça pourrait l'être. Il faut juste que tu en aies suffisamment envie.

Elle redresse un peu le menton.

— J'en ai très envie.

Aucun de nous deux ne fait un geste. Mais j'ai soudain l'impression que nous parlons d'autre chose que d'art.

*Oh, merde. Ses lèvres sont si proches des miennes. Je pourrais l'embrasser ici et maintenant. Juste une fois. Personne ne serait surpris. Et j'en ai envie. J'en ai très envie. Je voudrais savoir quel effet ça fait.*

Elle entrouvre la bouche et se met sur la pointe des pieds. Je fais un pas en arrière en me traitant de tous les noms.

— Je reviens dans une minute, d'accord ? J'ai besoin d'aller aux toilettes.

Elle me jette un regard surpris.

— Oh. Bien sûr. Je vais me rasseoir.

Je la plante là et je me dirige vers le hall, mais au lieu de me rendre aux toilettes, je sors en espérant que l'air froid mettra de l'ordre dans mes idées.

À quoi je pense, bordel ? Je ne peux pas l'embrasser. Pas ici, ni ailleurs ! Non seulement ce serait une rupture de contrat, mais en plus ça la perturberait. Claire n'est pas le genre de fille à coucher à droite et à gauche. Elle n'embrasse pas n'importe qui ; ça aurait du sens pour elle. Je prendrais de l'importance dans sa vie.

Et elle dans la mienne.

Je ne peux pas me le permettre.

# Chapitre 10

## Claire

Waouh. *Waouh.*

J'ai failli l'embrasser. Mon rencard à louer.

Je pose la main sur mon ventre, le souffle court. Le sang bat dans mes tempes. Est-ce que j'ai perdu l'esprit ? Il n'avait pas envie de m'embrasser, tout cela n'est qu'une mise en scène ! Et j'y prends bien trop plaisir. Les sourires intimes que nous avons échangés, les compliments qu'il m'a faits, le bras sur le dossier de ma chaise, le baiser sur la joue. J'ai une espèce de béguin pour lui, comme une petite fille qui a un crush sur son acteur favori. Je suis très gênée d'avoir avancé les lèvres vers lui comme cela !

Et je trouve profondément injuste que le premier gars pour qui j'éprouve quelque chose depuis des années ne passe du temps avec moi que parce que je le paye.

Je me rends soudain compte que je suis toute seule sur la piste de danse, immobile comme une statue, et je me dirige rapidement vers les toilettes. Par les portes vitrées, j'aperçois Theo dehors à côté du voiturier et pendant un instant je suis terrifiée à l'idée de l'avoir fait flipper au point qu'il envisage de partir sans moi.

*Espèce d'idiote!* J'ouvre la porte des toilettes pour femmes à la volée et je m'enferme dans une cabine. *Est-ce que tu pensais vraiment que tout ça était réel? Ça ne l'est pas! Tout ce qui se passe ce soir est faux!*

Je me rends soudain compte qu'une partie de moi y a vraiment cru. Je sais pourquoi il est là, mais je ressens une véritable alchimie. Une attraction qui n'est pas feinte. Et j'ai commencé à espérer davantage.

C'est tellement mon genre de me croire dans un téléfilm romantique! Mais la vie n'est pas un téléfilm. Et ce genre de chose ne m'arrive jamais. Malgré le rouge à lèvres rouge, la robe en dentelle et les cheveux lâchés, je suis toujours Claire French, professeur d'art. Volontaire chez les Girls Scouts. Et vieille fille qui fait tapisserie.

Sa voix résonne dans mes oreilles. *Tu n'as pas besoin d'*être quelqu*'un d'autre. Tu as juste besoin d'arrêter de regarder par-dessus le parapet et de sauter dans le vide.*

Theo ne peut pas comprendre. Il n'a certainement jamais eu peur de sa vie. Il est tellement cool et distant, il se balade dans tout le pays en pilotant des avions et en escortant des femmes seules à des mariages. Il ne comprend pas ce que ça fait de vouloir quelque chose de toute son âme et d'avoir trop peur de l'échec pour tenter quoi que ce soit.

Même le presque baiser sonne comme un échec, et je ne suis pas certaine de m'en remettre. Est-ce que je ne ferais pas mieux de faire comme si ça n'avait pas eu lieu ? Je ferme les yeux et je m'adosse au mur en essayant de refouler mes larmes. Tout se passait tellement bien, c'est même le rencard où je me suis le plus amusée depuis… depuis toujours ! Et pourtant, tout est faux.

*Remets-toi, Claire. C'est fini. Tu ne le verras plus jamais et c'est comme ça. De toute façon, à quoi ça rimerait ? Il n'est pas ce que tu veux. Trouve le courage de sortir de ces chiottes, affronte-le et rentre chez toi.*

Je me décolle du mur en soupirant et je quitte la cabine. Je m'arrête juste pour me laver les mains. Dans le miroir fixé au-dessus du lavabo, je remarque que j'ai du rouge à lèvres sur les dents. Je rougis violemment. Ce n'est pas vrai, je ne peux donc rien faire correctement ? J'attrape un mouchoir et j'essuie la tache avant d'ôter autant de rouge que je peux sur mes lèvres. Qui est-ce que j'essaie de tromper ? Je n'ai jamais fait preuve d'audace une seule fois dans ma vie.

Je balance le mouchoir dans la poubelle et je quitte les toilettes en faisant de mon mieux pour garder la tête haute même si je meurs d'envie de me rouler en boule sur mon canapé sous une couverture moelleuse avec la télécommande et une boîte de biscuits.

Au moins, Theo n'est pas parti. Il est assis à la table et il se lève quand j'approche.

— Hé, fait-il en souriant. J'ai eu peur de t'avoir perdue.

— Oh, elle ne te laissera jamais partir, affirme Fran. Elle a mis trop longtemps à te trouver.

Je parviens à sourire un peu même si la blague est à mes dépens.

— Désolée. J'étais aux toilettes.

— Tu ferais mieux de ne pas le laisser tout seul trop longtemps, me taquine Fran. J'ai remarqué que bien des femmes le mataient.

— Je n'ai d'yeux que pour Claire, affirme Theo en me faisant un clin d'œil, mais je n'ai plus envie de jouer.

— Je ne me sens pas très bien. Tu es prêt à y aller ? je lui demande en m'emparant de mon sac à main.

— Bien sûr. Rien de grave ?

— Non.

*Comme si ça t'intéressait vraiment.*

Je me tourne vers mes collègues toujours assis, je leur souhaite bonne nuit et je leur dis à lundi. Sans attendre Theo, je marche d'un pas vif vers le vestiaire. Je l'entends dire qu'il est ravi d'avoir fait leur connaissance et qu'il espère les revoir bientôt. Quelle blague ! Puis je sens sa main se poser sur mon coude quelques secondes plus tard.

— Eh, fait-il en tirant gentiment sur mon bras. Qu'est-ce qui ne va pas ?

— Rien. (Je suis moi-même surprise par mon détachement.) Je suis juste prête à rentrer chez moi.

Son visage se décompose et pendant un instant je ressens un léger doute. Peut-être que je l'intéresse vraiment. Mais une seconde plus tard, ses traits redeviennent impassibles.

— Comme tu veux, fait-il. C'est toi le chef.

*C'est ça. Et tu es mon employé.* Le rappel de la nature exacte de notre relation suffit à me ramener complètement à la réalité.

— Les trois heures sont écoulées de toute façon.

Theo regarde sa montre.

— À peine. Je n'avais même pas remarqué.

— Le temps passe vite quand on s'amuse pour de faux.

Il fronce les sourcils.

— Qu'est-ce qui ne va pas ?

Je laisse tomber la froideur et mes épaules se voûtent.

— Je veux juste rentrer chez moi.

*Avant de m'effondrer.*

— D'accord. Je te ramène.

Gentleman jusqu'au bout, Theo récupère mon manteau et le tient pour que je puisse l'enfiler. Il donne même un pourboire à la fille du vestiaire et au voiturier qui rapporte la voiture.

— Je te rembourserai, dis-je en fouillant dans mon sac tandis qu'il quitte le parking.

— Ne t'inquiète pas pour ça.

— Si.

Je lui tends un billet de dix dollars.

— Je n'en veux pas.

— Prends-le, fais-je, sur un ton sec, en balançant le billet sur ses genoux.

Pour une raison que je ne m'explique pas, ça me dérange qu'il soit si gentil. J'aurais préféré qu'il se montre cruel. Peut-être pas comme un serial killer, mais quand même.

Il me lance un regard surpris mais garde le silence.

Aucun de nous deux ne parle durant le trajet. Je passe vingt minutes à me flageller pour toutes les mauvaises décisions qui m'ont menée à cet épisode humiliant, à commencer par le mensonge que j'ai fait à Elyse. J'ai agi n'importe comment.

Je jette plusieurs fois des regards à la dérobée à Theo mais je ne sais pas du tout à quoi il pense. Il ne cesse de frotter sa lèvre inférieure, le visage maussade, la mâchoire serrée.

Il tourne dans mon allée et je suis sur le point de descendre lorsqu'il place une main sur ma jambe.

— Claire.

— Quoi ?

— Est-ce que j'ai fait quelque chose qui t'a blessée ?

*Oui. Tu m'as fait croire que tu t'intéressais à moi.*

— Non.

— Est-ce que je n'ai pas rempli mon contrat ?

Bon sang. C'est ça qui l'inquiète ?

— Tu n'as pas à t'en faire. Je rédigerai un commentaire élogieux, comme toutes les autres.

— Ce n'est pas ça qui m'inquiète. Je me fais du souci pour toi.

— Ah.

— Ah ?

— Ah ! je répète, plus fort cette fois-ci. Pourquoi diable tu te ferais du souci pour moi ?

— Parce que nous sommes amis, et les amis, ça se fait du souci.

— Nous ne sommes pas amis ! Nous ne sommes rien ! Non, pardon : là tout de suite, nous avons une relation de patron à employé, mais dans une minute quand je rentrerai, nous ne serons plus rien et je ne te verrai plus jamais. C'est ma faute si je me suis laissée prendre dans cette mascarade ridicule, si j'ai cru qu'il y avait quelque chose de réel entre nous.

*Tais-toi, tais-toi, tais-toi* ! *Tu aggraves les choses* !

Theo met la voiture au point mort mais sans couper le contact. Il se tourne vers moi.

— C'est ça le problème ?

Je croise les bras, le regard rivé droit devant.

— Hé, fait-il en posant les doigts sous mon menton pour m'obliger à le regarder. Parle-moi, s'il te plaît.

Je me dégage de son étreinte.

— Non.

— Pourquoi pas ?

Son ton est doux et c'est une torture.

— Parce que je suis gênée.

— À cause de quoi ?

— À cause de… ce que je viens de dire. À cause de ce que j'ai failli faire sur la piste de danse. (Ma voix devient un murmure.) J'ai failli t'embrasser.

Il garde le silence si longtemps que je finis par poser les yeux sur lui. Dans l'obscurité, son expression est difficile à déchiffrer, et sa réponse me sidère.

— Je peux t'assurer, Claire, que ce que tu as failli faire sur la piste de danse n'est rien comparé à ce que j'ai envie de te faire maintenant.

J'ouvre la bouche, stupéfaite.

— Quoi ?

— Claire…

Ce qu'il dit ensuite se noie dans le martèlement furieux des battements de mon cœur.

— Attends une minute, fais-je en levant une main. Qu'est-ce que tu as envie de me faire maintenant ?

Il serre les dents.

— La liste est longue.

— Commence par le commencement.

— Non.

— S'il te plaît, Theo.

Les battements de mon cœur n'ont absolument pas ralenti. Il galope, hors de contrôle, entraînant mon imagination avec lui.

— Non. Je ne peux pas.

— Pourquoi ?

Il m'adresse un sourire grave.

— Cette liste est très longue.

— Est-ce que c'est à cause de l'Engagement ?

— En partie.

— Et de quoi d'autre ?

Il passe la main sur sa barbe, et mon ventre fait un saut périlleux à l'idée de la sentir sur ma peau.

— Theo, tu ne sais pas à quel point je me sens nulle, ce soir. Dis-moi juste que je ne suis pas folle. Dis-moi que tout n'était pas faux.

— Tu n'es pas folle.

— Dis-moi quelque chose d'autre, je murmure. S'il te plaît.

Ses mots sont une drogue ; j'en veux plus. Même si le soulagement est temporaire. Et même si la descente me fera un mal de chien.

Il me regarde.

— Je n'ai jamais rencontré une femme aussi belle que toi.

Mes orteils me picotent et ce n'est pas à cause du froid.

— Vraiment ?

— Vraiment. Et je n'ai jamais eu envie d'embrasser quelqu'un aussi violemment que toi ce soir sur la piste de danse.

Le picotement remonte le long de mes jambes. Est-ce qu'il est en train de se pencher vers moi ?

— Vraiment ?

— Vraiment. Et je n'ai jamais eu envie de goûter quelqu'un de la façon dont j'ai envie de te goûter.

Le picotement élit domicile entre mes cuisses. Theo est en train de combler lentement la distance qui nous sépare, sans quitter mes lèvres du regard.

— Mais c'est une mauvaise idée, fait-il, sa bouche si près de la mienne que je sens presque son souffle. (Il prend mon visage dans ses mains.) C'est une putain de mauvaise idée.

— Et tu as peur, je murmure. Tu ne sais pas ce qui va se produire.

— En réalité, c'est tout le contraire. Je sais très bien ce qui va se produire. (Il effleure mes lèvres des siennes, si légèrement que j'ai envie de hurler.) Parce que je ne sais pas m'arrêter.

Un petit bruit de désir et de frustration s'échappe de ma gorge.

— Theo, je supplie. Saute dans le vide.

Des mains puissantes inclinent ma tête tandis que sa bouche se pose sur la mienne, pleine et chaude. Sa langue me caresse, embrasant tout mon corps. Il a le goût de l'hiver et je sens la saison sur sa peau : quelque chose de boisé, fumé et sucré. Son baiser est puissant et profond et il éveille en moi quelque chose que je n'ai pas ressenti depuis une éternité : *du désir.*

Je m'y cramponne, je le laisse s'épanouir, j'enlève mes gants pour plonger mes doigts dans ses cheveux, je le respire. Je bataille pour me rapprocher de lui malgré tout ce qui nous sépare : les vêtements, mon manteau et les ceintures de sécurité. J'ai besoin de plus. J'ai besoin de sa peau.

Je me surprends à lui demander :

— Tu veux entrer ?

Il gémit et pose son front contre le mien.

— Tu sais bien que oui. Mais ce n'est pas une bonne idée.

— Écoute. Je suis généralement la première à faire ce qu'il faut comme il faut, mais ce soir je veux agir différemment. (Les paroles qu'il a prononcées un peu plus tôt dans la soirée me reviennent en mémoire.) Je veux tester mes limites. Tu peux tester les tiennes.

Il gémit de nouveau, plus fort cette fois.

— Tu me tues. Je suis généralement le premier à prendre des risques, mais cette fois-ci j'essaie de me comporter correctement.

— Quelle est la pire chose qui puisse arriver ?

Pour le persuader, je laisse une main s'égarer en haut de sa cuisse. Comme il ne m'arrête pas, je la place entre ses jambes et je caresse son érection du pouce. Je n'arrête pas, je ne sais pas où je trouve le courage mais je suis ravie de le faire.

— Merde, murmure-t-il. Tu es sûre ?

— Oui.

Il s'empare de mes cheveux avec tant de force que je pousse un petit cri.

— Tant mieux. Parce que je n'ai pas de limites à tester à part les tiennes.

Nous descendons de la voiture et j'ai le cœur qui bat à tout rompre. Je bataille pour déverrouiller la serrure de la porte d'entrée, tandis que Theo, collé contre mon dos, fait glisser ses mains sur mes cuisses, sous mon manteau et ma jupe. Sa bouche se pose sur mon cou ; sa langue est chaude sur ma peau. Je finis par réussir à ouvrir la porte.

Nous entrons dans la maison, Theo toujours pressé contre mon dos. Il pose les mains sur les boutons de mon manteau. Je penche la tête de côté et m'empare de ses cheveux. Sa langue dessine sur mon cou des arabesques qui me font chanceler. Nous parvenons je ne sais comment dans le salon, qui n'est éclairé que par les guirlandes colorées de mon sapin de Noël.

Une fois mon manteau déboutonné, Theo me l'ôte brutalement et le jette à terre. Il pose de nouveau ses mains sur mes cuisses et fait remonter ma robe et ma gaine en même temps. Il glisse une main entre mes jambes.

Il s'immobilise soudain.

— Tu ne portes pas de culotte ?

— Non. Cette robe est trop moulante.

— Putaaaain, répond-il sur un ton traînant. Heureusement que je ne le savais pas. J'ai déjà eu suffisamment de mal comme ça à ne pas te peloter toute la soirée.

Il fait glisser un doigt le long de ma fente humide et je retiens mon souffle. Je penche la tête pour pouvoir l'embrasser et sa langue se fraie un chemin dans ma bouche en même temps que son doigt me pénètre. Mes genoux tremblent ; cela fait tellement longtemps que personne ne m'a fait ce genre de choses.

Il pose l'autre main sur un de mes seins pour le caresser. J'ai envie d'ôter ma robe mais je ne veux pas l'interrompre. Il titille mon clitoris de ses doigts humides, imitant la caresse de sa langue contre la mienne. Puis il glisse un second doigt en moi. Mes hanches bougent, hors de contrôle, et je me cramponne à son cou. Je sens son sexe raide contre mes fesses.

— Tu es tellement mouillée, ça m'excite, fait Theo d'une voix différente, plus rauque et pleine de désir, sans une once de taquinerie. Je veux mettre ma tête entre tes cuisses et te lécher. Puis je veux te faire jouir comme ça. Ça te plairait ?

— Oui, je murmure à la fois choquée et excitée.

Personne ne m'a jamais parlé comme ça avant.

Une seconde plus tard, Theo me fait pivoter et me soulève. J'enroule mes jambes autour de son torse, la jupe relevée jusqu'à la taille. Il me transporte jusqu'au canapé, m'installe contre les coussins et s'agenouille devant moi.

— Ne bouge pas.

Il enlève sa veste et sa cravate et je le regarde faire, le ventre noué par l'anticipation. Ses yeux ne quittent pas les miens tandis qu'il déboutonne les premiers boutons de sa chemise et remonte ses manches, exposant ses poignets puissants. Son torse a l'air large et musclé et je meurs d'envie de le toucher.

Mais lorsque je tends la main vers lui, Theo pose la sienne sur ma poitrine et me repousse. Puis il écarte mes genoux, pose les mains sous mes cuisses et m'attire brutalement contre le bord : je me retrouve avec le menton quasiment sur la poitrine.

— Patience, princesse.

— Mais je veux te toucher.

Je gémis tandis qu'il dépose un sillage de baisers brûlants le long de ma cuisse.

— Tu pourras le faire. (Ses lèvres et sa langue font la même chose sur mon autre jambe.) Mais uniquement une fois que je t'aurai fait jouir.

Je retiens mon souffle lorsque sa langue se pose sur mon sexe et forme des cercles lents autour de mon clitoris. Mes ongles s'enfoncent dans le canapé.

— Une fois que je t'aurai fait crier.

Son doigt me pénètre si profondément que je pousse un petit cri.

— Une fois que je t'aurai obligée à me supplier.

Sa bouche me dévore tandis qu'il me baise ainsi. Mon ventre est tellement noué que je sens mes pieds se décoller du sol comme si toute l'énergie contenue dans mon corps se rassemblait en ce point névralgique, comme une vague qui se retire avant de déferler. Juste au moment où je suis au sommet, il retire ses doigts et les remplace par sa langue. Je pousse un petit cri, saisie par la chaleur décadente de l'acte, l'intimité folle et la sensation choquante d'être dévorée à l'intérieur comme à l'extérieur. Je glisse les doigts dans ses cheveux et je le regarde faire. Il frotte son pouce de plus en plus vite sur mon bouton gonflé tandis que sa langue va et vient, me conduisant vers un orgasme que mon corps réclame à cor et à cri. Une impulsion que je n'ai jamais ressentie me pousse à agiter mes hanches contre son visage. Des bruits que je n'ai jamais faits, frénétiques et sauvages, s'échappent de ma gorge, de plus en plus aigus. Quand je finis par exploser, le corps pulsant sous des années de frustration, je crie si fort et si longtemps que j'ai peur que les fenêtres n'éclatent.

— Deux sur trois.

Theo se redresse et s'essuie la bouche du dos de la main tandis que mon corps tout entier tremble sous l'effet de l'orgasme. Ou peut-être de l'anticipation : vais-je avoir la permission de le toucher, à présent ?

Je m'assieds et pose la main sur sa ceinture mais il pose immédiatement les doigts sur mes poignets.

— Pas si vite, princesse.

— Quoi ? je demande, le souffle court.

— Je ne t'ai pas encore entendue supplier.

# Chapitre 11

## Theo

N*om de Dieu. Ça a dégénéré très vite.*

Je n'avais rien prévu. Ni de lui dire la vérité, ni de l'embrasser, ni d'accepter d'entrer chez elle et de la lécher à côté du sapin de Noël.

Mais l'enfer est pavé de bonnes intentions. (Et de pas mal de guirlandes de Noël.)

Et je suis incapable de lui résister. Lorsqu'elle a admis ressentir quelque chose de réel ce soir, mes remparts ont commencé à se fissurer. Je suis habitué à ce que les femmes cherchent à attirer mon attention, mais je ne ressens jamais ce genre d'alchimie avec elles. Claire a cet étrange effet sur moi : elle me donne envie de la baiser et de la protéger des mecs dans mon genre en même temps ; de transgresser mes propres règles. Pour elle, j'aimerais être quelqu'un d'autre… quelqu'un qui en vaut la peine.

Je suis un menteur patenté, et en règle générale je m'en fous, mais je n'ai pas réussi à lui mentir quand elle m'a demandé de lui dire qu'elle n'était pas folle ; même si ça aurait simplifié les choses. Grandement.

C'est trop tard à présent ; les choses vont encore dégénérer.

— Supplier ? demande-t-elle sur un ton un peu nerveux.

— Oh oui.

Je me lève et je fais un pas en arrière. Si elle pose les mains sur moi, il y a un risque pour que j'envoie balader mon envie de tester ses limites et que je la baise comme un dingue, comme j'en crève d'envie.

— Je ne sais pas quoi dire.

Embarrassée, elle serre les jambes et tente de rajuster sa robe.

Elle est tellement délicieuse. Je suis certain qu'elle n'a jamais prononcé les cochonneries que je veux lui faire dire. Mais j'ai le sentiment qu'elle les a bien en tête. Claire sait ce qu'elle veut – sa main sur ma queue dans la voiture en est la preuve –, il faut juste qu'elle surmonte sa peur.

— Bien sûr que si, tu sais.

— Non, réplique-t-elle un peu paniquée. Je…

— Est-ce que tu veux quelque chose de moi ?

Pour l'aider un peu, je défais la boucle de ma ceinture. Elle fixe ma braguette.

— Oui.

— Quoi ?

— Toi, fait-elle nerveusement.

J'ouvre le bouton de mon pantalon et je glisse une main à l'intérieur.

— Voyons, Mademoiselle French, vous pouvez faire mieux que ça.

Ma queue est dure et chaude dans la paume de ma main et je me caresse lentement, ravi de voir une expression de surprise se peindre sur son visage.

— Je veux faire ça. Ce que tu es en train de faire.

Bon sang. On en a pour toute la nuit.

— Tu veux sentir ma queue dans ta main ?

J'ouvre un peu mon pantalon afin qu'elle puisse voir ce qu'elle rate. Les hommes de ma famille sont complètement détruits émotionnellement et irresponsables, mais sur le plan physique nous sommes bien pourvus et nous en sommes fiers.

— Oui, fait Claire avant de se lever.

— Reste où tu es, dis-je en l'arrêtant, une main en l'air. Où est-ce que tu la veux ?

Elle se lèche les lèvres et pose un doigt sur sa lèvre inférieure.

— Ici.

*Bordel.* Il faut que je ralentisse ou je vais me faire jouir tout seul.

— Dis-le, j'ordonne, un peu plus fort.

— Je veux… sentir ta queue dans ma main. (Elle inspire, la voix un peu plus basse, mais plus intense.) Je veux te sucer.

— C'est bien. (Mon sexe grossit encore et je meurs d'envie de le glisser dans sa bouche.) Dis-m'en plus.

— Je veux la sentir en moi.

Elle prend de l'assurance, je l'entends dans sa voix. Elle aime le son de ses mots, elle aime les sentir rouler dans sa bouche. La première bouchée du fruit interdit est toujours la meilleure. J'ai encore son goût sur la bouche, et je me lèche les lèvres.

— Où ?

— Où ? répète-t-elle.

— Montre-moi.

Elle hésite, mais elle finit par s'avancer sur le bord du canapé, écarte les genoux, sa robe toujours remontée autour de sa taille, les escarpins aux pieds. Elle se caresse lentement les cuisses de haut en bas avant de laisser reposer ses mains sur les genoux. Elle est complètement ouverte pour moi.

Merde, merde, merde, c'est encore plus bandant que ce que j'imaginais. J'arrête de me toucher, et je sens ma queue pulser sous mes doigts. Mais je veux la pousser dans ses retranchements.

— Caresse-toi à l'endroit où tu veux que je te prenne et dis-le.

Va-t-elle le faire ? Mon cœur bat à tout rompre tandis que je la vois peser le pour et le contre.

*Allez. N'aie pas peur.*

Un changement s'opère dans son esprit et dans son corps. Elle écarte davantage les jambes. Elle se redresse et se cambre. Elle me défie du regard. Une de ses mains remonte le long de sa cuisse en direction de son sexe et tout mon corps se raidit. Quand ses doigts atteignent sa chatte, elle se caresse légèrement.

— Ici. Je veux sentir ta queue ici. (Elle penche la tête d'un air coquet.) Ça te va comme ça ? Je vais être récompensée ?

Je referme brusquement la bouche, que j'avais ouverte de surprise. Je déglutis en essayant de ne pas jouir tout de suite.

— Oh putain, oui.

Elle se lève et je me précipite vers elle ; nos bouches se rencontrent avec brutalité tandis que sa main remplace la mienne sur mon érection. Je suis tellement excité que je suis à deux doigts de perdre mes moyens mais je m'ordonne de me retenir jusqu'à ce que je la pénètre. Je glisse la main entre ses jambes, et en découvrant à quel point elle est mouillée, mes genoux vacillent.

— J'ai tellement envie de toi, murmure-t-elle, en me branlant tandis que nous nous embrassons avec frénésie. Je n'ai jamais eu autant envie de quelqu'un. Je vais devenir dingue.

Je comprends très exactement ce qu'elle ressent. En règle générale, j'accorde plus de temps aux préliminaires : c'est un art que j'affectionne et on m'a dit à plusieurs reprises que ma technique était inégalable. N'allez pas croire que je n'aime pas un bon orgasme mais j'aime prendre mon temps. Le sexe est mon jeu favori et je ne joue pas si souvent que ça, du coup j'aime faire les choses avec lenteur. Faire la démonstration de mes meilleurs mouvements. Faire preuve d'un peu de finesse avant de mettre la balle au fond.

Mais ce soir, tout mon programme tombe à l'eau ; j'ai tellement envie de Claire que je deviens fou. Je parviens à ôter ma chemise avec un peu d'aide de sa part mais je ne perds pas de temps à ôter mon pantalon ni sa robe.

Je la soulève et elle enroule ses jambes autour de ma taille. Nos souffles sont brûlants. Je m'agenouille sur le sol pour l'allonger sur le dos tout en vidant la poche de mon pantalon. S'il y a bien un seul domaine dans lequel je ne me montre pas irresponsable, c'est bien le sexe : j'ai pu constater de première main que la paternité ne réussit pas aux hommes de la famille. Je préfère rentrer chez moi me branler plutôt que de prendre le risque d'être un père absent.

Heureusement, j'ai des préservatifs sur moi et il me faut cinq secondes pour en enfiler un. Claire redresse les genoux et je caresse son clitoris avec mon gland. Une décharge électrique me parcourt. Mon corps tout entier vibre sous la tension et je suis incapable d'attendre une seconde de plus. Je la pénètre : elle ferme les yeux, inspire brièvement et m'agrippe le cul.

J'ai bien l'intention d'aller lentement. Je veux lui murmurer des cochonneries à l'oreille et qu'elle m'en réponde d'autres. Je veux me montrer créatif et intelligent, l'impressionner avec ma taille, mon talent et mon endurance. J'ai envie de lui fournir un souvenir incroyable, une expérience inoubliable qui resterait dans sa mémoire bien après mon départ.

Je ne fais rien de tout ça.

Non, au lieu de ce programme alléchant, je la saute comme un adolescent débordant d'hormones sur le tapis de son salon, sans un mot, sans fioritures, sans contrôle, mon pantalon à mi-cuisses.

Qu'est-ce qu'elle est en train de me faire ?

# Chapitre 12

## *Claire*

« Si profondément que ça fait mal » est une expression que j'ai entendue dans la bouche de mes amies, lue dans les romans et vaguement imaginée en me servant de mon vibro (le modèle Cosmopolitan de la ligne Sex in the city par Pure Romance : un personnage très important de mon autobiographie), mais que je n'ai jamais expérimentée moi-même. Je pensais que c'était exagéré.

Je n'ai couché qu'avec quelques mecs et aucun ne s'est même vaguement approché de cette fameuse profondeur qui fait mal. Et même si Cosmo est talentueux, discret et fiable, la taille et la puissance ne sont pas son fort.

Mais Theo.

*Theo.*

Cet homme a tout pour lui. Quand il me pénètre, j'en ai le souffle coupé. Je ne sais pas si c'est parce que ça fait très longtemps que je n'ai pas fait l'amour ou parce que son sexe est vraiment beaucoup plus imposant que tous ceux qui ont croisé ma route auparavant, mais j'ai l'impression étrange de perdre de nouveau ma virginité sans ressentir la gêne de la première fois. (Est-ce que je m'y prends correctement ? Est-ce que je vais saigner sur les draps ? C'est quoi cette odeur ?)

Tandis qu'il va et vient en moi, ces six mots tournent en boucle dans mon esprit, *si profondément que ça fait mal*, mais la douleur ne ressemble à rien de ce que j'ai expérimenté auparavant. Au départ, elle est aiguë et je pousse un petit cri chaque fois qu'il s'enfonce en moi. Puis je sens mon corps s'habituer et s'ajuster au sien et je soulève les hanches pour qu'il me prenne encore plus profondément.

Les muscles de ses épaules et de ses abdos se tendent tandis qu'il emprisonne ma tête entre ses avant-bras. Son souffle est à l'unisson du mien, saccadé et chaud. Je fais courir mes doigts dans son dos et je lui griffe la peau. Je n'ai pas assez de deux mains, je voudrais sentir tout son corps à la fois. Et cette robe m'irrite. J'ai tellement envie de lui que je n'ai pas pris la peine de l'ôter mais je meurs d'envie qu'il me caresse et me lèche les seins. Et si c'était la seule fois que nous couchions ensemble ?

Mais je ne veux pas qu'il s'arrête. Je ressens quelque chose que je n'ai jamais ressenti auparavant, une crispation de mes muscles qui s'intensifie à chaque coup de reins. J'enfonce les doigts dans la peau de ses fesses pour l'attirer plus étroitement en moi. J'ai envie de lui dire à quel point c'est bon, à quel point sa queue me comble, est dure, sexy, de lui expliquer que je suis sur le point de jouir et que je veux qu'il jouisse aussi.

Mais je ne suis plus capable de ne prononcer qu'un seul mot.

— Oui, je halète en boucle, les lèvres contre son cou. Oui, oui, oui…

Theo gémit presque de douleur.

— Merde, je vais jouir.

Il a l'air furieux, mais je pousse un cri de ravissement tandis que les nœuds qui se sont installés dans mes entrailles se défont et qu'un plaisir sans égal me submerge. Son corps se raidit et je sens son orgasme faire écho au mien tandis que son sexe pulse en moi.

— Oh la la.

Je peux à peine parler, mon cœur bat à tout rompre. J'ai l'impression que mon corps ne m'appartient plus. (Il faut que je trouve un nouveau titre à mon autobiographie, ou au moins que j'ajoute une postface.)

— Bon sang, fait Theo sur un ton furieux. Je suis vraiment un connard.

Je me fige. Est-ce qu'il regrette déjà ? Est-ce qu'il va se barrer à toute allure ? Je pose la tête sur le tapis.

— Quel est le problème ?

Il se redresse sur les mains pour me regarder.

— C'était censé durer plus longtemps.

Je ris, soulagée.

— Ça ne m'a pas vraiment dérangée.

— Je n'ai même pas fait la moitié des choses que j'avais en tête.

— Eh bien, alors… (Je m'ordonne d'être courageuse.) Reste toute la nuit.

Il ne répond pas tout de suite, se contentant de me regarder. Les guirlandes électriques du sapin éclairent suffisamment son visage pour que j'y lise de l'indécision.

Je peux peut-être le persuader.

— Reste avec moi, je murmure en lui caressant le torse.

Il déglutit.

— J'en ai envie, Claire, mais…

Je pose un doigt sur ses lèvres.

— Reste. Je voudrais bien voir ce qui restait sur ta liste…

Il sourit.

— Vraiment ?

— Oui. Sans compter que j'ai peut-être une liste à moi.

— Je t'écoute, répond-il, manifestement ravi.

— J'essaie juste de me montrer courageuse.

Mon cœur refuse de s'arrêter de battre la chamade. Dire ce que je ressens est enivrant, même si je prends le risque d'être repoussée. Mais qu'est-ce que j'ai à perdre ?

Il soupire en secouant la tête.

— Tu me rends les choses très difficiles.

— Parfait. (Je croise les chevilles dans son dos.) Parce que je ne veux pas que tu partes.

— Je ne veux pas partir non plus. C'est juste que… (Il hésite comme s'il n'était pas certain de la manière dont il devrait formuler sa réponse.) J'ai peur de ce qu'il se passera demain.

Il pense à *demain* ?

— Pour ma part je peux prédire que j'aurai mal partout, mais je promets de ne pas me plaindre.

Un faible sourire étire ses lèvres.

— Ce n'est pas ce que je voulais dire. Je suis plus inquiet à propos de tes… attentes.

— Mes attentes ?

— Oui. Nous sommes très différents tous les deux. J'aime être avec toi, mais… je ne suis pas fait pour toi.

— Qu'est-ce qui te fait dire ça ?

— C'est la vérité, c'est tout.

Je réfléchis un instant à ce qu'il vient de dire en essayant de me mettre à sa place.

— Parce que je cherche une relation sérieuse et pas toi ?

— C'est une partie du problème.

— Quelles en sont les autres ?

— Je ne sais pas combien de temps je vais rester ici, ni quand je reviendrai. Mon… autre job m'oblige souvent à voyager à la dernière minute.

J'acquiesce lentement. Je me rends soudain compte que je ne sais rien de lui. Pas même son véritable nom de famille.

— Peut-être que nous n'aurons rien d'autre que cette nuit ?

— Pas peut-être, Claire. C'est sûr.

Nous ne nous reverrons pas. Je suis déçue, c'est certain, mais est-ce que ça veut dire pour autant qu'il faut qu'il parte maintenant ? Quand je l'ai invité à rentrer, ce n'était pas dans l'intention de lui présenter mes parents. Je l'ai fait parce qu'il m'attirait et que je voulais passer un bon moment.

J'aime bien Theo. Avec lui, je me sens en sécurité. Mieux que ça, je me sens sexy, plus sexy que je ne me suis jamais sentie de toute ma vie. Pourquoi ne pas profiter de ça tant que je le peux ? Une aventure d'une nuit n'est pas vraiment romantique, mais c'est beaucoup mieux que de dormir seule. Peut-être même que je pourrais apprendre quelques bricoles qui m'aideront à prendre de l'assurance. Je parie que cet homme a beaucoup de choses à transmettre.

J'enroule les bras autour de son cou et je l'attire à moi pour l'embrasser.

— On ne devrait pas perdre plus de temps à bavarder, alors. Je ne cherche pas un petit ami, Theo. Juste à passer du bon temps.

Il sourit.

— Alors, d'accord. Tu as de la sauce au chocolat ?

* * *

J'en ai. Mais Theo se montre beaucoup plus intéressé par la pâte à croissants que j'ai au frigo.

— J'ai une faim de loup.

— Tu as envie de quoi ? je demande en rassemblant mes cheveux en chignon.

Theo va certainement se plaindre mais s'il a l'intention de me recouvrir de chocolat, il est hors de question que j'en aie dans les cheveux. Tandis qu'il faisait un tour dans la salle de bain, j'ai couru dans ma chambre pour me déshabiller et j'ai enfilé un T-shirt blanc et un pantalon de pyjama. Je me suis demandé brièvement s'il fallait que je mette des sous-vêtements puis j'ai décidé que non.

Theo sort la pâte du frigo et pivote dans ma direction. Il est pieds nus et il ne porte plus que son pantalon et sa chemise déboutonnée, aux manches relevées.

— Dis-moi que tu as des chamallows.

Il est tellement sérieux que j'éclate de rire.

— J'ai des chamallows.

— Du beurre ?

— Oui.

— De la cannelle et du sucre ?

Son enthousiasme grandit au fur et à mesure que la liste des ingrédients s'allonge.

— Oui. Qu'est-ce qu'on va préparer ?

— Ma grand-mère appelait ça des feuilletés magiques ou un truc du genre. Tu vas voir, c'est fabuleux. Je n'en ai pas mangé depuis des années, depuis qu'elle est morte. Allume le four... (Il jette un coup d'œil au tube de pâte.) Thermostat 6.

— OK.

J'ai envie de lui poser des questions sur sa grand-mère, mais je ne sais pas si j'en ai le droit. Il protège farouchement son intimité et je ne veux pas l'effrayer ou lui faire croire que je veux plus qu'une nuit.

Tandis que je m'occupe du four, Théo se met à fouiller dans les placards de ma cuisine, qui sont si vieux que les charnières ne tiennent plus.

— Ils ne sont pas en bon état, constate-t-il.

Il s'accroupit pour en examiner un, en équilibre sur ses talons.

— Oui, je sais. C'est dans la liste des choses que je dois réparer cet hiver. Qu'est-ce que tu cherches ?

Il fronce les sourcils tout en examinant les charnières de plus près.

— Une poêle avec des trous à l'intérieur.

— Des trous ?

Il lève les yeux vers moi.

— Pas vraiment des trous. Une poêle dans laquelle on peut faire des cupcakes.

— Tu veux dire un moule à muffins ?

— C'est ça ! Un moule à muffins.

J'éclate de rire et je me dirige vers un des placards en hauteur. Je me mets sur la pointe des pieds pour attraper le moule.

— Voilà.

— Parfait. (Il ferme la porte du placard, qui reste de guingois.) Si tu as une perceuse, je peux te réparer ça.

— C'est gentil de ta part, mais si tu n'es là que pour une nuit, je préfère que tu perces autre chose.

Je me sens rougir en disant ça, mais je suis ravie de le voir hausser les sourcils, surpris. Il me sourit.

— Comme tu voudras.

— Qu'est-ce que je peux faire, alors ?

— Fais fondre du beurre.

— Combien ?

Il réfléchit un instant puis écarte le pouce et l'index d'environ dix centimètres.

— À peu près ça.

J'éclate de rire et je me dirige vers le frigo.

— Tu ne sais pas cuisiner, pas vrai ?

— Non. Je suis désolé. Je sais que le faux Theo cuisine pour toi tout le temps.

Quelque chose dans le ton de sa voix me fait lever les yeux vers lui. Il est occupé à déballer le tube de pâte à croissants et il a l'air très concentré sur sa tâche. Est-il jaloux de son faux lui ?

— Hé. Le faux Theo ne m'intéresse pas.

— Non ?

— Non.

Je referme la porte du frigo et j'attrape un bol pour y mettre le beurre à fondre. Une fois ce dernier placé dans le four à micro-ondes, je me dirige vers Theo et je passe les bras autour de sa taille. Pieds nus, je suis tellement petite que je dois renverser la tête en arrière pour pouvoir le regarder.

— Pourquoi serais-je intéressée par le faux alors que j'ai le vrai ici ?

— J'en sais rien. Le faux Theo est un mec plutôt pas mal.

— Le vrai est mieux.

Il sourit.

— Même s'il ne cuisine pas ?

— Il a d'autres… talents.

Theo pose ses lèvres sur les miennes et les caresse doucement de la langue.

— C'est vrai. Et il compte bien les utiliser. (Il approfondit le baiser, et ses mains s'égarent sur mes fesses, sous mon pantalon.) Tu ne portes toujours pas de sous-vêtements ?

— Non. Tu veux que j'aille en mettre ?

— Tu n'as pas intérêt. Je t'aime comme ça. (Sa bouche glisse le long de ma gorge et je frissonne.) Il se peut juste que je sois distrait alors que je suis en train d'essayer de cuisiner.

— Je ne vais pas me plaindre.

J'adore sentir ses mains sur moi. Et ses lèvres, et sa langue, et tout ce avec quoi il peut me toucher. Il m'embrasse le cou et la poitrine et mes tétons se dressent sous le fin coton de mon T-shirt. Il en saisit un entre ses dents sans prendre la peine de soulever le tissu. Il le mordille et mon clitoris se met à pulser. Le four à micro-ondes sonne pour me signaler que le beurre est prêt mais ni lui ni moi n'en avons rien à faire. Je glisse les mains dans ses cheveux tandis qu'il s'attaque à mon autre sein sans cesser de caresser le premier. Je suis toujours habillée et c'est délicieux ; j'imagine à quel point ce sera incroyable une fois nue.

La partie inférieure de mon corps bourdonne et je me demande s'il bande. La réponse me parvient rapidement : il me fait pivoter face au plan de travail, rabat mon pantalon et se colle contre mon dos. Une de ses mains s'attarde sur mon sein tandis que l'autre se faufile entre mes jambes. Il frotte sa queue contre mes fesses.

— J'ai encore envie de toi. (Son souffle est tiède dans mon cou et je sens la chair de poule naître sur mes bras. Il glisse un doigt en moi avant de le porter à sa bouche.) Je n'ai jamais rien mangé de si bon.

Je le regarde faire, fascinée.

— Vraiment ?

— Oui.

Il enfonce deux doigts dans mon sexe et glisse un pied entre les miens pour me forcer à écarter les jambes. Il approfondit encore sa pénétration.

Je pousse un petit cri et je pose les mains à plat sur le comptoir pour retrouver l'équilibre. Je me sens soudain chancelante.

Ses doigts vont et viennent dans la moiteur soyeuse de ma chatte puis sur mon clitoris. Son sexe est raide dans mon dos et je le veux en moi.

— Theo, je murmure en lui lançant un regard suppliant par-dessus mon épaule.

Il m'embrasse et nos langues se mêlent. Il me pince le téton tout en continuant à me pénétrer avec ses doigts.

— Est-ce que je peux te sauter dans la cuisine ? demande-t-il, sur un ton rauque et grave.

— Oui, réponds-je le souffle court. Tu peux me baiser dans toutes les pièces de cette maison si tu en as envie.

*Ouh la la, est-ce que c'est moi qui viens de dire ça ?*

— Alors je ferais mieux de commencer tout de suite.

Il me lâche juste le temps d'attraper un préservatif et de l'enfiler. Puis il me prend par-derrière et me remplit tout entière. La sensation est délicieuse.

Je me mets sur la pointe des pieds et je me cambre, les mains toujours à plat sur le plan de travail. Le souffle de Theo est saccadé et il va et vient lentement et profondément en moi. Ses mains agrippent mes hanches si fort que je vais être couverte de bleus, mais je m'en fous. Ce sera la preuve que cette nuit a vraiment eu lieu et que je suis capable de me montrer désinhibée, sans honte et sans peur. Je chérirai ces marques noir et bleu comme des cadeaux.

Théo me caresse le clitoris tout en me prenant si profondément que mes pieds se décollent du sol. Puis il arrache l'élastique qui retient mes cheveux et ces derniers dégringolent en cascade dans mon dos. Il s'en saisit et les tire en arrière avec tant de violence que les larmes me montent aux yeux. Mais la douleur que je ressens forme un contraste parfait avec le plaisir qu'il est en train de me donner.

— Est-ce que c'est sur ta liste ? demande-t-il, le souffle court. Te faire sauter par un étranger dans ta maison ?

Mon cœur bat comme un dératé.

— Un étranger ?

— Oui. Tu ne me connais pas.

J'ai soudain peur. Il joue un rôle ou il est sérieux ? Je ne suis pas certaine que l'une ou l'autre réponse me plaise.

Il s'interrompt soudain pour murmurer à mon oreille :

— Joue le jeu, princesse. C'est plus fun comme ça.

*Il fait semblant.*

Le soulagement se mêle à l'excitation et je frissonne de tout mon être tandis qu'il recommence ses va-et-vient. Pendant un instant, je suis paniquée à l'idée de ne pas savoir comment rentrer dans son jeu. J'ai peur de ne pas être douée pour ça. Je suis créative, c'est vrai, mais quand je peins, je prends mon temps. Ici, je dois vite improviser. Je ferme les yeux en essayant de penser aux fantasmes qui m'assaillent quand je suis toute seule.

Certains scénarios m'excitent mais je ne les ai jamais partagés avec quiconque. Est-ce que je peux le faire avec lui ? Et s'il ne comprenait pas ?

— Tu es tellement mouillée. Avoue que tu avais envie de ça.

Sa voix rauque et sexy m'excite au plus haut point.

— Tu te trompes. Je ne veux pas. Va-t'en.

Mais je me cambre encore davantage en espérant qu'il rentre dans mon jeu.

Il éclate d'un rire à la fois sinistre et séduisant.

— Certainement pas. Je t'ai dit que je ne savais pas m'arrêter.

— S'il te plaît ! je le supplie tout en essayant d'arrêter de sourire.

C'est pas vrai, bon sang : est-ce que Giselle a hérité de tous les talents d'actrice de la famille ? J'ai très envie de jouer le jeu à fond mais je suis tellement excitée que c'est difficile.

— Tu n'as pas vraiment envie que j'arrête. La preuve, tu ne portais pas de sous-vêtements. Tu voulais que je te saute. Tu voulais sentir mes mains sur ta chatte. Tu veux que je te fasse jouir sur ma queue. (Sa main bouge plus vite et plus brutalement sur mon clitoris. Mon ventre est léger et je ne sens plus mes jambes.) Pas vrai ?

— Non.

Ma voix est aussi faible que mes genoux, parce que j'en ai tellement envie. Je suis au bord de l'orgasme et tout mon corps est tendu. Une seconde plus tard, je suis submergée par l'orgasme le plus intense de ma vie et les muscles de mon vagin se contractent violemment autour de sa queue. Il cesse de bouger et le bout de son gland niché dans cet endroit profond et caché électrise la moindre parcelle de mon être.

Je m'effondre sur le plan de travail et il agrippe de nouveau mes hanches.

— Tu es vraiment une vilaine fille, gronde-t-il en me baisant à toute allure. De me vouloir comme ça.

— Ce n'est pas vrai. Je ne suis pas vilaine.

J'ai du mal à parler.

— Ce n'est qu'une façade. C'est ça que tu veux. (Il est sur le point de jouir, je l'entends dans sa voix, je le sens à sa façon de bouger.) Tu veux que je jouisse.

— Oui, parviens-je articuler, incapable de penser au-delà de la réalité de mon désir. Oui, je le veux. Je le veux, vas-y !

Son corps se fige et il jouit, les mains cramponnées à mes hanches. Je ferme les yeux et je m'empare d'un de ses poignets. C'est dingue, mais c'est la première fois que je me sens aussi proche de quelqu'un pendant l'amour. Peut-être que c'est parce que j'ai eu le courage de vivre un fantasme avec lui. Ou parce qu'il me donne l'impression de me connaître mieux qu'il ne le devrait. Ou à cause de la façon dont il a dit « je ne suis pas fait pour toi » comme s'il espérait le contraire.

*Pourquoi ne pourrait-il pas l'*être ?

Avant que mon cœur ne puisse répondre à la question, ma tête le fait.

*Parce qu'il ne le veut pas. Il l'a dit.*

*Tu as une nuit, et c'est tout.*

*Profites-en à fond.*

# Chapitre 13

## Theo

— La cannelle et le sucre sont prêts ?

Je pose côte à côte le sachet de chamallows, le beurre fondu et la pâte à croissants que Claire a étalée sur une planche à découper en plastique.

— Oui, répond-elle, un petit bol blanc entre les mains.

Elle a enfilé un pantalon de pyjama rose avec des petits lapins gris (je n'invente rien) et troqué son T-shirt blanc pour un débardeur gris moulant qui met ses seins en valeur. Elle a de nouveau relevé ses cheveux et chaque fois que mes yeux se posent dessus je me rappelle que j'ai défait son chignon et regardé sa chevelure se répandre sur son dos comme du miel.

— Quelle est sa place dans le rang ?

— Ici.

J'ignore le frémissement dans mon pantalon. *Fais une pause, abruti.* Je laisse un peu de place entre le beurre et la planche. Elle pose le sucre sur le comptoir.

— Tu es prête ?

— Oui.

Je remonte un peu mes manches.

— Tu prends un chamallow et tu le plonges dans le beurre fondu.

Je joins le geste à la parole. J'ai fait ça des centaines de fois quand j'étais enfant et le souvenir me revient comme un train lancé à toute vitesse. J'entends la voix de ma grand-mère, je sens l'odeur de sa maison, je revois le saladier en faïence bleue qu'elle utilisait pour mélanger la cannelle et le sucre. J'ai emporté ce saladier avec moi quand Josie, Aaron et moi avons vidé la maison. Mais je ne cuisine pas, et il prend la poussière dans mon placard avec son compagnon le mixeur électrique et un jeu de spatules que j'avais l'habitude de lécher. C'étaient de chouettes années, les années pâte à gâteau.

— Et après ? demande Claire.

Je me concentre sur le présent.

— Tu le roules dans la cannelle et le sucre. (Du beurre fondu dégouline du chamallow que j'agite dans le petit bol blanc.) Puis tu prépares un petit triangle de pâte.

Claire obéit.

— On le laisse à plat ?

— Oui. (Je pose le chamallow sur le bout du triangle.) Puis tu l'enfermes dans la pâte et tu appuies sur les bords pour fermer le feuilleté.

J'ai les doigts pleins de beurre, de sucre et de cannelle. Je regarde Claire faire.

— Comme ça ? demande-t-elle en me regardant.

— Oui. Assure-toi que la pâte est bien fermée sinon ça va exploser en cuisant et toute la magie va s'échapper.

Elle éclate de rire.

— J'ai compris. Le chamallow va fondre. C'est ça, la magie ?

— N'essaie pas de regarder derrière le rideau, Claire. Parfois, il vaut mieux croire en la magie que chercher à découvrir la vérité.

— D'accord, d'accord. Et maintenant ?

Elle brandit le feuilleté.

— Maintenant, tu plonges le bout du feuilleté dans le beurre et tu le places dans un des trous du moule à muffins.

Elle obéit.

— Comme ça ?

— Parfait.

— J'ai très envie de te lécher les doigts, à présent. Ça fait partie de la recette ?

Je souris de toutes mes dents.

— Ce n'était pas le cas quand je faisais ces feuilletés avec ma grand-mère. Mais je t'en prie, ne te retiens pas.

Une lueur malicieuse dans le regard, elle s'empare de mon poignet droit et brandit ma main comme une sucette. Sans me quitter des yeux, elle enfourne mon pouce et le lèche lentement avant de faire tourner sa langue sur le bout.

Ma queue réagit tout de suite et s'agite dans mon pantalon comme un gamin impatient de monter sur le manège. Elle lèche les deux doigts suivants aussi lentement, savourant chaque goutte de beurre et de sucre. Sa façon de me regarder fait galoper mon imagination. Mon pantalon devient subitement trop serré.

J'écarte gentiment la main.

— Je pourrais te regarder faire ça toute la nuit, mais si tu continues je vais me désintéresser complètement de la pâtisserie et je voudrais vraiment que tu goûtes ces merveilles.

Elle glousse.

— Est-ce que je pourrai de nouveau les lécher quand les feuilletés seront dans le four ?

— Tu pourras lécher tout ce que tu voudras à ce moment-là.

— D'accord.

Nous cuisinons de concert et même si quelques léchages de doigts surviennent de manière spontanée, tout est au four en moins d'un quart d'heure.

Elle met le minuteur sur dix minutes et je rince les bols dans l'évier.

— Est-ce que je mets tout ça dans le lave-vaisselle ?

— Je vais le faire, répond-elle en me repoussant gentiment pour prendre ma place devant l'évier. Parle-moi de ta grand-mère.

Je m'adosse au plan de travail, les bras croisés. Je n'ai pas pour habitude de parler de ma famille, mais j'ai déjà ouvert ma grande gueule et évoqué ma grand-mère. Et je n'ai pas vu la poupée Barbie quand j'ai nettoyé ma voiture avant de passer prendre Claire. Incroyable. D'habitude je suis très prudent.

— Elle était gentille avec moi.

— Vous étiez proches ?

Claire range la vaisselle dans le casier du haut du lave-vaisselle qui a l'air aussi vieux que la maison. C'est pareil pour le lino qui est propre mais fissuré et fané. Elle a beaucoup de travaux à faire dans cette maison.

*Je pourrais l'aider.*

Je balaye immédiatement cette idée de mon esprit. Je vais partir tout à l'heure et je ne reviendrai pas.

— Oui. Du moins pendant un temps. C'est elle qui m'a élevé entre huit et dix-huit ans.

— Ah bon ? demande-t-elle en me jetant un coup d'œil. Qu'est-il arrivé à tes parents ?

J'hésite un instant puis je me dis qu'il ne servirait à rien de mentir.

— Ma mère s'est barrée quand mon frère et moi étions encore enfants. Papa a fait quelques allers et retours avant de décider de nous laisser tomber aussi.

— Ah. (Elle rabat la porte du lave-vaisselle et s'essuie les mains sur un torchon.) Tu as grandi dans le coin ?

— Pas très loin.

— Où est ton frère, à présent ?

— Bonne question.

Elle me dévisage, le torchon toujours à la main, perplexe.

*Merde. Je n'aurais pas dû dire ça.* Comment poursuivre ?

— Comme mon père, mon frère a du mal à rester stable.

— Tu as dit que tu étais nomade toi aussi, fait-elle remarquer.

Je grince des dents.

— Je n'ai pas une femme et trois enfants en bas âge et un quatrième en route.

Claire ouvre grand la bouche.

— Waouh. Ce sont les nièces dont tu m'as parlé ?

Je hoche la tête.

— Et sa femme est enceinte ?

Je serre les poings. Chaque fois que je pense à Josie et aux filles j'ai envie de frapper quelque chose. Mais Claire n'a pas besoin d'entendre tout ça.

— Oui. Mais elle va bien. Elles vont s'en sortir, j'affirme avec une conviction que je suis loin de ressentir.

Claire plie le torchon et le pose sur le plan de travail.

— Je parie que tu es un oncle super sympa.

— Je suis un invité génial pour jouer à prendre le thé.

— Tu joues à ça avec elle ? (Elle pose une main sur son cœur.) C'est tellement mignon. Tu les vois souvent ?

Je ne réponds pas et elle enchaîne tout de suite.

— Je suis désolée, je n'avais pas l'intention de me montrer indiscrète. Je suis juste… curieuse.

— C'est pas grave. (Je cherche de nouveau mes mots, tenant toute émotion à distance.) Je ne les vois pas aussi souvent que je le voudrais.

Elle acquiesce lentement.

— J'espère que leur père va revenir.

— Moi aussi. Tu es proche de tes parents ? je demande pour détourner l'attention de la famille dysfonctionnelle des MacLeod.

Elle pousse un profond soupir.

— Oui. Beaucoup trop. Ils vivent à deux kilomètres de chez moi et ma mère adore se pointer à l'improviste.

— Dois-je m'inquiéter ? je demande en jetant un coup d'œil par-dessus mon épaule, ce qui la fait rire.

— Non. Je suis certaine qu'elle est déjà couchée. Noël la rend folle de joie et demain le compte à rebours démarre, fait-elle en secouant la tête. Elle me rend dingue à cette époque de l'année.

— Ça devait être chouette quand tu étais gamine. Avant que j'aille habiter chez ma grand-mère, je n'avais jamais connu de sapin de Noël.

Elle se décompose.

— C'est terrible. Je suis vraiment désolée. Je me plains comme une enfant gâtée alors que j'ai des parents géniaux.

Je fais la grimace. Qu'est-ce que je fous ? Non seulement je lui raconte des choses privées mais en plus je la déprime.

— Ne t'inquiète pas. Je n'aurais pas dû dire ça et puis de toute façon ce n'était pas grave. Après, on a passé des Noël fantastiques. Mamie n'était pas riche mais elle compensait autrement. J'ai l'impression qu'elle savait qu'elle avait déconné avec mon père et que j'étais sa deuxième chance.

— Et ton grand-père ?

— Je ne sais pas. Je crois qu'il était militaire mais quand Aaron et moi avons emménagé chez elle, ça faisait longtemps qu'il ne faisait plus partie du paysage et elle ne parlait jamais de lui. (Je hausse les épaules.) Je suppose que c'était un nomade, lui aussi.

Elle acquiesce lentement et je devine qu'elle digère ce que je viens de lui raconter. À quel point ma famille est bousillée comparée à la sienne. *Je parie que ses parents l'adorent, qu'ils possèdent tous des pyjamas assortis qu'ils mettent le matin de Noël, et qu'ils ouvrent leurs cadeaux tous ensemble en buvant du chocolat chaud dans des mugs sur lesquels il est écrit* : « Fier d'être French ».

— Tu penses que ton frère sera de retour pour Noël ? demande Claire.

— Je l'espère vraiment mais je n'en suis pas certain. Je vais leur apporter un sapin demain.

Elle s'illumine.

— C'est une idée géniale ! Est-ce que je…

Le minuteur émet un bruit strident et je suis soulagé. J'ai le sentiment qu'elle s'apprêtait à me demander si elle pouvait rencontrer mes nièces ou m'aider à porter le sapin et je dois absolument m'en tenir à une nuit seulement. Il le faut.

*Pour son propre bien.*

Claire a un cœur suffisamment grand pour y faire entrer n'importe qui, moi y compris. Je ne peux pas la laisser faire.

— Oh ! couine Claire en sortant les feuilletés du four. Ils ont l'air super ! Ils n'ont pas explosé. La magie est bien à l'abri.

— Bien.

Elle pose le moule sur la table.

— On a besoin d'assiettes ?

— Non. On va les manger directement. C'est comme ça qu'on faisait. (Je me laisse tomber sur une chaise et je l'attire sur mes genoux.) Viens ici.

Elle se laisse faire en riant.

— Je peux en manger un ?

— Non. Il faut qu'ils refroidissent un peu. J'ai appris cette leçon à mes dépens. Je me suis brûlé la langue une fois.

— Tu veux que je te fasse un bisou magique pour aller mieux ?

— Oui.

Sa bouche sur la mienne, ses mains dans mes cheveux, ses fesses sur mes genoux, l'odeur de la magie dans l'air… ce moment est parfait.

Elle rompt le baiser et inspire profondément.

— Bon sang. Ça sent tellement bon. Je peux goûter, maintenant, s'il te plaît ?

— Oui. (J'en attrape un et je mords dedans : le goût me projette vingt ans en arrière.) Ça a un goût de paradis.

Elle prend une bouchée et gémit.

— Tu as raison, constate-t-elle la bouche pleine. Oh la la.

— Je te l'avais dit.

Je finis le mien en deux bouchées et j'en prends un autre.

— On dirait… oh zut, regarde ce que j'ai fait. (Elle baisse le menton sur sa poitrine et se met à pouffer.) La magie a dégouliné dans mon décolleté.

— Laisse-moi faire.

Je la déplace un peu afin de pouvoir lui lécher la poitrine et je fais courir ma langue sur son sein. *En réalité, le paradis est ici. Inutile de retourner en arrière, il suffit juste que je fige l'instant présent.*

Elle frémit.

— C'est bon.

— Je suis ravi que tu penses ça parce que tu viens de me donner une putain d'idée.

Je mords dans mon feuilleté et je laisse l'intérieur sirupeux se répandre sur sa poitrine exprès.

Elle glousse quand je la lèche et mon sexe se raidit.

— C'est quand, mon tour ?

— Vas-y, réponds-je en avalant le reste de ma pâtisserie. Tu ferais mieux de te dépêcher parce que la magie disparaît rapidement.

*Une seule nuit.*

— N'en dis pas plus. (Elle termine son feuilleté, se lève pour en prendre un autre puis s'assied à califourchon sur moi.) Voyons voir si je m'y prends bien.

Le regard rivé au mien, elle prend une petite bouchée, écarte les pans de ma chemise et répand l'intérieur de la pâtisserie sur mon torse. Ça goutte sur mon téton gauche et quand sa langue lèche ma peau, ma queue se raidit.

Elle ferme les yeux et lèche le sirop avec lenteur : chaque caresse de sa langue accélère les battements de mon cœur. Elle me mordille le téton tandis que je lui caresse les fesses. Elle fait subir le même traitement à l'autre sans lui verser de chamallow fondu dessus. Puis elle m'embrasse la poitrine tout en faisant glisser les mains sur mes épaules. La sensation de la douceur de sa bouche est sans égale. Personne ne m'a jamais embrassé comme ça. Tendrement, lentement, sans rien demander en retour. Quand ses lèvres se posent sur les miennes, je l'enlace étroitement.

Aussi longtemps que je vivrai, jamais je n'oublierai ce baiser.

* * *

— Quelle heure est-il ?

Nous pouvons désormais barrer « faire l'amour sur la table vintage de la cuisine » de nos listes respectives.

— Mmmm, fait Claire en enfilant son T-shirt tout en regardant quelque chose derrière moi.

Elle est assise sur la table, en tailleur, comme une enfant. Son pantalon avec les lapins me tue. Il y a en elle quelque chose d'irrésistiblement jeune, voire enfantin : son exubérance, sa nature confiante, l'enthousiasme qu'elle manifeste pour des choses sans importance ; mais elle est aussi très féminine. Ses courbes me rendent dingue et une fois qu'elle s'est donné l'autorisation de se lâcher, elle a une façon de bouger qui ne laisse aucun doute sur ce qu'elle veut et sa façon de l'obtenir.

J'ai été plus que ravi de pouvoir lui donner ce qu'elle voulait, mais mon temps est compté. Elle a beau être envoûtante, je ne suis pas du genre à m'éterniser.

— Il est plus de minuit, constate-t-elle. Est-ce que ton carrosse s'est transformé en citrouille ?

— Probablement.

— Bien. Comme ça tu es obligé de rester.

Elle m'adresse un sourire diabolique. J'ai de nouveau détaché ses cheveux, qui retombent en boucles épaisses sur ses épaules. Je les adore.

— Je t'ai vraiment corrompue, pas vrai ? réponds-je en boutonnant ma chemise. Je me sens coupable. Tu étais tellement sage avant de me rencontrer.

— J'essaie de rattraper le temps perdu. J'apprends.

— Tu es une excellente élève. Le chouchou du prof.

Elle me sourit, le rose aux joues.

Je m'éclaircis la voix.

— Ta table est solide, pour une antiquité.

— Oui, pas si mal pour les cinquante dollars que je l'ai payée dans un vide-grenier.

— Vraiment ? Elle ne t'a coûté que ça ?

— Oui, chaises incluses. (Elle jette un coup d'œil à l'une d'entre elles : elles sont en bois avec des coussins en tissu fanés et abîmés.) Elles ont besoin d'être recouvertes, évidemment, mais cette maison est en pleins travaux. C'est ce que ma mère ne comprend pas. Quand elle vient, elle ne voit qu'une vieille baraque mal entretenue, mais moi je vois son potentiel : un magnifique squelette sous la poussière et la saleté. Cette maison a juste besoin d'être un peu aimée, explique-t-elle en passant la main dans une petite entaille du bois. Désolée, je parle trop. (Elle rit en descendant de son perchoir.) Je m'emballe toujours quand je parle de cette maison.

— Ne t'excuse pas. Tu as de la chance de voir le potentiel sous les apparences. C'est un don.

Elle enroule soudain ses bras autour de ma taille.

— Et toi, c'est quoi ton don ?

— Tu veux dire, en dehors de mes talents sexuels surdéveloppés ?

Elle pouffe et me donne une claque sur les fesses.

— Oui.

— Voyons. (*Je suis un menteur hors pair. Et un voleur hors du commun. Je suis aussi un spécialiste de la fuite. Enfin en temps normal. Ce soir j'ai un peu de mal avec ça.*) J'ai beaucoup d'intuition. Je décrypte très bien les gens.

Elle pousse un soupir.

— Tu m'as très bien décryptée, ça c'est sûr.

— C'est facile avec toi, réponds-je en la pressant brièvement contre moi. Tu as le cœur sur la main.

Elle renverse la tête en arrière pour me regarder.

— Vraiment ?

— Oui. Et un jour, un mec chanceux te le volera.

Cette idée ne m'emballe pas, ce qui m'irrite.

— Il prend son temps.

— Tant mieux pour moi.

Elle me sourit.

— J'ai passé une excellente soirée, Theo.

— Moi aussi. (Mais il est temps que je me barre. Son sourire suscite de drôles de pensées dans mon esprit.) Il faut que j'y aille.

Je récupère ma veste au salon, enfile ma cravate, mes chaussettes et mes chaussures. Claire est debout près de la porte, un pied sur l'autre, les bras croisés comme si elle avait froid. À cette idée, je sens mon cœur se serrer. *Il gèle à pierre fendre ce soir. Peut-être que je devrais…*

*Tu es dingue ou quoi ? Qu'est-ce que tu as, ce soir ? Casse-toi !*

Je boutonne ma veste en me dirigeant vers la porte.

— Ciao, je lui jette en passant.

C'est un adieu de connard, mais parfois c'est tout ce que je suis.

Cinq secondes plus tard, je suis seul sur la véranda et la porte d'entrée se referme derrière moi. Merde. J'ai l'impression de passer d'une douche brûlante à un bain de glace. Je me dirige d'un pas vif vers ma voiture dans l'obscurité glaciale. Il fait un froid de canard et l'air hivernal me brûle le nez et les poumons.

Ce serait tellement facile de faire demi-tour et de rentrer de nouveau chez elle, de passer la nuit dans sa maison de conte de fées avec les guirlandes de Noël, les odeurs délicieuses et son corps tiède et doux contre le mien. *Ce serait si bon.*

Mais je ne peux pas le faire.

J'enclenche la marche arrière et je quitte son allée avant de m'éloigner à toute allure.

# Chapitre 14

## Claire

Ouah. Bon, d'accord.

Je reste immobile un moment, les yeux rivés vers la porte d'entrée, interdite. Il est parti à toute vitesse sans même me jeter un regard. J'espère qu'il s'agit d'un de ses jeux et qu'il va frapper à la porte en disant qu'il plaisantait et qu'il va finir par passer la nuit avec moi.

Je ne bouge pas.

Une minute complète s'écoule. J'entends une portière claquer.

Une autre minute. Le moteur de sa voiture démarre.

Une troisième minute. Les phares transpercent la fenêtre de mon salon lorsque sa voiture fait marche arrière dans mon allée, et il s'en va.

*Bon. Voilà.*

Je suis dépitée : il est vraiment parti. Il a peut-être dû se faire un peu violence une fois assis dans sa voiture, mais au final il n'est plus là. Je suis hallucinée que quelqu'un puisse changer d'humeur à ce point. Un moment, il m'enlace dans la cuisine en me disant des choses tendres, le suivant, il se barre comme s'il se fichait royalement qu'on se revoie ou pas.

Évidemment, mon étonnement vient du fait que je présume des choses.

Qu'il puisse éprouver des sentiments.

Qu'il n'a pas fait semblant toute la soirée.

Qu'il n'a pas l'habitude de ce qui s'est passé ce soir.

Je n'ai aucune preuve. Il ne me reste que des muscles douloureux, des cheveux en bataille et des souvenirs de ce qui s'est avéré être la nuit la plus chaude de ma vie. En réalité, sans ces courbatures et ma tignasse emmêlée, je croirais avoir rêvé.

Lentement, comme si je marchais dans de la boue, j'éteins la lumière de la cuisine et les guirlandes de Noël puis je gagne la salle de bain.

*Qu'est-ce qui te chagrine ?* je demande à mon reflet tout en me brossant les dents. *Tu as eu exactement ce que tu voulais. Tu as trompé tout le monde au mariage, tu as échappé à la table des célibataires et tu as vécu une soirée incroyable avec un mec super sexy qui t'a donné au moins quarante douze orgasmes. Qu'est-ce que tu voulais de plus ?*

Je fronce les sourcils, la bouche pleine de dentifrice.

*Tu savais depuis le début que ce serait juste une aventure d'un soir. Il te l'a dit. Tu as répondu que ça t'était égal. Tu as dit que tu voulais juste passer du bon temps. Tu as dit que tu n'avais pas d'attente particulière.*

Je me rince la bouche, je me lave le visage puis j'éteins la lumière et je me traîne à l'étage tout en continuant à me faire des reproches.

*Tu croyais que ça se passerait autrement ? Tu pensais que ton Sexy Man à louer serait ton âme sœur ? Et qu'est-ce que tu raconterais à tes enfants, hein ? « Papa et maman se sont rencontrés le soir où je l'ai payé trois cents dollars pour faire semblant d'être mon petit ami afin de ne pas passer pour une naze. C'est romantique, pas vrai ? »*

En colère contre moi-même, je me couche et je rabats les couvertures sur ma tête avant de me rouler en boule. Je suis peut-être condamnée à être malheureuse. Tout ce que je fais se retourne contre moi. Si je joue la sécurité, je ne rencontre aucun mec qui me plaît. Si je prends un risque, je tombe sur un mec qui n'est pas pour moi. Et malheureusement, il me plaît.

Je me tourne de l'autre côté. C'est tellement injuste. Finalement, *finalement*, après des années d'essais, je ressens quelque chose de fort pour quelqu'un et nous ne nous verrons plus jamais. Est-ce que je me suis vraiment fait un film ?

Peut-être. Un mec dans le genre de Theo doit certainement attirer l'attention de femmes magnifiques partout où il passe. Pourquoi s'intéresserait-il à une femme qui porte du rouge à lèvres rouge et dit des cochonneries le samedi soir mais veut qu'on lui fasse un câlin au lit le dimanche ? Une femme qui a affirmé qu'elle n'attendait rien mais qui s'est trouvée dévastée quand il est parti ?

Une femme qui croit au grand amour et qui veut absolument trouver quelqu'un ?

Une femme dans ce genre-là ne l'intéresse pas.

Une femme comme moi.

# Chapitre 15

## Theo

Après une sale nuit pendant laquelle j'ai l'impression de sentir l'odeur de Claire à mes côtés, je me réveille d'une humeur de dogue. Je ne sais pas pourquoi. J'ai passé une super soirée, j'ai bien baisé et je me suis même payé un petit voyage dans mes meilleurs souvenirs. Et je suis parti sans la décevoir. Pourquoi diable suis-je aussi grincheux ?

Je vais à la salle de sports faire un peu de muscu en espérant qu'une bonne suée punitive me fera du bien.

Ce n'est pas le cas.

Sans doute est-ce l'inquiétude pour la famille de mon frère qui me mine. Après ma douche, je décide donc d'aller acheter un sapin pour Josie et les filles.

Voir leur joie et les regarder le décorer me remontera le moral. Je peux peut-être aussi essayer de deviner ce qu'elles veulent pour Noël, et si Josie ne s'est encore occupée de rien – ce dont je doute –, j'irai faire du shopping pour elle.

Avant de sortir, je regarde mes e-mails et mon calendrier et je remarque un rappel pour envoyer une facture à Claire. Je l'efface. Je trouverai un moyen de lui rembourser son acompte aussi. Maintenant je culpabilise de l'avoir accepté.

Sur le chemin, je m'arrête pour acheter un café et un beignet, et tout en sirotant mon café noir brûlant, je me rappelle avoir observé Claire pénétrer chez Great Lakes Coffee, nerveuse, agitée et beaucoup, beaucoup plus jolie que ce à quoi je m'attendais. Si j'étais le genre de mec à dire des choses comme : « Elle m'a coupé le souffle », c'est ce que je dirais d'elle. J'aurais certainement dû me présenter tout de suite, mais dans ce genre de situation, j'aime prendre le temps de comprendre qui j'ai en face de moi et d'écouter mon intuition. Ça me donne toujours un avantage.

Le beignet n'est pas mauvais, mais il n'est pas aussi bon que les feuilletés magiques que j'ai préparés cette nuit avec elle. C'est marrant comme des choses qui viennent de l'enfance ne présentent pas le même attrait à mesure qu'on vieillit : ton film préféré, une chanson que tu adorais, le bonnet qui, croyais-tu, te donnait l'air cool alors qu'en fait tu ressemblais à une tête de nœud… Mais le goût de ces gâteaux était aussi bon que dans mon souvenir, voire meilleur. Je me demande si Aaron a appris à ses filles à en confectionner. Certainement que non puisqu'il n'était pas vraiment là quand mamie et moi en faisions. Je vais passer au supermarché. J'ai envie de faire de la pâtisserie avec mes nièces. Elles vont adorer ça.

Je me sens mieux.

Une fois chez le marchand de sapins, j'en choisis un qui ira bien dans leur salon et j'aide le vendeur à le fixer sur le toit de ma voiture. Puis je passe acheter un pied et des guirlandes lumineuses au cas où les leurs ne fonctionneraient plus.

J'en profite pour acheter aussi de la pâte à croissants, des chamallows, du beurre, du sucre et de la cannelle. Je sens mon enthousiasme grandir. Tout en me dirigeant vers la maison de mon frère, je ne peux m'empêcher de me demander ce que Claire fait aujourd'hui. Des travaux ? De la peinture ? Est-ce qu'elle a fait la grasse matinée ? Ou est-ce qu'elle a eu beaucoup de mal à dormir et s'est levée tôt, comme moi ?

— Ça suffit, je marmonne pour moi-même tout en empruntant l'allée. Arrête de penser à elle, bordel.

C'est plus facile une fois que les enfants ont aperçu le sapin. Je les entends crier et frapper contre la fenêtre pendant que je le détache et une minute plus tard elles sortent toutes les trois en courant, chaussées de bottes, mais sans manteau. Elles parlent toutes ensemble et je ne peux pas m'empêcher de sourire de toutes mes dents.

— C'est pour nous ?

— C'est un vrai sapin ?

— C'est toi qui l'as coupé ?

— On peut aider à le décorer ?

— C'est la première fois qu'on a un vrai sapin !

— Est-ce que maman est au courant ?

— Papa est rentré !

En entendant ça, je m'immobilise et je jette un coup d'œil derrière moi.

— Qu'est-ce que tu as dit ?

— C'est la première fois qu'on a un vrai sapin, répond Ava, de la stupéfaction dans ses grands yeux bleus.

— Non, juste après ça. (Je les regarde l'une après l'autre. J'ai dû mal entendre. Je suis passé il y a deux jours et Aaron n'était nulle part en vue.) J'ai bien entendu ? Votre père est rentré ?

— Oui ! s'exclame Hailey en sautillant sur place, toute fière que je l'ai entendue. Il est là !

— Les filles ! s'écrie la voix de Josie depuis la maison. Vous n'avez pas mis vos manteaux ! Rentrez tout de suite ! Il gèle !

Je la regarde, interrogateur. Elle acquiesce en souriant.

Je me détourne.

Les filles se précipitent dans la maison et je continue à libérer le sapin, plus lentement cette fois-ci. Chaque fois que mon frère rentre chez lui, je ressens un étrange mélange de sentiments. Je suis à la fois soulagé de le savoir en sécurité, heureux pour sa femme et ses filles, mais aussi en colère contre lui pour les avoir abandonnées. Je me sens frustré qu'il ne soit pas capable de résoudre ses problèmes et coupable parce que sa souffrance vient de tout ce que notre père lui a fait subir et de tous les coups qu'il a pris à ma place pour me protéger tandis que je me cachais à l'étage, dans le sous-sol ou dans la cour et que, les mains sur les oreilles, je priais pour pouvoir me mettre à voler.

Et, par-dessous tout ça, il y a un sentiment tellement honteux que j'ai du mal à l'admettre : le ressentiment que mon rôle dans la famille est réduit par sa présence. C'est complètement idiot et je me déteste de ressentir ça, mais une partie secrète de moi aime être l'homme dont sa famille dépend, prendre des responsabilités et prendre soin des autres, et la façon dont ma belle-sœur et mes nièces me regardent, confiantes et reconnaissantes. Quand mon frère disparaît, je ressens ça pendant un moment. Quand il revient, tout s'efface.

J'ai l'impression d'être une merde.

*Ne sois pas con. Elles ne sont pas ta famille. Ce n'est pas ta maison. Tu ne veux même pas te marier, et encore moins avoir des enfants ou un foyer. De toute façon, comment tu t'en sortirais ? Et si tu étais arrêté et envoyé en prison ? Comment ta famille se sentirait, d'après toi ?*

Je pose les deux mains sur le capot de ma voiture et j'inspire lentement et profondément pour me ressaisir.

Mais je me sens mal.

* * *

Une fois rentré, je range les courses dans la cuisine mais l'enthousiasme qui m'habitait un peu plus tôt a complètement disparu. J'installe le sapin dans un coin de la pièce principale.

Josie est en train de calmer ses filles.

— Papa dort encore, explique-t-elle en posant un doigt sur ses lèvres.

Je garde le silence en installant le sapin tout en pensant que ça devrait plutôt être à Aaron de faire ça pour sa famille. C'est à lui, pas à moi, de se demander si sa femme a pris rendez-vous chez le gynéco. C'est à lui de s'inquiéter de l'otite de Peyton et d'espérer que les antibiotiques ont fait de l'effet.

— Oui, elle va mieux. (Ma belle-sœur baisse la voix.) Je n'ai pas encore pris rendez-vous mais je vais le faire.

Je fronce les sourcils mais je ne réponds pas. Ce n'est pas à moi de la réprimander.

— Tu peux tenir le sapin, s'il te plaît ?

— Bien sûr.

Elle le tient en place tandis que je m'assure que le pied est bien fixé.

— Maman, où sont les décorations ? demande Ava.

— Au sous-sol. Va voir si tu peux trouver les boîtes.

Les filles passent par la cuisine pour gagner le sous-sol et nous laissent tous les deux. Une fois le sapin bien fixé, je me redresse et je jette un coup d'œil en direction de la porte fermée de leur chambre.

— Quand ?

— Hier.

Elle a toujours l'air fatiguée, mais ses joues sont roses. Et elle s'est lavé les cheveux.

Je croise les bras.

— Il est sobre ?

— Oui.

— Il va bien ?

Josie hoche la tête.

— Il avait l'air un peu négligé quand il est rentré mais il s'est douché. Il est fatigué mais content d'être là.

Je combats la colère et j'essaie de me concentrer sur le soulagement. Il faut tourner la page.

— Et maintenant quoi ?

— Il dit qu'il va mieux. Qu'il va trouver un nouveau job.

— Il va faire une cure de désintox ?

Elle baisse les yeux.

— On n'en a pas les moyens.

— Je lui ai déjà dit mille fois que je paierai.

— Il refusera. Il est trop fier pour ça.

— Il doit s'inscrire aux Alcooliques Anonymes. Aller aux réunions. Trouver un parrain.

— Je… je ne sais pas s'il le fera. Il dit toujours qu'il n'en a pas besoin.

— Tu dois lui dire que tu l'exiges, Josie. S'il continue à boire, rien ne changera.

Je hausse la voix. Je ne veux pas me montrer dur avec elle, mais Aaron doit absolument devenir sobre. Sans ça, il ne guérira jamais suffisamment pour s'occuper de sa famille. Je ne veux même pas penser à ce qui me serait arrivé si je n'avais pas arrêté de boire.

— Chut. Je sais, répond-elle, les yeux pleins de larmes. Mais il vient juste de rentrer. Je ne veux pas le mettre en colère ou le culpabiliser. Je veux juste qu'il reste.

La porte de la chambre s'ouvre et mon frère fait son apparition, vêtu d'un jean et d'un T-shirt noir, coiffé. Quand je le vois, mon cœur se serre. Sans réfléchir, nous nous dirigeons l'un vers l'autre et nous

nous étreignons. Quoi qu'il fasse, il reste mon frère et je l'aime. On a traversé tellement de choses ensemble, et il est hors de question que je le laisse tomber, mais putain, il faut vraiment qu'il fasse un effort.

— Content que tu sois de retour.

Je fais un pas en arrière pour l'examiner. Nous sommes bâtis de la même manière : grands et musclés, avec un torse puissant et des bras forts. Il a le nez de travers parce qu'il a été cassé plus d'une fois et la barbe plus longue, mais nous avons les mêmes yeux marron et les mêmes cheveux bruns courts.

— Moi aussi. (Il s'éclaircit la voix.) Merci.

Les cris des filles et des bruits sourds nous parviennent du sous-sol. Josie soupire.

— Je vais les aider. Je suis sûre qu'elles sont en train de mettre du bazar.

— Josie prétend que tu es sobre ? je demande dès que nous sommes seuls tous les deux.

— Oui, répond Aaron en enfonçant les mains dans ses poches.

— Promets-moi que ça va durer.

— Je vais essayer.

— Tu dois faire plus que ça, Aaron. (J'essaie de ne pas hausser le ton, mais c'est difficile.) Il n'est pas question que ce genre de conneries se reproduise. Ta femme est enceinte et tu as trois filles.

— Tu crois que je ne le sais pas ? (Ses yeux se remplissent de larmes et il lutte pour les empêcher de couler.) Chaque jour que je passe loin d'elle est une agonie. J'ai continué à boire juste pour anesthésier la douleur de leur absence. Elles sont tout pour moi.

— Alors montre-le, je rétorque sèchement, me surprenant moi-même. (En règle générale, je ne suis pas aussi dur avec lui.) Tu étais où, bordel ?

— Çà et là.

— T'as bossé ?

— Sur des chantiers.

— Josie a besoin de toi. Ces enfants ont besoin d'un père.

— Je sais, répond-il en fermant les yeux. Merci d'avoir été là pour elle.

— C'est terminé, ne compte plus sur moi. (Ce n'est pas vrai. Je le referais s'il fallait, mais mon frère a besoin d'entendre la vérité. S'il pense que je serai toujours là pour m'occuper d'elle chaque fois qu'il se barre, il ne changera jamais.) Résous tes putains de problèmes et sois un mari. Sois un père. Sois un homme, bordel.

— Oui. (Il prend une inspiration.) J'ai besoin de trouver un travail.

— Pour trouver un travail il faut que tu aies arrêté de picoler.

— Je te l'ai dit, je vais essayer, fait-il en sortant les mains de ses poches, poings serrés. Mais chaque fois que je fais une promesse, je suis infoutu de la tenir, du coup je n'en fais plus. Je me prépare à échouer.

J'inspire et j'expire, la mâchoire serrée.

— Quoi que tu aies à faire, quoi que tu doives te dire, débrouille-toi pour que ça arrive, Aaron. Ou tu finiras tout seul.

— Josie dit qu'elle ne me quittera jamais, répond-il, entêté.

— C'est une bonne chose qu'au moins un de vous deux sache tenir une promesse.

J'entends les enfants bavarder en remontant l'escalier, mais soudain, je n'ai plus le cœur à la fête. Josie et les filles ont certainement envie de passer du temps toutes seules avec Aaron, et lui aussi. Il a besoin de comprendre quelle chance il a d'avoir retrouvé tout ça.

— Je dois y aller.

Je l'entends m'appeler tandis que je me dirige vers la porte d'entrée, mais je ne me retourne pas. Deux minutes plus tard, je roule à toute allure. Je n'ai aucune idée de l'endroit où je vais, je n'ai aucun lieu où me rendre pour résoudre ces sentiments contradictoires et personne à qui parler. Comme je me déplace beaucoup et que je suis très secret, je connais beaucoup de monde mais je n'ai pas d'amis. Je n'ai que Josie et Aaron.

Plus je roule, plus ma fureur augmente. Je suis furieux contre mon père qui a toujours répandu sa rage sur ses enfants et qui ne nous a pas appris à être des hommes. Je suis furieux contre mon frère qui détruit la meilleure chose qui soit dans la vie : sa famille. Je suis furieux contre Josie qui n'est pas capable de lui tenir tête pour elle et pour ses filles. Je suis furieux contre moi parce que j'en veux à Aaron d'être rentré. Et je suis furieux contre la mère dont je n'ai aucun souvenir et dont la seule leçon aura été que l'amour ne suffit pas à retenir quelqu'un. Comment a-t-elle osé laisser ce petit mot ? Parfois, il m'arrive de penser que cette note m'a plus brisé que son départ.

La seule personne contre qui je ne sois pas furieux, c'est Claire. Dès que je pense à elle, mon corps tout entier s'échauffe. J'ai envie de me sentir de nouveau comme hier soir. Je veux le retour de cette magie chaude et sexy. Je veux me perdre en elle, submergé par sa douceur, je veux voir son sourire et entendre son rire. Je veux sentir ses cheveux, goûter ses lèvres et caresser sa peau. Je veux la déshabiller, lui murmurer des cochonneries et jouer à nos petits jeux. Je veux qu'elle me regarde comme hier soir, avec confiance et comme si je méritais cette confiance.

Je ne suis pas débile. Je sais que rien ne sortira de ça. Je ne la mérite pas. Tout cela n'est qu'illusion.

Mais je me suis senti tellement bien.

Et j'ai besoin de me sentir bien de nouveau.

# Chapitre 16

## *Claire*

En consultant mon téléphone, le lendemain matin, je découvre que j'ai raté cinq SMS et trois appels de la part de Jaime.

19 h 52 : comment ça se passe ?

21 heures 7 : coucou ? Toujours en vie ?

21 h 32 : appel manqué

22 h 25 : soit tu passes une super soirée soit tu es prisonnière dans le coffre d'une bagnole. J'aimerais bien savoir quelle option est la bonne, merci.

22 h 30 : appel manqué

22 h 50 : j'ai demandé à Quinn de passer chez toi.

22 h 56 : appel manqué

23 h 24 : Quinn dit qu'il y a une voiture dans ton allée, que ta maison est illuminée et qu'apparemment

tout va bien. Si tu n'es pas morte, je jure que je vais te tuer parce que tu avais promis de me tenir au courant.

Oups. L'excitation de la veille (et par excitation, je veux dire orgasme) m'a complètement fait oublier cette promesse. J'envoie un texto à Jaime pour lui dire que je vais bien, que je suis désolée et que je la rappellerai pour tout lui raconter en détail après avoir pris un café.

Sa réponse : espèce de salope.

Je souris pour la première fois depuis le départ de Theo, je mets la cafetière en marche et j'appelle Jaime.

— Allô ?

— Salut, c'est Claire. Je suis désolée.

— Tu peux. J'ai passé toute la nuit à me faire un sang d'encre en imaginant les multiples endroits où on pourrait retrouver ton corps sans vie.

— Je vais bien.

— Tu es sûre ? Tu n'en as pas l'air.

Je pose les coudes sur le plan de travail de la cuisine en soupirant et je regarde le café couler.

— Je suis en vie et je ne suis pas blessée.

— Qu'est-ce qui s'est passé avec le mec ?

— On a passé un bon moment.

— Est-ce que quelqu'un a soupçonné que vous ne sortiez pas vraiment ensemble ?

— Pas que je sache. Et puis en fait, il s'est avéré que… on est sortis ensemble.

— Quoi ?! Je veux des détails. Des chiffres.

— Eh bien, à un moment de la soirée, les choses ont commencé à devenir… réelles.

Mon ventre se noue au souvenir de ce qui s'est passé sur la piste de danse.

— Et ensuite ?

— Quand il m'a raccompagnée chez moi, je lui ai proposé de rentrer.

Jaime se met à couiner.

— Et ? Il a accepté ?

— Oui. (Je ferme les yeux, je sens encore le poids de son corps sur le mien.)

— Et ? Tu me tues !

— C'était super.

— À quel point ?

— Vraiment super.

Jaime pousse un petit cri.

— Combien de fois ça a été super ?

— Trois. Une fois sur le sol du salon et deux fois dans la cuisine.

Un petit sourire orgueilleux étire mes lèvres. J'imagine très bien la surprise qui doit se peindre sur son visage : tout ça ne me ressemble tellement pas. Manifestement je peux me montrer audacieuse. Du moins avec Theo.

— La cuisine ? glapit-elle.

Mon sourire s'élargit.

— Oui. La troisième fois on l'a fait sur la table de la cuisine.

Quelque chose résonne dans mon oreille.

— Désolée, fait-elle une seconde plus tard. J'ai laissé tomber mon téléphone sous le choc. C'est donc sa voiture que Quinn a vue hier soir ?

— Oui.

La cafetière siffle en laissant couler les dernières gouttes de café et j'attrape un mug qui proclame

*De l'Art, sinon rien.* C'est un cadeau qui m'a été fait par un élève. Je me sers une tasse de café et j'ouvre le frigo pour attraper la crème.

— Je comprends ta réaction. Je me suis choquée moi-même.

— Mais tu as passé un bon moment, pas vrai ?

— Plus que ça. C'était génial. Ma meilleure nuit.

— Alors pourquoi est-ce que tu as l'air de le regretter ?

Je verse de la crème puis du sucre dans mon café. Je me souviens soudain d'avoir léché les doigts de Theo et tout me paraît suspendu pendant un instant.

— Je ne regrette absolument rien. J'aimerais juste qu'il ait envie de me revoir.

— Pourquoi, il ne veut pas ? s'offusque Jamie.

Je referme la boîte à sucre et je range la crème dans le frigo.

— Parce qu'il s'est montré très clair dès le départ et m'a dit qu'il ne voulait rien d'autre que passer un bon moment.

— Mais si c'était si bien et que vous ne voulez rien de plus tous les deux, pourquoi ne pas vous revoir ?

Je m'adosse au plan de travail et prends une petite gorgée de café.

— Il a dit qu'il n'était pas en ville pour longtemps et qu'il ne savait pas quand il rentrerait.

— Pourquoi ? Il fait quoi dans la vie ?

— J'en sais rien, j'avoue. Je pensais qu'il était pilote de ligne mais en réalité ce n'est pas son métier, plutôt son hobby. Je ne sais vraiment pas grand-chose sur lui, ni ce qu'il fait, ni où il habite, pas même son nom de famille.

— C'est quoi, ce bordel ? Il ne t'a pas donné son nom de famille ?

— Eh bien il m'a donné un nom de famille. (Je me retiens de rire.) Woodcock.

— Woodcock ? C'est un faux nom.

Je le pense aussi. Mais ça lui va bien.

Jaime ne rit pas.

— C'est bizarre, Claire. Pourquoi se montre-t-il aussi secret ? Qu'est-ce qu'il cache ? Une femme ?

— Non, je ne crois pas.

— Quoi alors ?

— Je ne sais pas. C'est peut-être un homme qui tient beaucoup à sa vie privée.

— Il va peut-être revenir. Te recontacter.

— J'en doute. Nous n'avons même pas échangé nos numéros de téléphone. Notre seule façon de communiquer a toujours été via le site d'escorts.

— J'ai l'impression que vous avez plutôt bien communiqué dans ta cuisine aussi.

Je jette un coup d'œil à la table. Vais-je pouvoir être capable de la regarder sans penser à lui ? À la façon dont il a exigé que je le supplie ? À la manière dont il a fait frissonner mon corps ?

— C'est vrai.

Jaime soupire.

— Je suis désolée, Claire. Je suis contente que tu aies passé une chouette soirée et je suis très fière que tu sois sortie de ta zone de confort mais j'aimerais bien que tout ça te rende plus heureuse.

— Mais je suis heureuse. (Ce n'est pas entièrement un mensonge.) Je me suis sentie bien en faisant preuve d'un peu d'audace. J'ai appris des choses sur moi-même.

— Du genre ?

Je réfléchis un instant.

— J'aime qu'on me dise des cochonneries.

— Moi aussi.

— Et je ne devrais pas avoir honte de mes désirs.

— Certainement pas.

— Je peux porter du rouge à lèvres rouge.

— Attends… du rouge rouge ? Tu ne portes jamais de rouge rouge.

— Je l'ai fait hier soir. J'ai beaucoup pensé à Margot et à ses scones. Moi aussi je veux être une dure à cuire.

Jaime éclate de rire.

— Je pense que tu y es parvenue.

— Mais j'ai aussi appris que je ne suis pas très bonne à cette histoire de « pas de plans sur la comète, juste un bon moment ». Je lui ai dit que c'était bien, que je voulais juste passer du bon temps, mais quand il est parti ça m'a attristée. J'aurais voulu qu'on se revoie.

— Moi, au contraire, j'étais super bonne à ce petit jeu. Tu sais quoi ? J'ai appris à apprécier les plans sur la comète. Je ne suis pas toujours à leur hauteur et Quinn non plus mais on se pardonne et on se rattrape. Je te comprends. Ne te sens pas coupable.

— Non, ça va. (J'essaie de voir le bon côté des choses.) Je me suis bien amusée. C'est plus que ce à quoi je m'attendais. Je ne comptais pas que ce qui s'est passé entre nous ait beaucoup de sens, tu vois, mais j'aurais aimé que ça en ait un peu.

— Je suis désolée. Tu veux qu'on se voie cet après-midi ? Qu'on aille faire du shopping ? Ou qu'on se fasse un cinoche ?

— Non, j'ai des trucs à faire à la maison aujourd'hui. Ce soir, si tu veux.

— Je dîne avec Quinn, ce soir. Il cuisine.

— Oh.

Évidemment. Le samedi soir, c'est le soir des petits amis.

— Et si tu venais manger avec nous ? Il a prévu de faire des *pierogi* [2], ajoute-t-elle pour me tenter.

— Non merci. Quinn cuisine très bien, mais je ne veux pas m'incruster.

— Oh, allez, Claire. Tu sais très bien que tu es toujours la bienvenue. Ça me mine de te savoir triste et seule.

— Je vais très bien, prétends-je, même si c'est un mensonge. (En réalité je me sens au bord des larmes.) J'ai des milliards de trucs à faire aujourd'hui. Je te rappelle demain.

— L'invitation tient toujours si tu changes d'avis.

— Merci. On s'appelle.

— D'accord. Ciao.

Je raccroche et je repose mon portable puis je prends une profonde inspiration et une grande gorgée de café chaud pour me ressaisir. Inutile de pleurer de déception. J'ai des amis, une famille, des travaux à faire et peut-être que dans l'après-midi je peindrai ou je dessinerai. Ça me remonte toujours le moral.

---

2 Les pierogi sont des sortes de ravioles et c'est un plat typique de la cuisine polonaise.

* * *

Après avoir avalé deux tasses de café et un muffin à la myrtille, j'enfile de vieilles fringues, j'attache mes cheveux et je m'attaque aux placards de la cuisine. Je suis en vacances pour quinze jours et j'ai décidé de faire autant de travaux que possible.

Heureusement, la cuisine n'est pas très grande ; je n'ai que huit portes à réparer. J'aime l'aspect du bois mais il est délavé et abîmé. Ma mère a essayé de me convaincre de les repeindre en blanc pour illuminer la cuisine (elle a aussi essayé de me persuader d'embaucher quelqu'un pour faire ce travail), mais je trouve que la couleur foncée du bois est plus authentique. Ça m'est égal que la cuisine ne soit pas lumineuse ; ses tons ocre sont chaleureux et naturels. Et puis, j'ai prévu de poser un carrelage clair sur le sol.

J'étale un vieux drap dans la salle à manger vide, puis j'enlève les portes des placards et je les pose dessus. Ensuite, je vide les étagères avant de les nettoyer entièrement. Après ça, j'ôte les charnières et les poignées puis je décape les portes et les façades. En attendant que ça sèche, je lance une lessive, je change mes draps et je nettoie la salle de bain.

J'ai beau essayer de me distraire en accomplissant toutes ces tâches, je pense sans arrêt à Theo. Peut-être parce qu'il a proposé de réparer mes placards hier soir. Ou peut-être parce que je n'arrive pas à me faire à l'idée que je ne le reverrai plus alors que la soirée que nous avons passée ensemble a été géniale. Je n'arrête pas de penser à son sourire, à son torse, à ses mains.

J'entends son rire, je sens ses baisers et ses doigts dans mes cheveux.

*Remets-toi, Claire. Arrête de penser à lui.*

Mais tout en sablant les placards, je songe à sa proposition de réparer les charnières. Lorsque je mélange le vernis et la peinture, la couleur sombre me rappelle ses yeux brillants. Et quand j'applique la première couche sur la façade du placard, debout à l'endroit exact où je me tenais hier soir, je pense : « Ici. C'est ici que je me tenais quand il m'a tiré les cheveux en me murmurant des cochonneries à l'oreille et qu'il m'a fait jouir si fort que mes genoux ont tremblé. »

*Quelle vilaine fille. Avoir envie de moi comme ça.*

Son sexe en moi encore et encore.

Ici. Ici. Ici.

Je sens mon ventre se nouer et je sais que je mouille.

Il faut que je sorte de la cuisine. Mieux encore, il faut que je sorte de chez moi. De toute façon, il faut que j'attende au moins deux heures que le vernis sèche. Je décide donc de tout nettoyer et d'aller dîner chez Jaime. Peut-être que le vin et la conversation me feront oublier Theo.

Je prends une douche et j'enfile un jean et un T-shirt blanc. Une fois mes cheveux secs, je rajoute un pull gris pâle en style poncho. Je suis en train de descendre l'escalier lorsqu'on frappe violemment à la porte d'entrée.

Je m'immobilise, une main sur la rambarde, en me demandant qui ça peut bien être. Jaime ? Ma mère ? Je n'ai pas le temps de m'interroger davantage : on frappe de nouveau trois coups brutaux.

— J'arrive ! je m'exclame en dévalant les escaliers quatre à quatre.

J'ouvre la porte d'entrée et une bouffée d'air froid m'assaille.

Je reste bouche bée. C'est Theo.

— J'ai besoin de toi, fait-il en pénétrant dans mon entrée et en saisissant mon visage entre ses mains. J'ai besoin de toi.

# Chapitre 17

## Theo

Elle est exactement le baume réparateur que j'espérais. Dès que mes lèvres rencontrent les siennes, le conflit qui me mine s'évapore. Ma colère se dissipe. Ma tristesse s'allège. Tout ça est balayé et remplacé par le désir de me rapprocher d'elle.

Je l'attire à moi, ravi de voir qu'elle passe ses bras autour de ma taille. Je m'adosse à la porte pour la refermer, l'entraînant avec moi. Je caresse ses cheveux légèrement humides et je fais glisser mes paumes le long de ses épaules nues.

— Tu es revenu, dit-elle, le souffle court, tout en renversant la tête pour me regarder.

Son visage, qui ne porte aucune trace de maquillage, exprime la surprise et le ravissement.

— Oui.

Je l'embrasse sur la bouche, sur la joue, sur le menton, sur la gorge. J'enfouis mon visage dans son cou et j'inspire le doux parfum de sa peau.

— Je n'ai pas arrêté de penser à toi.

— Moi aussi, chuchote-t-elle en inclinant la tête pour me faciliter l'accès à son cou et à sa poitrine.

Mes lèvres effleurent sa clavicule et le haut de son décolleté. Elle frissonne. Elle pose les mains sur mon torse mais je ne peux sentir sa caresse à travers le cuir de mon blouson et ça m'agace.

— Montons, murmure-t-elle en reculant tout en m'entraînant avec elle.

J'enlève mon blouson et le laisse tomber par terre. Je prends Claire dans mes bras ; elle passe ses jambes autour de ma taille et glisse sa langue entre mes lèvres. Je la transporte à l'étage jusqu'à sa chambre. Je n'interromps le baiser que pour vérifier que je suis bien parvenu en haut de l'escalier et que je ne risque pas de heurter quelque chose. À ma grande surprise, tout l'étage est ouvert, formant un loft. Son lit se dresse au fond et un studio d'artiste a été installé devant, face à une fenêtre qui donne à l'est.

Je m'approche rapidement du lit, où je la dépose. J'ôte mes bottes à toute allure. Elle s'agenouille sur le lit, s'empare de l'ourlet de mon T-shirt et de mon pull qu'elle soulève en même temps. Je l'aide à les passer par-dessus ma tête et je fais la même chose avec son haut blanc. Puis je dégrafe son soutien-gorge, qu'elle balance sur le côté avant de se jeter à mon cou.

J'écrase ma bouche sur la sienne et je gémis en sentant sa poitrine nue pressée contre mon torse. Nos exploits sexuels de la veille ont été incroyables mais frénétiques et rapides ; nous n'avons pas pris le temps de nous déshabiller complètement. Cette fois-ci, je ne veux laisser aucune partie de sa peau inexplorée. Je suis bien décidé à sentir tout son corps contre le mien.

— C'est si bon, parvient-elle à articuler tout en faisant courir ses mains sur moi. Je n'en aurai jamais assez.

— Essaye, j'ordonne.

Elle rit et dépose un sillage de baisers le long de mon torse tandis que ses mains s'affairent sur le bouton de mon jean. Lorsqu'elle le fait glisser le long de mes cuisses, entraînant mon caleçon, mon cœur s'affole. Je les enlève. Elle baisse la tête avant de lever les yeux vers moi.

*Oh oui, putain.*

La lumière de la fin d'après-midi se déverse par les fenêtres, qui sont suffisamment loin pour que personne ne puisse nous voir, mais suffisamment près pour que je puisse clairement distinguer l'expression diabolique qui anime ses traits. Elle s'appuie sur une main, toujours agenouillée, et se sert de l'autre pour s'emparer de ma queue avant de faire glisser mon gland sur ses lèvres pour en souligner les contours. Lorsque je sens sa langue sur l'extrémité de mon sexe, j'en ai le souffle coupé, ce qui la fait sourire.

Elle prend son temps, se repaît de ses coups de langue décadents, de ses caresses veloutées et de l'impatience de ma queue. Lorsqu'elle finit par le prendre en bouche et le sucer lentement, je gémis et je glisse les mains dans ses cheveux pour dégager son visage : je ne veux pas perdre une miette du spectacle.

Elle prend tout son temps, se concentrant uniquement sur le gland, ce qui me rend dingue. J'ai besoin de sentir ses lèvres pleines et chaudes m'engloutir totalement. Sa bouche est incroyablement douce et soyeuse.

— Claire.

Son prénom dans ma bouche est à la fois un grondement et une supplique.

Elle rit mais obéit. Elle penche la tête et ses lèvres semblables à des pétales glissent le long de ma queue, tièdes, humides et étroites. Mes genoux se mettent à trembler et je les écarte pour garder l'équilibre. Je suis en proie à une incrédulité extatique. Elle fait glisser sa bouche le long de ma queue, une main sur sa base.

— Putain, je suis tellement loin dans ta bouche.

Je suis fasciné par la vision de sa tête qui va et vient lentement devant mes hanches, transporté par les bruits qu'elle fait et par la façon qu'elle a de prendre son plaisir dans cette pipe. Je la dévore des yeux, je me délecte de ses cheveux en cascade sur son dos nu, de la courbe de sa taille et de son cul parfait moulé dans son jean. Je me cramponne davantage à ses cheveux.

Elle gémit et enfourne ma queue le plus loin possible, sa main s'affairant sur la partie que sa bouche ne peut engloutir. Je lutte pour garder le contrôle, me permettant uniquement de tout petits coups de reins. Une bataille se livre en moi entre un monstre qui crève d'envie de faire subir les pires outrages à l'ange agenouillé devant moi et un homme qui tente de se maîtriser. La pression monte, me poussant vers l'orgasme, et je ne cesse de me retenir, me retenir, me retenir, parce que je veux que ça ne s'arrête jamais. Mais plus je lutte, plus elle y met d'ardeur. *Bon sang, qu'elle fait ça bien ! Comment se fait-il qu'elle soit si douée ?*

Juste au moment où je pense que ça ne peut pas être meilleur, elle arrête de me sucer et elle s'allonge sur le dos, la tête vers moi, pendant contre le rebord du lit.

Elle tend la main vers mon sexe.

— Je veux te faire jouir comme ça. Laisse-moi faire.

Je suis au bord de l'explosion.

Je m'efforce au contrôle pendant une miraculeuse minute de plus et je guide ma queue tout entière entre ses lèvres. Je lui baise la bouche profondément. Ses mains se cramponnent à mes hanches et me font aller et venir tandis que je la contemple, éberlué, et que je combats l'incroyable besoin que j'ai non seulement de jouir, mais de lui dire que je l'aime, que je veux l'épouser et que je suis prêt à lui faire des enfants si elle veut bien continuer ce qu'elle est en train de faire. Pendant un instant, je suis paralysé sous l'effet du plaisir, mais mon corps prend soudain le dessus, mes reins s'agitent selon le rythme qu'elle m'impose et mon sexe va et vient rapidement dans sa bouche.

Qu'est-ce qu'elle me fait, bordel ? Je parviens à peine à respirer ! C'est quoi ce bruit ? Est-ce que c'est celui du sang qui bat dans mes tempes ? J'ai l'impression qu'une fanfare militaire a envahi la pièce. Je crois que je suis en train de faire une crise cardiaque. Mon cœur bat beaucoup trop vite. Je vais mourir. C'est ça. C'est ça ! Putain de bordel de merde, je vais crever…

En réalité, je ne meurs pas. Mais je jouis plus violemment que jamais, pendant quelques secondes cataclysmiques, à bout de souffle. Ma vision se trouble, j'imagine la façon dont ma queue remplit sa bouche, et dont je me suis donné de la manière la plus intime et la plus érotique possible. Mais le plus fou, c'est qu'alors qu'elle est allongée, impuissante, sous moi, je me sens vulnérable.

*Qu'est-ce qui vient de se passer, nom de Dieu ?*

Quand je retrouve l'usage de la vue, Claire cherche toujours à reprendre son souffle, et elle a reposé la tête sur le lit.

*Attends, elle a avalé ? Je devrais peut-être vraiment la demander en mariage.*

Bon, d'accord, je ne suis pas dingue à ce point.

En revanche, je peux faire autre chose.

— Mademoiselle French, vous êtes vraiment une vilaine fille. (Je contourne le lit et je la regarde de toute ma hauteur.) Où avez-vous appris à faire ça ?

Elle se redresse sur ses coudes et m'adresse un sourire.

— Je l'ai lu dans un livre. Ça vous a plu ?

Je l'attrape par les chevilles et je l'attire brusquement à moi tout en la faisant pivoter sur le dos.

— Je pense que vous avez avalé ma réponse.

Elle se lèche les lèvres.

— Et maintenant, dis-je en déboutonnant son jean et en le lui ôtant, c'est à moi.

Je la mets en position sur le rebord du lit et je m'agenouille devant elle.

— Tu n'es pas obligé.

Je fais basculer ses jambes sur mes épaules et je lui lance un regard sombre.

— Tu te fous de moi ?

— Non. Je t'ai sucé parce que j'en avais envie, pas parce que j'attendais quelque chose en retour.

— Tant mieux, parce que je ne fais pas ça pour toi. J'ai passé vraiment une très mauvaise journée et la seule chose qui peut arranger ça, c'est le goût de ton sexe et t'entendre crier mon nom quand tu jouiras sous ma langue. Ça te pose un problème ?

Elle sourit.

— Non.

— Tant mieux. (Je caresse son clitoris et je sens un frisson parcourir ses jambes.) Allons-y, alors.

* * *

Quand nous finissons par regagner le rez-de-chaussée après une sieste d'une heure et demie (aucun de nous deux n'a bien dormi la nuit précédente), il est presque dix-huit heures et nous sommes tous les deux affamés.

— Ma cuisine est en bordel, déclare-t-elle en ramassant mon blouson en bas de l'escalier. (Je la suis à travers le salon, où elle balance mon blouson sur le canapé, jusqu'à la salle à manger.) J'ai commencé à m'occuper des placards.

— Ah oui, je vois ça. (J'allume la lumière pour examiner son travail.) Bravo. J'aime beaucoup la teinte que tu as choisie. Il faut passer une deuxième couche, non ?

— Oui, c'était ce qui était prévu, mais j'ai été…

— Déshabillée ?

Elle pouffe.

— J'allais plutôt dire distraite.

— Je ne suis pas désolé.

— Moi non plus.

Nos regards se croisent et quelque chose se produit dans ma poitrine, une espèce de petit serrement de cœur à la fois terrifiante et agréable.

— Et si on commandait à manger avant de passer cette deuxième couche ?

— Excellente idée, répond-elle en souriant. Pizza ?

— Parfait.

Elle commande une pizza et une salade et ouvre une bouteille de vin pendant que je récupère les pinceaux qu'elle a rangés au sous-sol. Je remue le vernis et me mets au travail.

— Tu veux un verre ? demande-t-elle depuis la cuisine.

— Non merci. Je ne bois pas.

Je pense que je peux le lui avouer sans problème. Pour une raison qui m'échappe, j'ai envie qu'elle en sache davantage sur moi. Juste un peu.

— Du tout ?

Elle se tient sur le seuil entre la cuisine et la salle à manger, un verre de vin rouge à la main.

— Du tout.

— Et tu es… guéri ?

— On peut dire ça.

Je passe la deuxième couche à grands coups de pinceau réguliers.

— Ça fait combien de temps ?

— Je n'ai pas fait de cure de désintox ni rien de ce genre. Mais j'ai arrêté de boire il y a six ans. Juste après la naissance de ma première nièce.

Ça aussi, je peux le lui dire.

— C'est… c'est génial. (Elle s'interrompt un instant.) Mais je me sens coupable de boire devant toi, du coup.

— Inutile. Je ne consomme plus d'alcool parce que je n'aime pas mon comportement quand j'ai bu. J'avais du mal à m'arrêter une fois que j'avais commencé et je prenais toujours de mauvaises décisions quand j'étais bourré. Mais ça ne me manque pas.

— Tu es certain que ça ne te dérange pas ?

— Oui. Je te le promets.

J'ai le temps de passer la deuxième couche sur les huit portes avant que le livreur n'arrive et Claire fait de même sur les façades dans la cuisine. Tandis que je nettoie les pinceaux dans le sous-sol, elle dresse la table en sortant de la vaisselle de l'un des cartons posés dans un coin de la cuisine.

— Tu as prévu de faire quoi après les placards ? je demande pendant qu'elle dispose la salade dans deux bols.

— Le sol, je pense. Je voudrais mettre du carrelage mais je ne l'ai pas encore choisi. Tu sais où je pourrais en trouver des sympa ?

— Absolument. (Je m'assieds, j'ouvre le carton à pizza et je sers une part à Claire avant d'en glisser une sur mon assiette.) Je vais t'écrire le nom. Je peux aussi t'y emmener.

— Vraiment ? demande-t-elle, figée, le bol dans les mains.

— Eh bien… oui.

Ça m'a échappé mais c'est tout à fait le genre de choses que j'aime faire : aider quelqu'un qui en a besoin. Josie et les filles ont retrouvé Aaron pour s'occuper d'elles, à présent, mais Claire est toute seule. Comme moi.

Il faut cependant que je freine mon enthousiasme. Si je continue à lui raconter ma vie et à l'aider, elle va se faire des idées.

— Eh bien écoute, merci. C'est super sympa de ta part. (Elle pose le bol devant moi.) Qu'est-ce que tu veux boire ? De l'eau ? Du Canada Dry ? Du jus de cranberry ?

— Un Canada Dry.

Elle met des glaçons dans un verre, me sert, s'installe en face de moi et lève son verre de vin.

— Au deuxième rendez-vous ! je n'en ai pas eu des masses, récemment.

— Moi non plus.

Dans mon cas, je n'ai pas eu non plus de premier rencard. Ou du moins pas des vrais.

Claire repose son verre et s'empare de sa fourchette.

— Au fait, je veux absolument te payer pour hier soir, du moins pour la réception. Ça me paraît tout à fait juste.

J'avale une tomate tout en lui lançant un regard désapprobateur.

— Ne sois pas ridicule. Je ne veux pas de ton argent. Je vais même te rembourser l'avance.

— Mais c'est ton job, fait-elle avant d'avaler une gorgée de vin. N'est-ce pas ?

— Oui. (Ce n'est pas complètement un mensonge, plutôt une demi-vérité.) J'ai aussi une entreprise de menuiserie.

Un autre non-mensonge.

Son visage s'illumine comme si je venais de lui faire un cadeau.

— Ah bon ?

— Oui. Je ne gagne pas grand-chose avec mais j'aime ça.

— Et tu es doué de tes mains.

Elle m'adresse un de ces sourires qui me font oublier toutes mes règles.

— Merci.

— Je pourrais t'embaucher. J'ai des tonnes de projets pour cette maison.

— Je serais ravi de t'aider. Mais il se peut que je doive quitter la ville dans pas longtemps, j'ajoute précipitamment.

— C'est vrai. Tu bouges beaucoup. C'est l'une des rares choses que je sache sur toi.

Je hausse un sourcil.

— Je dirais que tu sais d'autres choses sur moi.

Nos regards se croisent.

— Je sais quel goût tu as, constate-t-elle.

*Merde. Je déglutis avec difficulté.*

— Oui. C'est vrai.

— J'aimerais bien en apprendre davantage, mais tu es très secret, fait-elle, les yeux baissés sur son assiette.

— Pose-moi une question.

J'espère que je n'aurai pas à mentir. Une partie de moi a envie de lui révéler des choses, mais ça ne me vient pas naturellement.

— Quel est ton nom de famille ?

Et merde. Il était évident qu'elle allait me poser la question, mais si je le lui révèle, elle pourra faire des recherches sur moi. Ma condamnation est publique. Mais Claire est tellement confiante que je ne la vois pas se précipiter pour me checker sur Internet.

— MacLeod.

Elle m'adresse un sourire radieux, comme si je lui avais offert un présent incroyable.

— MacLeod. Tu es d'origine écossaise ?

— Je n'en ai aucune idée, réponds-je en haussant les épaules.

Elle avale une nouvelle bouchée de salade.

— J'ai fait un arbre généalogique de ma famille quand j'étais au lycée. J'ai réussi à remonter sur huit générations de chaque côté.

— Ah bon ? Et qu'est-ce que tu as trouvé ?

— Je suis anglaise, française, irlandaise, néerlandaise et un peu allemande.

— Une vraie bâtarde, je constate en penchant la tête. Ça te va bien.

Elle me donne un coup de pied sous la table.

— Espèce d'idiot.

Elle garde le silence un instant, mais je devine qu'une bataille fait rage en elle. Elle finit par se lancer.

— Tu n'es pas pilote, alors ? Je ne veux pas me montrer indiscrète, je voudrais juste… mieux te connaître.

Je réfléchis un instant avant de décider de me montrer honnête.

— J'ai un brevet de pilote d'avions de tourisme. Mais je ne l'utilise pas beaucoup. À mon grand regret.

— Pourquoi tu as passé ton brevet ?

— J'ai toujours voulu apprendre à piloter.

— Mais tu ne voulais pas faire carrière en tant que pilote ?

J'hésite, puis je me décide à mentir.

— Non. Je n'aime pas les emplois du temps stricts. Ce métier ne m'aurait pas plu. Mais j'adore voler.

— Je déteste ça, fait-elle entre ses dents.

— Pourquoi ?

— Ça me terrifie. Je n'arrive pas à comprendre comment quelque chose d'aussi lourd peut décoller et encore moins rester en l'air.

J'éclate de rire.

— Inutile de comprendre quelque chose pour l'apprécier, pas vrai ? Je ne sais pas faire une pizza mais j'adore ça.

— Eh bien moi, la simple idée de monter dans un avion me donne une crise d'angoisse, affirme-t-elle sur un ton très sérieux. Ma mère est pareille.

— Tu as peur de quoi ?

— De mourir ! répond-elle comme si c'était évident. De m'écraser !

Je secoue la tête.

— Tu sais que tu as beaucoup plus de risques de mourir dans un accident de voiture, pas vrai ?

— C'est différent, répond-elle en reniflant. Je contrôle la voiture. Et même si ce n'est pas moi qui conduis, au moins je peux analyser les bruits du moteur.

— Comment tu fais pour te rendre aux endroits inaccessibles en voiture ?

— C'est bien là le problème, répond-elle en soupirant. Parce que je meurs d'envie de voyager. Je voudrais aller à Paris, à Florence, à Madrid… (Elle incline un peu la tête.) Je pourrais peut-être y aller en bateau.

J'éclate de rire.

— Ça fait un sacré trajet. Tu ne peux pas surmonter ta peur suffisamment longtemps pour embarquer et ensuite prendre un somnifère ?

— Je ne sais pas. Peut-être. Un jour. (Ses joues rosissent légèrement.) Tu dois trouver que c'est débile d'avoir autant peur de quelque chose.

Je hausse les épaules.

— Pas forcément.

— Et toi ? Tu as peur de quoi ?

*De ne pas avoir envie de te quitter ce soir.*

— De rien.

— J'en étais sûre. Tu recherches les frissons, pas vrai ? Je parie que tu adores les montagnes russes.

— C'est vrai. Mais pas autant que le saut en parachute.

— Le saut en parachute ! couine-t-elle. Tu veux dire que tu as déjà sauté hors d'un avion exprès ?

— Plein de fois. C'est génial.

Elle me regarde comme si j'étais dingue.

— Et en quoi c'est génial ?

— Ça te fait ressentir un truc de fou. Totalement libre.

Tu as l'impression que tu pourrais faire n'importe quoi. Que tu n'as plus de limites.

Elle secoue lentement la tête.

— Tu es courageux. Je ne pourrais jamais faire ça. J'ai trop peur de tomber. Depuis toujours.

Ça me plaît, qu'elle me trouve courageux. Et doué de mes mains. J'aime être assis là à la table de sa cuisine à bavarder en dînant.

J'aime tellement ça je commence à avoir peur de tomber, moi aussi.

Mais un peu plus tard, elle me demande si je veux rester.

Et j'accepte.

# Chapitre 18

## Claire

M'endormir aux côtés de Theo est encore meilleur que dans mes fantasmes. Certes, les draps sont plus humides et mes cheveux plus en bataille, mais j'ai eu beaucoup, beaucoup plus d'orgasmes et il est beaucoup plus sexy que tous les hommes dont j'ai pu rêver. Il est plus grand, plus fort et plus pervers. Plus beau, plus drôle et plus compliqué.

Je ne sais toujours pas pourquoi il est revenu, mais j'ai peur de lui poser la question : je ne veux pas briser l'enchantement. J'ai besoin de toi, a-t-il dit. Qu'est-ce que ça signifie ? Est-ce qu'il s'agit uniquement de sexe, ou d'autre chose ?

Cet homme est une énigme : il est généreux de son corps mais avare de sa personne. Je suis épatée qu'il se soit un peu livré ce soir. Je fais la liste de ce que j'ai appris sur lui : il s'appelle McLeod, il a arrêté de boire il y a six ans, il a un brevet de pilote mais il n'est pas pilote, il possède une boîte de menuiserie et il aime le saut en parachute. Et hier, il a dit qu'il avait été élevé par sa grand-mère décédée, que ses parents les avaient abandonnés son frère et lui et que celui-ci était instable ; il a aussi une belle-sœur et trois nièces avec qui il joue à prendre le thé.

*Et au lit, ce mec est une rock star.*

Tout ça forme un tableau intrigant et très fragmenté. Comme une peinture très incomplète avec quelques détails çà et là, un peu de couleur et beaucoup de toile blanche.

Je ne sais pas comment compléter l'esquisse. Je n'ai aucune idée de la manière dont on fait parler un homme aussi secret. Je n'ai que des questions. Qui est-il en réalité ?

— Theo ?

— Mmm.

— Tu étais comment quand tu étais enfant ?

Il grommelle.

— Encore des questions ?

— Désolée, désolée. (Je pose un baiser sur sa poitrine.) J'essaie juste de comprendre qui tu es.

— J'étais un gamin banal.

— Qu'est-ce que tu aimais faire ?

— Du vélo. Des ricochets. Me moquer des filles.

Je lui donne un petit coup dans les côtes.

— Raconte-moi un souvenir heureux de ton enfance.

Il réfléchit longuement.

— Il y avait une balançoire faite avec un pneu dans notre jardin. Quand je voulais m'échapper de la maison, c'est là que je me réfugiais.

— On en avait une nous aussi à côté du chalet, je réponds, enthousiaste. Elle est toujours là, d'ailleurs.

— Ah oui ?

— Oui. (Je me mets à rire.) Tu ne seras certainement pas surpris d'apprendre qu'au début j'en avais peur.

— Peur d'une balançoire ? Pourquoi ?

— Parce qu'elle était accrochée à une vieille branche toute fine. J'avais peur qu'elle craque.

— Et alors ? Tu ne serais pas tombée de bien haut.

— Que dire ? Je suis très délicate.

— Permets-moi de ne pas être d'accord.

Je lui donne de nouveau un petit coup dans les côtes avant de me blottir plus étroitement contre lui.

— Pourquoi est-ce que tu voulais t'échapper de chez toi ?

Il s'agite un peu comme s'il était mal à l'aise.

— J'en sais rien. Je n'aimais pas être à l'étroit, je suppose. C'est toujours le cas.

Logique. Il est secret et il aime la liberté.

S'il y a une chose dont je suis certaine, c'est que je ne peux pas lui mettre la pression, exiger quoi que ce soit ni lui imposer des conditions et des limites. Et en réalité, je n'en ai pas envie. Il m'a dit, à peine le seuil de ma maison franchi, qu'il ne savait pas où tout cela nous mènerait et il m'a fallu trois secondes pour comprendre que ça m'était égal. Même s'il ne m'offre rien d'autre que des orgasmes et de la conversation pour l'instant, je suis prête à faire avec. À être patiente.

Mais étendue là, dans ses bras, la tête sur sa poitrine, le bruit de son cœur dans mon oreille, nos pieds emmêlés sous la couverture… je suis étourdie par l'espoir, ivre de possibilités.

# Chapitre 19

## Theo

Le lendemain matin, je me réveille le premier et pendant un instant je ne sais plus où je suis. Ça m'arrive souvent, parce que je suis tout le temps sur la route, mais ce qui est beaucoup plus rare, c'est le sourire qui s'étale sur mon visage quand je comprends dans le lit de qui je me trouve.

Claire me tourne le dos, recroquevillée en chien de fusil. Je me rapproche d'elle pour me blottir contre son corps, le mien épousant étroitement ses formes, un bras autour de sa taille. Son souffle change et elle me presse le bras.

— Tu es toujours là, constate-t-elle à mi-voix.

— Je suis toujours là.

Je suis aussi surpris qu'elle.

— Je pensais que tu serais parti à mon réveil.

J'ai beaucoup fait ça dans le passé. Je peux compter sur les doigts d'une seule main les fois où j'ai passé une nuit complète dans le lit d'une femme. Et je l'ai toujours regretté parce que je n'avais qu'une envie : me barrer à peine levé.

Mais aujourd'hui, c'est différent. Je ne veux pas la quitter. Comment est-ce possible ? Je me raidis.

*C'est parce que tu as envie d'elle, abruti. Évidemment.*

Je me détends de nouveau.

— Ce lit est trop confortable. Je n'arrive pas à le quitter. Surtout quand tu es dedans…

— Mmmm. (Elle garde le silence un instant.) Tu es le premier mec à dormir ici.

— Ah bon ?

— Oui. Je n'ai pas pour habitude de demander aux hommes de passer la nuit avec moi. (Elle glousse.) Voilà qui devrait te faire te sentir spécial.

Je lui pince les fesses.

— Tu vas payer pour ça, petite fille.

Des images de la nuit précédente surgissent dans ma mémoire. On a de nouveau mis en scène le fantasme de l'inconnu, mais cette fois-ci dans sa chambre, et mon sexe décide de se réveiller à son tour, de plus en plus raide contre son derrière.

Elle s'empare de la main que j'ai posée sur son ventre et l'amène vers ses seins. Mon souffle se fait plus court tandis que je la caresse et que je titille ses tétons durcis tout en frottant ma queue contre ses fesses. Elle gémit lorsque je fais courir ma main sur son ventre avant de la glisser entre ses jambes : elle est chaude et humide.

Mes doigts s'affairent sur son clitoris, doucement d'abord, puis de plus en plus vite et de plus en plus fort. Je m'adapte à ses gémissements et à sa façon de bouger contre ma main. Quand elle jouit en criant mon nom, je manque de perdre le contrôle et de décharger sur ses reins ; ses reins parfaits, à la peau lisse et blanche, parsemée de petites taches de rousseur.

*Bon sang. Je veux jouir sur ses fesses.*

Claire n'est probablement pas le genre de femme qui aime ça, mais une fois que l'idée a germé dans mon esprit, je n'arrive pas à l'ignorer. Sans un mot, je l'incite à se mettre à plat ventre sur le lit et je m'agenouille au-dessus d'elle, mes jambes enserrant ses cuisses. On a utilisé le dernier préservatif hier soir, et donc ça vaut mieux de toute façon, tant qu'elle est d'accord. Est-ce que je dois lui demander la permission ? Je jette un coup d'œil à son profil sur l'oreiller : elle a les yeux fermés et elle sourit, aux anges.

*Non, je ne demanderai pas.*

Je prends ma queue en main et je frotte le gland sur chacune de ses fesses, puis au creux de son sillon. Je meurs d'envie de la pénétrer, mais ça attendra. Au lieu de ça, je me caresse au-dessus de son postérieur. Je sens toute la partie inférieure de mon corps s'enflammer.

— Tu as une peau parfaite, je murmure le souffle de plus en plus court. Je voudrais la salir.

Son sourire s'élargit.

— Vas-y. J'en ai envie aussi.

De ma main libre, je repousse ses cheveux et je caresse son dos de ses épaules à ses reins.

— Que j'aime ton corps…

Sa peau est pâle et douce, comme si nul ne l'avait jamais touchée, pas même le soleil. J'ai l'impression d'être un dieu parce qu'elle me permet de la souiller, parce qu'elle en a envie.

— Parle-moi. Je ne peux pas te voir. Aide-moi à imaginer ce que tu fais.

*Elle est merveilleuse.*

— Je bande comme un fou, dis-je en accélérant la cadence. Je sens les muscles de mes abdominaux se contracter. Je laisse ma main me baiser en pensant à toi.

Elle gémit et se cambre un peu : ses fesses se soulèvent entre mes cuisses.

— Oui… je vois très bien.

— Je fais ça avec la main que j'ai glissée en toi. Mes doigts sont humides.

Elle déplace sa main pour se caresser.

— Maintenant les miens le sont aussi.

— Oh, putain.

Ma voix se brise. C'est tellement extraordinaire que je suis paralysé pendant un instant et que je n'ai qu'une envie : la regarder. Mais mon sexe est douloureux et moite.

— Tu es tellement sexy.

— Et trempée, murmure-t-elle en agitant ses fesses tout en se caressant. Tu me fais mouiller comme une folle.

Mon bras, qui n'est plus gouverné par mon cerveau, bouge de son propre chef. J'agite ma main à toute allure au-dessus d'elle. Je tombe en avant, l'autre main sur la tête de lit, les yeux écarquillés, à bout de souffle.

— Bordel, je vais jouir comme un dingue.

— Oui ! s'écrie-t-elle.

Je comprends qu'elle est sur le point d'atteindre le plaisir aussi, et ça me fait basculer. Mon orgasme se déplie dans mes reins avant d'exploser comme une éruption volcanique. Je le regarde se répandre en rubans épais et chauds comme de la lave sur son dos. Je n'ai pas de mots pour décrire ce qui m'arrive ; de toute façon je ne peux plus parler. Je ne peux que gémir sous l'effet de l'agonie, du ravissement, de la gratitude et du choc. Je n'aurais jamais cru qu'une femme me permette un jour de faire ça.

Moi encore moins.

* * *

Je déniche une petite serviette de toilette dans le placard et je la passe sous l'eau tiède.

— Ne bouge pas, j'ordonne.

Elle reste allongée sur le ventre, le menton reposant sur ses bras repliés, tandis que je la nettoie.

— Merci.

Je trouve ça incroyable qu'elle me remercie.

— Crois-moi, tout le plaisir est pour moi. (Une fois que j'ai terminé, je pose un baiser sur son épaule.) Voilà. Tu es toute propre.

Elle me sourit par-dessus son épaule.

— Pour l'instant, en tout cas. Donne-moi ça, fait-elle en se redressant et en me prenant la serviette humide des mains. Je vais la mettre à laver.

Elle se dirige vers son armoire d'où elle sort un peignoir blanc très long avec ses initiales brodées sur la poitrine. Je ris en la voyant faire.

— Ce truc est immense.

— Je sais. Je l'adore. J'ai l'impression d'être à l'intérieur d'un nuage, répond-elle en se blottissant dedans. C'est mon amie Margot qui me l'a offert.

— Celle qui vit dans une ferme ?

Elle m'a parlé de ses deux meilleures amies la nuit dernière. Je n'ai jamais connu ce genre d'amitié. Je suis proche d'Aaron mais ce n'est pas la même chose, nous partageons le même sang, c'est une histoire de famille. Le lien entre amis est différent. On se choisit.

— Oui. C'est elle qui se marie en février.

— Dois-je réserver la date ? Je pourrais te faire un prix si tu m'embauches souvent.

À peine les mots ont-ils franchi mes lèvres que je les regrette. Premièrement, je ne veux pas lui faire de peine, et deuxièmement, je ne sais pas du tout si je serai dans les parages en février. C'est dans plus d'un mois. J'ai appris à ne jamais faire ce genre de promesse.

Mais Claire comprend la plaisanterie.

— Idiot, murmure-t-elle en me donnant un petit coup dans le bras, avant de se diriger vers l'escalier. Pas question d'embaucher de nouveau un Sexy Man. On ne peut plus s'en débarrasser !

Je souris en la regardant disparaître, puis je cherche des yeux mon caleçon et ma chemise. J'ai enfilé mon jean avant d'aller chercher une serviette, mais rien d'autre. Je m'habille en me demandant ce que je devrais faire aujourd'hui. Aller m'excuser auprès de mon frère ? Le dois-je ? J'y réfléchis. Peut-être que je n'aurais pas dû lui parler comme ça. Peut-être que je lui en veux moins d'être incapable d'arrêter de boire que de ne pas parvenir à s'occuper réellement de sa famille. Peut-être qu'au fond, c'est à mes parents que j'en veux vraiment, pas lui.

Merde… Est-ce que c'est vraiment ça ?

Je m'assieds sur le rebord du lit, pensif, pour enfiler mes chaussettes. La vérité, c'est que je suis bien plus doué pour deviner les sentiments des autres que pour oser une vraie introspection. Je n'aime pas me pencher sur mes propres émotions : ça me met mal à l'aise et je suis passé maître dans l'art de cacher la merde sous le tapis.

Je suis en train de fermer mes bottes lorsque Claire revient dans la chambre.

— Est-ce que tu as faim ? Il faut que j'avance dans mes travaux aujourd'hui, mais j'ai bien envie de pancakes. Tu veux qu'on aille prendre le petit déjeuner dehors ?

— Oui. (Manger des pancakes avec Claire me paraît une bien meilleure idée que d'aller m'expliquer avec mon frère. Et sa famille n'a pas besoin de moi aujourd'hui, il est là pour elle, alors que je pourrais aider Claire.) Et après, on peut aller acheter du carrelage.

— Excellente idée !

— Qu'est-ce que tu veux mettre sur le plan de travail ? Tu veux remplacer le formica ?

Claire se dirige vers le placard, enlève son peignoir et le suspend sur un cintre.

— Je veux quelque chose de naturel, comme du granit. Ou peut-être de l'ardoise.

— Bonne idée. On peut passer aussi dans une entreprise de maçonnerie où j'ai travaillé. Elle est tout près du marchand de carrelage.

— Vraiment ? s'exclame-t-elle, ravie, avant de se diriger vers une petite commode d'où elle sort quelque chose de minuscule et de blanc. Ce serait génial.

Je la regarde enfiler une culotte, agrafer son soutien-gorge, se glisser dans son jean et terminer par un pull. Je n'ai jamais vu une femme se vêtir de la sorte auparavant, dans sa propre chambre, à la lumière du soleil matinal, gracieuse et féminine. C'est très différent de la façon furtive et maladroite dont une femme se rhabille à la hâte dans une chambre d'hôtel sombre. C'est intime, comme si elle me dévoilait un secret.

*Parce qu'elle a confiance en toi.*

J'adore ça.

Un jour de plus avec elle. C'est tout ce dont j'ai besoin.

* * *

— Raconte-moi pourquoi tu as passé une mauvaise journée hier.

Claire sirote son café, dans lequel elle a versé tant de crème et de sucre qu'il est presque aussi blanc que sa peau.

Je porte ma tasse à mes lèvres avec lenteur pour me donner le temps de réfléchir. Je suppose que je peux lui parler de ma famille. Il vaut mieux que je lui raconte les frasques de mon frère que les miennes.

— Mon frère est rentré chez lui.

— Mais c'est une bonne nouvelle ! s'écrie-t-elle, surprise. Non ?

— Oui et non. (Je prends une gorgée de plus avant de reposer ma tasse.) Il fait souvent ça : il rentre et il prétend qu'il va arrêter de boire et trouver un travail. Sa femme et ses enfants se mettent à espérer, mais il finit toujours par replonger.

— Peut-être que cette fois ce sera différent, dit-elle sur un ton plein d'espoir. Donne-lui une chance.

— Il en a déjà eu beaucoup trop. Son alcoolisme est une maladie. Je ne devrais pas le blâmer pour ça, mais quand faudra-t-il arrêter de mettre un matelas sur le sol pour amortir sa chute ?

Elle secoue la tête.

— Je n'en sais rien. Je vois bien les deux côtés du problème. Quand tu aimes quelqu'un, tu ne veux pas qu'il souffre. Mais s'il ne souffre pas, il n'arrêtera jamais.

— Exactement. Le truc, c'est qu'il n'est vraiment pas bien. Il se sent très coupable, mais sa seule échappatoire, c'est la bouteille.

Claire garde le silence un instant, repose sa tasse et me lance un regard intense.

— Qu'est-ce qu'il cherche à fuir ?

Je pousse un soupir.

— Tout un tas de choses.

*Son passé. La génétique. La maltraitance.*

— Et son mariage ? Ça se passe comment ?

— Josie l'idolâtre et il l'adore. Ils sont fous l'un de l'autre. Ce n'est pas ça le problème.

Elle se mord la lèvre.

— Il a vécu des trucs dans son enfance ?

Je hoche lentement la tête, les yeux baissés sur le menu posé devant moi, menu dont je ne vois pas les mots. Au lieu de ça, je vois le sang sur le T-shirt d'Aaron. J'entends le bruit écœurant d'un poing qui s'écrase sur la chair. J'ai le souffle coupé en remontant quatre à quatre les marches pour me cacher sous le lit comme mon frère me l'a ordonné. La honte familière s'abat sur moi comme un poing. J'ai réussi à m'échapper, à l'époque. De quel droit puis-je empêcher Aaron de s'échapper à présent ?

— Hé, fait Claire en posant la main sur la mienne. Est-ce que ça va ?

— Très bien. (Je m'éclaircis la voix et j'enfouis la honte dans un endroit inaccessible.) Mais, oui, tu as raison. Notre enfance a été difficile. Et Aaron en a pris plein la gueule pour me protéger.

— Je suis désolée. Je ne peux pas imaginer à quel point ça a dû être affreux.

— Je ne veux même pas que tu essayes.

La serveuse vient prendre notre commande avant de nous reverser du café. Lorsque nous sommes de nouveau tous les deux seuls, Claire reprend la parole à voix basse.

— Je ne sais pas ce qui pourrait aider ton frère. Mais ce que je sais, c'est que lorsqu'on se débat avec ses démons intérieurs, ça aide d'en parler.

— Oui.

*Mais j'en ai déjà trop dit. Il faut que je la ferme.*

Elle pose la main sur mon poignet.

— Je suis là pour toi. Je sais que nous ne nous connaissons pas depuis longtemps, mais je voudrais qu'on soit amis.

— Amis ?

Je contemple ses doigts sur ma peau. Chaque fois qu'elle me touche, mon corps s'enflamme.

— Oui. (Elle retire sa main, un peu nerveuse.) Est-ce que tu es d'accord ?

— Oui, bien sûr.

Être amis, c'est bien, non ? Être amis, c'est cool. Les amis n'attendent rien de particulier de vous et ne vous mettent pas la pression pour faire de vous ce que vous n'êtes pas.

On peut s'amuser avec une amie, lui dire au revoir à la fin de la journée et ne pas se sentir coupable parce qu'on ne sait pas quand on la reverra.

Certes, en règle générale les amis n'ont pas envie de se toucher tout le temps comme Claire et moi, mais je refuse de me soucier de ça aujourd'hui.

— Dis-moi. Qu'est-ce que tu as en tête pour le sol de la cuisine ?

# Chapitre 20

## *Claire*

La journée se déroule comme dans un rêve.

Après le petit déjeuner, nous allons acheter le carrelage et Theo fait preuve d'une patience infinie avec moi, tandis que j'examine tous les carreaux et que je compare les prix. Nous repartons avec plusieurs échantillons. Il me tarde de rentrer pour voir ce que ça donne.

Dans l'entrepôt de maçonnerie, Theo me présente à un ancien collègue, Zack, qui paraît surpris de le voir, mais ravi.

— T'es dans le coin pour un moment ? demande-t-il, les mains sur les hanches et bien planté sur ses jambes.

Theo hausse les épaules.

— J'en sais rien.

— Je me disais que t'avais peut-être acheté une baraque ou un appart' par ici.

— Non. L'ardoise est pour Claire. Elle retape sa cuisine.

— Je me contente de faire du repérage, aujourd'hui.

— Parfait. Faites-moi signe si vous avez besoin d'aide. Et si jamais tu veux bosser de nouveau avec nous, ce sera avec plaisir. Ce mec est un commercial hors pair, explique-t-il en se tournant vers moi. Le meilleur.

— Je vous crois sans problème, fais-je en souriant.

Cette journée est géniale parce qu'elle me permet d'en apprendre davantage sur Theo. Après avoir découvert qu'il avait eu une enfance difficile, je comprends mieux pourquoi il est si secret.

Il a probablement du mal à faire confiance aux gens, surtout ceux qui sont supposés s'intéresser à lui. Je comprends mieux pourquoi il ne sort avec personne.

Theo remercie Zack en lui donnant une tape sur l'épaule avant de me guider dans l'entrepôt gigantesque qui contient des pierres du monde entier. Je suis stupéfaite et émerveillée.

— Regarde comme celle-ci est magnifique ! je m'exclame en caressant un morceau de granit gris sombre veiné de rouge. C'est un événement géologique capturé à jamais dans la pierre ! Une œuvre d'art offerte par la terre il y a des milliers d'années et préservé presque comme une photo !

Mon enthousiasme fait rire Theo.

— Je n'aurais jamais pensé aux pierres comme à de l'art. Et je croyais que tu voulais de l'ardoise.

— Je ne suis pas encore décidée. (Je fais lentement un tour sur moi-même, submergée par la possibilité des choix qui s'offrent à moi.) Je pourrais passer la journée ici.

— Prends ton temps, répond Theo en enfonçant les mains dans ses poches. Je n'ai rien à faire aujourd'hui, je suis donc tout à toi.

Quelque chose dans sa façon de le dire m'interroge : je pense que *demain* ce sera une autre histoire. Je décide de balayer mes questions. Au lieu de ça, je dépose sans réfléchir un baiser sur sa joue.

— Merci. Ça a beaucoup d'importance pour moi.

— De rien. Tu veux juste faire du repérage ou tu as une idée spécifique en tête ?

Je me mords la lèvre en examinant un morceau de marbre de l'autre côté de l'allée.

— Je veux que ça ait l'air liquide.

— Liquide ?

— Oui, je sais qu'il s'agit d'une pierre mais je veux qu'elle contienne un mouvement. Comme si elle coulait. Je parle du motif à l'intérieur. Il y en a qui sont plus statiques, celles avec des éclats ou des taches. Les autres, comme celle-ci juste derrière moi, sont veinées et ça me rappelle l'eau qui coule. J'aime ça.

— J'ai compris. Viens avec moi.

Tout en marchant, il m'explique que l'ardoise dure longtemps, n'est pas poreuse et supporte bien la chaleur mais qu'elle ne ressemble pas à ce que j'ai en tête.

— Le granit est plus cher, c'est sûr, mais je pense que c'est ça que tu veux. C'est plus spectaculaire et ça a exactement le mouvement que tu cherches.

— Les plus jolies sont toujours les plus difficiles à entretenir, pas vrai ?

Il me donne un coup de coude en souriant de toutes ses dents.

— Pas toujours.

Une fois que nous en avons terminé avec l'entrepôt, nous rentrons chez moi pour mettre des charnières et des poignées neuves aux portes de placards fraîchement repeintes avant de les refixer.

— C'est super. Est-ce que la couleur te plaît ? me demande Theo.

— Oui. J'adore ! réponds-je en battant des mains. Je sais que c'est un peu sombre, mais c'est plus authentique. Voyons voir les échantillons de carrelage pour le sol.

Il les étale devant les placards et nous reculons pour les examiner.

— J'aime bien l'idée d'un carrelage hexagonal, mais si tu veux que ce soit assorti au plan de travail, je pense qu'il vaut mieux choisir le travertin carré.

— Tu as raison. Je devrais…

Je suis interrompue par un coup frappé sur la porte d'entrée. Une voix se fait entendre :

— Youhou ! Claire ?

— Maman ?

Theo et moi échangeons un regard.

— Tu ne devrais pas laisser ta porte ouverte, ma chérie. N'importe qui pourrait rentrer. (Elle surgit sur le seuil de la cuisine, des sacs dans les bras, et s'immobilise en remarquant Theo.) Oh, bonjour !

— Bonjour, répond Theo en hochant la tête.

— Je suis désolée, je ne savais pas que tu n'étais pas seule.

Mais son sourire me dit qu'elle est ravie. Elle dépose ses sacs de courses et lisse son carré couleur miel.

— Maman, voici mon ami Theo MacLeod. Il m'aide à rénover la cuisine.

— Comme c'est gentil de sa part ! répond maman en ôtant ses gants. Je suis ravie de faire votre connaissance. Carol French.

Theo lui serre la main qu'elle lui tend.

— Très heureux de vous rencontrer, Madame French, fait-il avant de mettre les mains dans ses poches.

— Oh, s'il vous plaît. Appelez-moi Carol. (Elle pose les mains sur sa taille, l'air positivement enchantée.) Je suis juste passée te déposer des courses. La dernière fois que je suis venue, ton frigo était presque vide.

C'est évidemment à moi qu'elle parle mais elle ne quitte pas Theo des yeux.

— Merci. On était juste en train de contempler notre œuvre. Tu ne trouves pas que la couleur des placards est magnifique ?

Je fais un pas de côté pour qu'elle puisse les admirer.

— Joli, fait-elle après leur avoir jeté un coup d'œil hâtif avant de reporter son attention sur Theo, rayonnante. Qu'est-ce que vous faites dans la vie, Theo ? Vous êtes dans le bâtiment ?

Il rougit.

— Non.

— Vous êtes juste bricoleur, alors ? demande-t-elle en lui adressant un clin d'œil. Ça rend toujours service. Ton père est une catastrophe dans ce domaine. Je suis obligée d'appeler quelqu'un chaque fois que j'ai besoin d'accrocher un tableau ou de changer une ampoule.

— Papa est juge, maman. Il a d'autres talents.

Elle agite une main en l'air.

— Je suppose. Bref. Vous êtes dans l'enseignement, vous aussi, Theo ?

Theo, qui a l'air un peu paniqué, me lance un regard interrogateur. Je comprends. Il veut savoir ce qu'il doit répondre. Je n'ai pas eu le temps d'y songer. Quelle est notre histoire ? Je décide de ne pas trop m'éloigner de la vérité.

— Theo possède sa propre boîte.

— Un entrepreneur ! Super. (Son regard se pose sur le visage de Théo puis se perd sur ses épaules larges et sa poitrine musclée.) Et vous êtes beau, en plus.

Le visage de Theo devient écarlate. Il a l'air complètement déstabilisé par ma mère, ce que je trouve plutôt amusant. Quand il joue un rôle, il est hyper cool, mais être lui-même est un véritable défi pour lui. Pauvre homme.

— Oh, il rougit ! Comme c'est mignon ! s'exclame ma mère en riant. Claire, cet homme est vraiment adorable. Tu le cachais où, espèce de coquine ?

— Maman, ça suffit. Je ne le cachais nulle part.

Je cherche le regard de Theo pour le rassurer, mais il a détourné les yeux. Est-ce que je suis en train de me faire des films ou est-ce qu'il se dirige lentement vers la porte de derrière, dans la cuisine ?

— Ça fait combien de temps que vous sortez ensemble ?

— Pas très longtemps.

— Un mois ?

— Dans ces eaux-là.

Irritée, j'essaie de nouveau d'attirer son regard, mais il contemple le mur derrière moi, le visage impassible.

— Theo. (Elle se tourne vers lui, les mains jointes.) Qu'est-ce que vous faites demain soir, pour le réveillon de Noël ?

— Euh. (Il déglutit.) Je ne sais pas.

— Vous devez venir dîner à la maison. Claire vous donnera l'adresse. Son père et sa sœur seront ravis de faire votre connaissance et je fais un délicieux jambon glacé.

— Maman, ne lui mets pas la pression.

Elle me fait taire d'un claquement de langue.

— Voyons, je ne lui mets pas la pression ! Je me contente de l'inviter. Tu n'as pas souvent un petit ami à amener à Noël à la maison. (Elle se tourne vers Theo.) Gratin dauphinois. Baguette française. Tarte à l'oignon. Noix de pécan caramélisées. Ça vous dit ?

*Bon sang.*

— Bon, ça suffit. (Je l'attrape par les épaules, je la fais pivoter et je la pousse à travers la salle à manger.) Je suis sûre que tu dois y aller. Tu as beaucoup à faire pour demain.

— J'ai compris, j'ai compris, je vous laisse seuls tous les deux. J'ai été ravie de vous rencontrer, jeune homme, crie-t-elle à l'attention de Theo. J'espère que vous pourrez venir demain.

— Tout le plaisir était pour moi, répond Theo qui nous a suivies dans la salle à manger et qui lève une main en guise d'au revoir.

Je conduis ma mère jusqu'à la porte d'entrée.

— Merci pour les courses.

— De rien. (Elle baisse la voix pour chuchoter relativement fort.) Il est vraiment très beau !

Je fronce les sourcils, surprise par sa remarque.

— Cela t'étonne ?

— Eh bien, tu n'es jamais sortie avec un homme aussi beau.

— Merci, maman.

J'ouvre la porte. Elle a raison, je devrais la verrouiller.

— Sa famille habite où ?

— Dans le Connecticut, je mens avec une facilité déconcertante.

— Le Connecticut ! répète-t-elle, ravie. Et la fac ? Il est allé où ? Dans l'Est ? Yale est dans le Connecticut. Il a fait ses études à Yale ?

— Au revoir, maman, dis-je en la poussant littéralement sur le seuil. Merci d'être passée.

— Au revoir, ma chérie, dit-elle en m'envoyant un baiser avant d'enfiler ses gants. Quand je vais dire à ton père que tu sors avec un homme qui a fréquenté Yale, comme lui, il va être fou de joie !

— Bonsoir.

Je ferme la porte sur elle. Je suis certaine qu'elle parle encore.

Lorsque je tourne les talons, Theo est juste derrière moi.

Il a enfilé son blouson.

— Tu t'en vas ? je demande, surprise.

— Oui. Je ne peux pas… c'était… (Il s'interrompt et se balance d'une jambe sur l'autre.) Je dois y aller.

— Pourquoi ?

— Je ne peux pas faire ça. Désolé.

— Faire quoi ? Choisir un carrelage ?

— Non. Sortir avec toi.

Je place les mains sur mes hanches.

— Je n'ai jamais dit qu'on sortait ensemble.

— Ta mère l'a dit. Tu ne l'as pas détrompée.

Je plisse les yeux.

— Qu'est-ce que j'étais censée dire ? « Non, maman. Je ne sors pas avec cet homme, je l'ai embauché pour faire semblant d'être mon petit ami au mariage d'Elyse. Maintenant on baise et on répare les placards de ma cuisine. » Ce n'est qu'un mot, Theo. Ça veut juste dire que deux personnes passent du temps ensemble, c'est tout.

Il cherche une réponse, tout son corps agité par l'urgence.

— C'était quoi cette histoire à propos de Yale ? finit-il par dire. Et ton père est juge ? Tu ne me l'as jamais dit.

— Parce qu'il ne m'est pas venu à l'esprit que ça avait de l'importance ! Qu'est-ce que ça peut faire, le métier de mon père ? Ce n'est pas avec lui que tu sors.

— Et voilà, tu utilises de nouveau ce mot, m'accuse-t-il, les poings serrés. J'ai été très clair depuis le début : je ne sors avec personne. Je ne sors avec personne, je refuse d'être présenté aux mères et d'assister à des dîners de Noël et je refuse de sortir avec une femme dont le père est juge.

— Je ne te l'ai pas demandé ! C'est ma mère qui t'a invité à dîner, pas moi ! j'explose, en agitant les bras. (Je n'en crois pas mes oreilles ! Il est en train de gâcher la journée idéale qu'on a passée et de me traiter comme si j'avais fait quelque chose de mal.) C'est toi qui t'es pointé ici en disant que tu avais besoin de moi. Moi, une seule nuit m'allait parfaitement. (C'est un mensonge et mes oreilles se mettent à picoter, mais je poursuis :) Qu'est-ce que tu voulais dire par là, d'ailleurs ? Tu avais besoin de moi pour quoi ?

Il serre les mâchoires, et les muscles de son cou saillent.

— J'avais tort. Je n'ai pas besoin de toi, ni de personne. C'était une putain d'erreur.

Il me dépasse brusquement et se barre.

Je suis folle de rage. Il ment ! Il joue très mal la comédie, mais à quoi bon le poursuivre pour lui demander de s'expliquer ? Il est tellement entêté qu'il n'admettra jamais qu'il a tort ni ne m'expliquera pourquoi il flippe.

— Va te faire foutre, Theo MacLeod ! je hurle en direction de la porte qu'il a claquée derrière lui. (Un instant plus tard, j'entends le moteur de sa voiture démarrer.) Je n'ai pas besoin de toi dans ma vie ! Prends tes secrets, tes mensonges et ta libido surdéveloppée et casse-toi. Et ne reviens jamais !

Je tourne les talons et je monte l'escalier quatre à quatre.

Une fois dans ma chambre, je me jette sur le lit qui sent encore son odeur et je hurle dans l'oreiller. C'est tellement injuste ! J'ai suivi ses règles ! Quand il s'est pointé avec son regard triste, ses mains baladeuses et ses lèvres affamées, je n'ai posé aucune question ! J'ai besoin de toi, disait-il. L'émotion rendait sa voix plus rauque. Je ne l'avais jamais entendu comme ça. Mais est-ce que j'ai demandé pourquoi ? Est-ce que j'ai demandé ce qui l'avait fait changer d'avis ? Est-ce que j'ai posé des conditions pour coucher avec lui ? Non ! Je l'ai attiré à l'intérieur et j'ai fait de mon mieux pour apaiser sa souffrance. Et franchement, je pense que je me suis montrée sacrément compétente ! Je n'avais jamais entendu un homme gémir aussi fort.

Et je ne lui ai pas parlé d'avenir non plus ; je lui ai juste suggéré d'aller prendre le petit déjeuner. C'est lui qui a proposé de m'aider à faire des travaux et qui m'a amenée faire du shopping, c'est lui qui a dit qu'il était tout à moi aujourd'hui. Est-ce que l'apparition de ma mère l'a fait flipper à ce point ? Est-ce que l'emploi du terme « sortir » a déclenché sa fuite, comme une proie qui fuit le prédateur ? Ce n'est pas ma faute si elle s'est montrée aussi enthousiaste de le rencontrer. Elle a été sympa en l'invitant à dîner. Et qu'est-ce que ça peut lui foutre, ce que fait mon père ?

Je me tourne sur le dos et je contemple le plafond. S'il s'était montré maussade toute la journée, j'aurais pu croire que la panique était lentement montée en lui et que ma mère n'avait été que l'étincelle. Mais ce n'est pas le cas ; il était détendu et heureux. Il souriait, il riait. Il s'est montré un peu triste en parlant de son frère, mais il n'en a pas fait tout un fromage. Qu'est-ce que je n'ai pas compris ? Qu'est-ce que j'ai fait de travers ?

C'est des conneries tout ça. Je n'ai rien fait de travers.

Des larmes coulent sur mes joues, ce qui aggrave ma colère. Je refuse de pleurer à cause de lui. On se connaît depuis moins d'une semaine, bon sang ! Pourquoi est-ce que je suis toujours aussi sensible ?

Mais l'idée de l'avoir perdu est plus douloureuse qu'elle ne le devrait, parce qu'en partant, il a emporté plus que lui-même. Il a emporté l'espoir et les possibilités. Il a emporté une partie de moi qui croyait toujours aux contes de fées.

Je vais finir par ne plus y croire du tout.

# Chapitre 21

## Theo

*Yale ?*

Yale, bordel ?

La panique m'a envahi comme l'hélium gonfle un ballon et la mention de Yale a tout fait flamber.

Soudain, impossible de me rappeler ce que je foutais là ni comment j'allais pouvoir m'en sortir, je savais juste que je devais me barrer le plus vite possible.

Dès l'instant où la mère de Claire a fait irruption, je me suis senti mal. Les mères, ce n'est pas mon truc. Quelle mère a envie que sa fille sorte avec un homme comme moi ?

Un entrepreneur ? Et puis quoi encore ?

Et son père est juge. Un putain de juge. D'après mon expérience, les hommes qui exercent ce métier n'aiment pas beaucoup les gens qui ont un casier, même si le délit a eu lieu il y a dix ans et que j'ai payé pour ça. C'est tellement con. Je n'ai passé qu'un an en prison, mais ces barreaux me suivent partout. Je ne m'en débarrasserai jamais. Les gens continueront à me juger pour cette erreur toute ma vie. Je ne pourrai jamais me libérer de mon passé. Jamais. Sans parler de la fraude à l'assurance et du blanchiment d'argent. On ne peut pas dire que mon présent soit très brillant non plus.

— Merde !

Je donne un coup sur le volant tout en m'éloignant à toute allure de la maison de Claire.

Pourquoi est-ce qu'elle n'a pas dit à sa mère que nous étions amis, comme elle l'a prétendu pendant le petit déjeuner ? L'amitié, ça me va. Si elle n'avait pas conforté sa mère dans l'idée que nous sortions ensemble, je ne serais peut-être pas parti si vite. Mais je refuse de m'attacher. Jamais.

Quand on sort avec quelqu'un, on entame une relation. Une relation, ça veut dire qu'il faut être honnête envers l'autre. Qu'il faut raconter sa vie. Dire la vérité. Donner de son temps. Donner sa confiance.

J'en suis incapable.

*Mais alors, pourquoi est-ce que tu es retourné chez elle hier ?*

Je m'agite sur mon siège. Je ne veux pas répondre à cette question. Je veux juste rentrer chez moi et tout oublier.

Je veux oublier Claire.

# Chapitre 22

## *Claire*

Le lendemain matin, je retrouve Jaime et Margot pour prendre un café.

— Alors, comment ça se passe entre Jack et tes parents ? Il supporte d'être chez eux ? demande Jaime à Margot.

Cette dernière sourit.

— Ça va. Muffy lui pose des tas de questions sur son jardin, même s'il lui a expliqué mille fois qu'il était agriculteur et pas paysagiste. Pour elle, la terre, c'est de la terre.

Jaime éclate de rire.

— Au moins, elle fait des efforts.

— Tout à fait. Et Jack l'accepte de bonne grâce. (Margot coince une mèche de cheveux blonds derrière son oreille.) Il a moins aimé la séance d'essayage de son costume.

— Ça ne m'étonne pas. Mais déjà, il accepte d'en porter un.

Margot soupire.

— Je pense qu'il sera ravi quand le mariage sera passé. La préparation ne l'emballe pas vraiment. J'ai parfois l'impression que tout ça le fait flipper au plus haut point.

— C'est parce que c'est un mec, affirme Jaime en levant les yeux au ciel. Il n'est pas sociable, il doit donc être nerveux à l'idée d'être le centre de l'attention ce jour-là. Tu n'as qu'à lui dire que tout le monde n'aura d'yeux que pour toi.

Elle éclate de rire.

— Il dit ça chaque fois qu'il essaie d'échapper au costume et aux chaussures chic.

— Ça va bien se passer, tu verras. Est-ce que tout se présente bien ?

— Oui, même si ça fait mille fois qu'on refait le plan de table. Je suis hallucinée par le nombre de personnes qui sont fâchées entre elles. (Margot prend une gorgée de café et me lance un drôle de regard.) Claire, est-ce que tout va bien ?

— Oui, je soupire. Je suis juste fatiguée.

C'est la vérité : je n'ai presque pas dormi de la nuit.

— Comment s'est passé ton rencard à louer, l'autre soir ?

— Bien. Mieux que bien, même.

— Il s'est avéré qu'ils étaient très compatibles, affirme Jaime avec un sourire.

Margot hausse les sourcils.

— Oh ?

— Oui. On a passé un bon moment ce soir-là. (Je m'interromps.) Et le soir suivant.

Jaime manque de recracher son café.

— Le soir suivant ! Tu ne m'avais pas dit ça.

— Je n'en ai pas eu l'occasion. (Je secoue la tête en contemplant la mousse de mon café latte.) Je n'ai rien compris. Vendredi soir, il m'a clairement dit que ce serait une aventure d'un soir, même si ça avait été génial. Et puis samedi soir, il était planté sur mon paillasson et m'a dit qu'il avait besoin de moi.

— Quoi ? fait Jaime en reposant brutalement sa tasse sur la soucoupe. C'est n'importe quoi.

— Mais c'est mignon, constate Margot.

— C'est vrai. Il a dit qu'il ne savait pas où on allait, j'ai répondu que ça m'allait très bien et on a passé une nuit géniale. Et hier, il a proposé de m'accompagner pour choisir du carrelage et un plan de travail. Apparemment, il a travaillé au magasin de carrelages, il connaissait un type là-bas. Il possède aussi une boîte de menuiserie.

— Et il a un nom de famille, maintenant ? demande Jaime, surprise.

Je retiens un sourire.

— MacLeod.

Margot pince les lèvres.

— Mmm. Ça ne me dit rien. Est-ce que sa famille est d'ici ?

— Je ne pense pas que tu la connaisses. Il a été élevé par sa grand-mère mais elle est morte. Il a un frère dans le coin qui est marié et qui a trois enfants.

Je garde le reste des détails pour moi ; Theo m'a fait confiance et je ne me sens pas le droit de révéler quoi que ce soit, même à mes amies.

— Du carrelage ? demande Margot dont le regard brille par-dessus le rebord de sa tasse. Très romantique.

— Tu sais quoi ? Ça l'était. (Je penche la tête.) Enfin, oui et non. Pas du genre « on se tient par la main et on s'embrasse », mais ça m'a plu qu'il ait envie de m'aider. Il a repeint les placards de la cuisine samedi soir et a remis les portes en place hier.

— Il emménage quand ? demande Jaime.

— Jamais. Parce que ma mère s'est pointée pendant qu'on était en train de choisir du carrelage, et d'un coup il a flippé sa race et il s'est barré.

— Pourquoi ? demandent-elles à l'unisson.

Je hausse les épaules, désemparée.

— Je n'en sais rien. Il s'est montré très nerveux en sa présence, qui a duré cinq minutes. Vous savez comment est ma mère : j'ai présenté Theo, elle était tout excitée et elle a commencé à roucouler. Elle m'a reproché de l'avoir caché, m'a demandé depuis combien de temps on sortait ensemble et j'ai inventé un bobard. Je crois que j'ai répondu que ça faisait un mois. Apparemment, ça n'a pas plu à Theo.

— Qu'est-ce qui ne lui a pas plu ? demande Jaime.

— Que j'aie laissé croire qu'on sortait ensemble. Il n'aime pas ce mot.

Elle lève les yeux au ciel.

— Et qu'est-ce que tu étais supposée répondre ?

— C'est exactement ce que je lui ai dit. Mais il était

dans tous ses états. Il n'a pas aimé non plus l'idée que mon père soit juge.

— Qu'est-ce que ça peut lui faire ? demande Margot.

— Je n'en ai aucune idée. Du coup, je lui ai demandé pourquoi il était revenu, au juste, et pourquoi il avait dit qu'il avait besoin de moi.

— Et qu'est-ce qu'il a répondu ? demande Jaime.

— Que c'était une erreur et qu'il n'avait besoin de rien ni de personne. Deux secondes plus tard, il avait disparu.

Mes amies gardent le silence. Que pourraient-elles bien dire ?

— C'est quoi mon problème ? (Les larmes me montent aux yeux sans prévenir et je lève la tête.) Pourquoi est-ce que je me suis fait des films après seulement deux jours ? Pourquoi est-ce qu'il ne ressent pas ce que je ressens ?

Jaime me frotte le dos.

— Je ne sais pas. Mais je pense qu'il ne serait pas revenu s'il n'avait pas éprouvé quelque chose. Il n'aurait pas non plus passé toute une journée dans ta cuisine à la retaper. C'est absurde.

— Tu sais, commence lentement Margot, ce n'est peut-être pas le mot « sortir avec toi » qui l'a fait flipper mais l'idée soudaine qu'il aimerait bien que tu sois plus qu'un plan cul.

— Ou alors il a une femme, ajoute Jaime. Je ne suis toujours pas convaincue qu'il soit célibataire.

— Je ne suis certaine de rien, dis-je en portant mon café latte à mes lèvres. Je ne pense pas qu'il soit marié, mais il est quand même très secret.

— Jack était comme ça, constate Margot. Il a mis du temps à s'ouvrir et même après ça, il a essayé de me repousser. Dès qu'il a compris qu'il avait des sentiments pour moi, il s'est fermé.

Je hoche la tête, abattue.

— Je m'en souviens très bien.

— J'ai essayé de repousser Quinn moi aussi, rappelle Jaime. Dès que j'ai compris que j'étais amoureuse de lui.

— Theo n'est pas amoureux de moi, je constate sèchement. Loin de là.

— Peut-être pas, admet-elle, mais la moindre étincelle de sentiments peut suffire à terroriser un mec dans son genre.

— Peut-être.

— Je pense qu'il a juste eu peur, affirme Margot avec assurance. Je te parie cent dollars qu'il reviendra s'excuser avant une semaine. Avant le jour de l'an.

— Pari tenu, dis-je en songeant aux cent dollars que Theo m'a rendus au petit déjeuner hier.

Je serais ravie de les donner à Margot si elle a raison, mais j'ai le sentiment qu'au premier janvier, je serai plus riche de cent dollars.

* * *

Le réveillon chez mes parents est comme d'habitude très agréable, mais cette année, le cœur n'y est pas.

Je mange tous les plats traditionnels de la table French : le jambon glacé et le gratin dauphinois, les tartes à l'oignon caramélisé, les choux de Bruxelles rôtis au vinaigre balsamique et la baguette française toute fraîche. Mais cette année, rien n'a de goût. Même le pudding au chocolat de Mamie Flossie n'est pas aussi bon et je ne l'ai pas aussi bien réussi que d'habitude.

— Désolée, je marmonne quand ma sœur m'en fait la remarque. (Puis je dis ce que je pense vraiment, et c'est une première.) Tu sais, tu pourrais le faire si tu penses que tu t'en sortirais mieux.

— Aucune importance, répond-elle en repoussant l'assiette loin d'elle. De toute façon, je ne devrais pas le manger. Je dois perdre du poids pour un rôle que je viens de décrocher.

— C'est génial, ma chérie, dit ma mère. Claire, ne te fais aucun souci à propos du pudding. Je suis sûre que tu avais la tête ailleurs quand tu l'as préparé, affirme-t-elle, le regard pétillant de malice.

— La tête où ? demande Giselle en plongeant le doigt dans le pudding qu'elle vient de repousser avant de le lécher.

— Elle pensait à son nouveau petit ami super mignon.

Giselle ouvre la bouche. Même mon père lève le nez de son dessert, et en règle générale, rien ne peut distraire mon père à ce moment du repas.

— Un petit ami ? répète ma sœur.

— Oui. Elle nous a caché un super beau gosse.

Ma mère se met à pouffer, les joues rosies par le vin.

En parlant de ça, j'attrape mon verre et je bois une grande gorgée.

— Non ? demande Giselle, manifestement stupéfaite. C'est qui ?

— Il s'appelle Theo, dit ma mère et il est adorable. Je suis passée chez elle dimanche et il était en train de l'aider à réparer les placards de la cuisine. Cela dit, je persiste à penser que tu aurais dû les peindre en blanc.

— Je les aime comme ça, réponds-je en essayant de penser à une façon de me tirer de ce mauvais pas sans dire que Theo a disparu du paysage.

— Il ressemble à quoi ? demande ma sœur.

— Il est splendide, ronronne ma mère. Il possède sa propre entreprise, il vient du Connecticut et je me demande s'il n'est pas allé à Yale.

— Ah bon ? fait mon père, intéressé.

Après le football américain et les oiseaux, Yale est son troisième sujet de prédilection.

— Il n'est pas allé à Yale, j'affirme.

Le silence s'abat sur la table et je prends une profonde inspiration pour me préparer à avouer la vérité et susciter la pitié. Ou la moquerie.

Et puis…

— Il est allé à la fac de l'Ohio. Il jouait au football américain là-bas, j'ajoute, ce qui fait sourire mon père.

Theo a dit qu'il avait joué au football américain au lycée et à la fac, même s'il n'a pas développé. Je ne sais pas s'il est diplômé.

— Vraiment ? demande mon père, rayonnant. C'est une bonne fac.

— Oui.

Mon esprit fonctionne à toute allure pour essayer de garder de l'avance sur ma langue. Mes oreilles commencent à picoter.

— Mais alors, il est bâti comme un joueur de football américain ? demande Giselle.

— Absolument. (Je bois une nouvelle gorgée de vin.) Il ne joue plus, mais il est en grande forme.

— Il est très gentil avec elle, constate ma mère en hochant la tête d'un air heureux. Et on voit à son regard à quel point il tient à elle.

Je déglutis.

— C'est tout récent entre nous.

— Il va venir ce soir ? demande ma mère sur un ton plein d'espoir.

— Non. Il est chez son frère. Il a trois nièces qu'il adore.

— On dirait le gendre idéal, constate Giselle. J'aimerais bien le rencontrer. Qu'est-ce que vous faites pour le nouvel an ? Et si on le fêtait ensemble ?

— Impossible. On s'en va. (J'essaie de réfléchir à toute allure.) Justement, maman je voulais te demander si je pouvais utiliser le chalet pour quelques jours. Je voudrais le montrer à Theo.

— Bien sûr ! s'exclame ma mère, radieuse. Je vais te donner les clefs tout de suite. J'y suis montée la semaine dernière et les placards sont pleins. Tu sais comment lancer le chauffage et tout le reste ?

— Mmmm.

Je termine mon cabernet en me félicitant de ma performance. J'irai au chalet passer quelques jours, puis je rentrerai et je prétendrai qu'on s'est disputés. Je raconterai la même histoire à l'école une fois les vacances terminées. Ça veut dire que je ne pourrai pas faire tous les travaux que j'ai prévus mais je pense que quelques jours *off* me feront du bien. Je pourrai dessiner ou peindre, me promener dans la forêt et profiter de la solitude. Si je reste chez moi, où même mon lit me rappelle la présence de Theo, je vais m'apitoyer sur mon sort.

Après avoir aidé ma mère à faire la vaisselle tandis que Giselle et mon père jouent au Scrabble dans la pièce d'à côté – « Papa, bien sûr que *Phessée* est un vrai mot » –, je vais me coucher, les clefs du chalet à la main.

Le soir de Noël, je dors toujours chez mes parents, dans ma chambre d'enfant, dans mon lit de petite fille. C'est un peu idiot, mais ma mère y tient parce qu'elle endosse toujours le rôle du père Noël : elle place les cadeaux pour mon père, Giselle et moi sous le sapin. Au matin, la tradition nous oblige à enfiler un pull aux couleurs de Noël et à ouvrir les cadeaux tous ensemble, après quoi mon père prépare des œufs au bacon pour tout le monde et maman et moi cuisinons des roulés à la cannelle. Un peu plus tard, nous faisons du chocolat très chaud que nous buvons dans des mugs gigantesques (ma mère les a surnommés « mugs câlins » parce qu'on est obligé de les tenir à deux mains) en regardant *La vie est belle* [3].

Les traditions un peu cucul la praline de ma mère me font souvent lever les yeux au ciel, mais dans mon cœur je sais que je ferai certainement la même chose pour mes enfants un jour.

---

3 La vie est belle, It's A Wonderful Life, en anglais, est un classique du cinéma américain sorti en 1946, et réalisé par Frank Capra. Il est très régulièrement rediffusé à la télévision au moment de Noël.

*Si jamais j'ai des enfants.* Déprimée, j'éteins la lampe de chevet et je remonte les couvertures sous mon menton.

J'entends de loin le CD de chants de Noël que ma mère passe chaque année, une fois que ma sœur et moi sommes couchées, pour nous faire croire que le père Noël existe vraiment.

Mais il n'existe pas. Pas plus que le lapin de Pâques, ni la petite souris. Pas plus que le prince charmant, qui ne me réveillera jamais d'un baiser.

— Connard, je murmure.

Puis je me retourne sur le ventre, je ferme les yeux et je m'endors.

# Chapitre 23

## Theo

Rien n'est plus déprimant que d'être seul un jour de Noël. Je le sais, parce que j'en ai passé un paquet tout seul dans une chambre d'hôtel pourrie à manger chinois en regardant *A Christmas Story* [4]. Je ne me lasse pas de mater ce film. La première fois que je l'ai vu, quand j'étais gamin, je me suis mis à rêver d'avoir une famille comme ça : un père un peu grincheux mais drôle ; une mère tendre et aimante ; un frère à peine plus vieux qui joue avec moi. Je voulais être Ralphie. Je voulais ressentir ce qu'il éprouve quand son père lui dit qu'il y a un cadeau de plus caché derrière le sapin. Je voulais que

4 A Christmas Story est une comédie familiale de Noël de Bob Clark, datant de 1983, qui est, elle aussi, rediffusée chaque année au moment des fêtes.

mon problème le plus grave soit des lunettes cassées. Je voulais casser la gueule de Farkus. Je voulais penser à mon enfance et découvrir le meilleur cadeau qu'on m'ait jamais fait.

Ma grand-mère m'a offert des choses sympa. Des jouets dont j'avais envie, des vêtements dont j'avais besoin et des livres que je n'ai jamais ouverts. Je préférais les Lego, surtout ceux qui servent à construire des avions ou des hélicoptères. Elle faisait des cookies et un poulet rôti qu'elle servait avec de la purée de pommes de terre et de la sauce. C'était bon, mais ça ne m'empêche pas de saliver chaque fois que je pense au repas que la mère de Claire a décrit. Je me demande ce que Claire dira de moi pendant le dîner. La vérité ?

*Mais elle ne la connaît pas.*

Je fronce les sourcils tout en zappant sans fin sur ma vieille télé. Chaque fois que je songe à la façon dont je l'ai plantée là, je me sens comme une merde. Il a toujours été prévu que je me barre, je l'ai juste fait de manière un peu plus soudaine que prévu. Je lui ai dit des choses brutales. Je lui ai fait de la peine. Et ça me fait souffrir. Elle n'a rien fait de mal et je l'ai fait se sentir coupable. Je suis un abruti fini.

Je tombe enfin sur la chaîne qui passe *A Christmas Story* et je regarde le film pendant quelques minutes, mais il ne parvient pas à me remonter le moral. J'éteins la télé en soupirant et je balance la télécommande sur le canapé.

Josie et Aaron m'ont tous les deux appelé et envoyé des textos pour m'inviter à passer le réveillon avec eux.

*Les filles sont tout excitées de te voir*, m'a dit Josie par SMS. *Elles ont un cadeau pour toi. Viens, s'il te plaît.*

Moi aussi j'ai des cadeaux pour elles. J'avais prévu de les leur apporter demain, mais la soirée me paraît longue et solitaire. Peut-être que les regarder déchirer le papier qui emballe la maison de poupées que je leur ai achetée me fera du bien.

Je prends une douche rapide, je m'habille et je charge un sac et un gros carton dans ma voiture. Avant de partir, j'envoie un texto à Josie pour lui dire que je me mets en route et lui demander si elle a besoin que je fasse une course. Tout en attendant la réponse, je remarque que j'ai reçu un SMS de John Salinger. C'est le pseudo qu'utilise le mec qui m'embauche pour mes dons d'escroc. D'habitude, la perspective de gagner du fric m'enthousiasme, mais cette fois-ci, je contemple son nom et la série de chiffres qu'il m'a envoyée avec un mélange de regrets et de malaise.

Pendant combien de temps puis-je continuer à faire ça sans me faire prendre ? Je suis bon dans l'arnaque, mais je sais au fond de moi que ce n'est qu'une question de temps. Quand j'ai aidé Claire ces derniers jours, et que je suis allé à l'entrepôt hier, je me suis souvenu à quel point j'aime ce genre de job. J'aime me sentir utile, talentueux, nécessaire. Je n'arrive même pas à me rappeler pourquoi j'ai démissionné. J'ai probablement pensé qu'il était temps de bouger.

Laisser tomber un truc bien : une de mes grandes spécialités.

Le visage de Claire surgit dans mon esprit et je ferme les yeux en inspirant profondément. J'aimerais pouvoir sentir son odeur. Elle me manque terriblement. Je suis désolé de lui avoir fait du mal. J'aimerais que les choses soient différentes, être moi-même différent, mais c'est impossible.

Josie me répond qu'elle n'a besoin de rien. Je l'informe que je serai là très vite. Je retiens par cœur le numéro que John Salinger m'a envoyé, j'efface son texto et je démarre. Je le rappellerai peut-être plus tard.

Sur le trajet qui me mène chez mon frère et ma belle-sœur, je répète ce que je m'apprête à dire. Je veux m'excuser pour ce que j'ai dit à mon frère et lui proposer de payer sa cure de désintox sans me montrer insultant ni méprisant. Aaron se sent déjà suffisamment coupable comme ça. Mais je suis certain qu'il y a un moyen terme entre le surprotéger et l'abandonner. Je dois trouver un moyen de l'aider.

*Si tu t'installais à Détroit, tu pourrais faire plus que le soutenir.*

Je mets de côté cette idée pour le moment, même si je sais qu'elle est vraie. Mais ça voudrait dire que je dois changer de vie.

J'emprunte leur allée et je remarque que quelqu'un l'a dégagée après la neige qui est tombée dans la nuit. C'est bon signe. Je récupère le cadeau pour les filles dans le coffre de ma voiture, je le place sur mon épaule et je me dirige vers la maison. À travers la fenêtre, j'aperçois les guirlandes allumées sur le sapin et j'entends de la musique et des enfants qui rient. Je souris. *Ce sont de bons signes.*

Je frappe à la porte et l'entrouvre.

— Il y a quelqu'un ?

— Oncle Theo ! s'écrie une petite voix.

— Youhou ! (Je pénètre dans le salon et je referme la porte du pied.) Regardez ce que j'ai trouvé !

— C'est quoi ?

Trois petites filles m'encerclent comme des chiots, sautillant d'excitation.

— Je ne sais pas ! Je l'ai trouvé sur la véranda. Voyons voir.

Je pose le carton et elles se jettent dessus.

— Il y a quelque chose d'écrit dessus, dit Ava, le regard brillant. « Pour Ava, Hailey et Peyton ! » (Elle lève les yeux vers moi.) Il faut m'aider à lire la suite.

J'ébouriffe ses cheveux bruns.

— Ça dit : « J'ai dû passer déposer ça un peu plus tôt que prévu et ça ne passait pas dans la cheminée. Oh oh oh ! Bisous, le père Noël. »

Leurs trois sourires s'élargissent.

— Est-ce qu'on peut l'ouvrir ? demande Hailey.

— Bien sûr.

Je recule un peu et je les regarde arracher impatiemment le papier cadeau, incapable de dissimuler mon amusement. C'est exactement ce dont j'avais besoin.

— C'est quoi ? demande mon frère en sortant de la cuisine tout en s'essuyant les mains sur un torchon.

— Le père Noël nous a apporté… un château magique ! s'exclame Ava. (Des cris de joie assourdissants me percent les tympans.) Regarde comme il est grand ! Et il est meublé !

Demain matin il y aura trois poupées pour elles sous le sapin. Je viendrai peut-être tôt pour les regarder les déballer.

— C'est de la part du père Noël, papa! s'exclame Hailey.

— Ouah, fait Aaron en s'agenouillant pour admirer le cadeau. On dirait bien que le père Noël sait que vous avez été très sages cette année.

— On peut l'ouvrir? demande Peyton.

— Absolument, répond Aaron en se relevant. Peut-être qu'oncle Theo peut vous aider le temps que j'aide votre mère à finir de préparer le repas.

— Bien sûr, réponds-je en ôtant mon blouson que je balance sur le canapé. Je vais chercher un couteau. Je reviens.

Je laisse les enfants, aux anges, contempler leur cadeau et je suis mon frère dans la cuisine.

— Bonsoir, Josie.

Elle est occupée devant le four, et elle se retourne pour me saluer.

— Bonsoir. Je suis super contente que tu sois là. Tu as apporté du bonheur avec toi, pas vrai?

— C'est pas moi, c'est le père Noël, fais-je en attrapant un couteau.

— Merci, dit mon frère à mi-voix en posant sa main sur mon épaule. Tu n'étais pas obligé.

— J'en avais envie.

— Tu les as rendues heureuses.

Je jette un coup d'œil en direction du salon où les filles sourient toujours.

— Elles font la même chose pour moi.

* * *

Un peu plus tard, quand les ventres sont pleins, les casseroles en train de tremper dans l'évier, et que les filles luttent désespérément contre le sommeil dans leur lit, mon frère, Josie et moi prenons un déca dans le salon. Ils partagent le canapé et je m'installe sur le fauteuil en face.

— Quand elles dormiront, je voudrais déposer d'autres paquets sous le sapin, je murmure.

— C'est trop, fait Josie en secouant la tête tout en ramenant ses jambes sous elle. Après tout ce que tu as fait pour nous ces derniers mois, tu n'avais pas à leur offrir de cadeaux.

— Ça me fait plaisir.

Aaron repose sa tasse sur la table et se penche en avant, les coudes posés sur les genoux.

— J'ai bien l'intention de te rembourser jusqu'au dernier centime. Il va sans dire que je te suis très reconnaissant, mais je tiens à ce que tu le saches. Josie m'a expliqué tout ce que tu as fait pour elle et pour les filles en mon absence.

— C'est ma famille à moi aussi.

*Et elles avaient besoin de moi.* Je sirote le café chaud en essayant de ne pas laisser le ressentiment faire surface et gâcher cette soirée. C'est le plus chouette réveillon de Noël de toute ma vie.

— Oui, répond Josie fermement.

— Comment tu te sens ?

— Très bien. Et avant que tu poses la question, sache que j'ai pris rendez-vous chez le gynéco vendredi avant le boulot.

— Bien.

— Je suis allé à une réunion des Alcooliques Anonymes hier, fait Aaron.

Je le dévisage, stupéfait.

— Vraiment ?

Il hoche la tête.

— J'y suis retourné aujourd'hui, et j'y retourne encore demain.

— C'est génial, mec. (Je remarque soudain à quel point il a l'air en forme. Il a le regard limpide et il se tient bien droit.) Je suis fier de toi.

— Tu avais raison. Je ne me comportais ni en mari ni en père. Ni en homme. En tout cas pas comme l'homme que je veux être.

— Tu vas y arriver.

— Merci, répond-il, le regard brillant. Merci de ne pas m'avoir laissé tomber.

J'ai du mal à répondre : ma gorge est serrée.

— De rien.

— Et toi, quoi de neuf ? demande mon frère en s'emparant de sa tasse de café. T'as bossé ?

— Des bricoles çà et là. On vient juste de m'en proposer une autre.

Josie fronce les sourcils, attristée.

— J'aimerais bien que tu n'aies pas à faire ça.

— Josie, fait mon frère sur un ton réprobateur. Nous n'avons pas besoin de juger.

— Je ne juge pas, répond-elle en secouant la tête, la main sur sa poitrine. Et crois-moi, je te suis infiniment reconnaissante de l'aide financière que tu nous as apportée. Mais j'ai très peur qu'un jour…

Elle s'interrompt.

— Je sais. J'avoue que moi aussi, il m'arrive d'y penser.

— Ah bon ? Tu as pourtant l'air très décontracté.

— Parce que ça ne sert à rien de s'inquiéter. Ça ne change rien. Mais dernièrement…

Merde. Est-ce que j'ai envie d'entamer cette discussion-là ?

— Dernièrement, oui ? insiste-t-elle.

Je décide de me jeter à l'eau.

— Ces deux derniers jours, j'ai repensé à ma boîte de menuiserie. Elle me manque.

— Tu es tellement doué avec le bois, affirme mon frère avec conviction. Je n'ai jamais compris pourquoi tu avais laissé tomber.

— Parce que je ne gagnais pas autant qu'avec mes… les autres activités. Et je me suis toujours senti mal à l'aise quand je restais trop longtemps dans un endroit. Mais peut-être… je ne sais pas. Peut-être que je suis en train de changer.

— Pourquoi tu n'essaies pas de nouveau ? demande Josie.

— Possible, fais-je en me frottant la nuque. Je vais y réfléchir.

— Je pourrais t'aider, propose Aaron. On pourrait s'associer. Je n'ai pas d'argent pour l'instant mais une fois que j'aurai retrouvé un job, il serait envisageable d'obtenir un prêt. On ferait des économies pour acheter d'autres machines. Faire de la pub. Je connais beaucoup de boîtes dans le bâtiment qui seraient prêtes à nous embaucher.

— C'est une idée géniale, s'enthousiasme Josie. Vous formeriez une équipe du tonnerre.

— Je vais y réfléchir, je répète.

Il faudrait probablement que je trouve un job légal moi aussi, jusqu'à ce que la boîte marche pour de bon. Peut-être que je pourrais reprendre mon ancien boulot dans le magasin de carrelage.

— Qu'est-ce qui t'a fait penser à ça ? demande Josie.

— J'ai aidé une amie à refaire sa cuisine, et ça m'a beaucoup plu.

— Une amie ? Mmm, fait Josie en haussant les sourcils. Très intéressant. C'est qui ?

— Quelqu'un que j'ai rencontré il y a peu.

— Quelqu'un de ravissant ?

Je me sens rougir, mais je réponds avec sincérité.

— Oui.

— Est-ce que… tu sors avec elle ?

L'incrédulité dans la voix de mon frère me dit à quel point il me connaît bien.

— Non. (Je soupire et ferme les yeux un instant, l'expression peinée de Claire toujours présente dans mon esprit.) C'était juste un truc comme ça. Mais j'ai tout foutu en l'air. Comme d'habitude.

— Tu veux en parler ?

— Non. J'en sais rien. Peut-être.

Ai-je envie d'en parler ? Est-ce que je me sentirai mieux après ? Peut-être que si je leur raconte ce qui s'est passé ils me diront que j'ai bien fait et ils valideront ma décision d'être parti comme ça.

Josie éclate d'un petit rire compatissant.

— Tu as l'air à l'agonie.

— Raconte, ordonne mon frère. Qu'est-ce que tu as fait ?

Je décide de me lancer.

— Cette fille me plaît beaucoup. Je l'ai rencontrée la semaine dernière seulement, mais il y a eu un truc tout de suite. Elle est très différente de toutes les femmes que j'ai croisées auparavant.

— Comment ça ? demande Josie en souriant.

— Elle est juste… sympa. Gentille. Intelligente. Drôle. Et très talentueuse. C'est une artiste, elle fait des choses incroyables mais elle a zéro confiance en elle. Elle pense qu'elle n'est pas suffisamment bonne pour vendre ce qu'elle fait et du coup elle n'essaye même pas.

— Elle fait quoi dans la vie ? demande mon frère.

— Elle est prof d'arts plastiques dans une école primaire. Et elle fait ça très bien aussi. Je l'ai accompagnée à un mariage vendredi dernier et tous ses collègues n'ont pas tari d'éloges.

— Waouh, fait Josie. On dirait la femme idéale.

— Oui. Elle est très différente de moi, mais entre nous, le courant passe bien. (Ça passe plus que bien.) Il y a… de l'alchimie.

— C'est quoi le problème, alors ? demande Aaron.

— Le problème, c'est que j'étais chez elle hier soir et que sa mère s'est pointée. Claire m'a présenté et sa mère a commencé à poser plein de questions sur moi. Ça m'a rendu très nerveux. Son père est juge, bordel. Je ne le savais pas.

— Ah, fait mon frère, et je sais qu'il comprend. Tu ne lui as pas dit que tu avais fait de la taule.

— Non. Je n'en ai pas eu le courage. (Je secoue la tête, peu fier de ce qui va suivre.) Du coup je me suis tiré. Je lui ai dit des horreurs et j'ai pris le large.

— Pourquoi ? Tu crois qu'elle ne voudrait plus te voir si elle savait la vérité ?

— Peut-être. Et je le comprendrais tout à fait. Mais il y a plus que ça, j'avoue. Sa façon de me regarder, de me faire confiance, c'est fou comme ça me fait du bien.

— Et tu ne veux pas perdre ça, affirme mon frère. Tu penses que si elle savait la vérité, elle ne te regarderait plus comme ça. Elle ne te ferait plus confiance.

— Comment le pourrait-elle ?

— Tu vas le mériter, affirme Josie en posant sa tasse. Je ne dis pas que ça va être facile, mais si elle te plaît vraiment, ça vaut le coup d'essayer, non ?

— Mais pourquoi ? Quel est l'intérêt de gagner sa confiance si je bousille tout plus tard ? Quand est-ce que j'ai réussi à ne pas foutre en l'air un truc sympa dans ma vie ?

— Je n'ai pas la réponse à cette question, répond-elle. Mais c'est aussi la première fois que je t'entends parler comme ça d'une femme.

— Moi aussi, ajoute Aaron.

— Est-ce que tu veux être avec elle ? demande Josie.

— Je pense. (Je me passe la main dans les cheveux.) Oui.

— Alors donne-lui la possibilité de t'accepter, dit-elle sur un ton insistant. Et donne-toi la possibilité d'être heureux avec elle. Pour ne pas foutre en l'air un truc sympa.

— Tu veux dire que je devrais aller la voir et lui dire la vérité ? Puis lui demander de me donner une seconde chance ?

— Oui, répond-elle fermement. Mais tu dois d'abord t'excuser de t'être comporté comme un con et tu dois être sincère. Tu dois demander de te l'accorder.

— Mais en agissant comme ça, est-ce que je ne lui donne pas juste la possibilité de me repousser ?

Elle hausse les épaules.

— C'est un risque que tu dois courir. Et ne le fais pas si tu n'as pas envie de t'investir. (Sa voix se fait plus tranchante.) Aucune femme n'aime qu'on lui mente, Theo. Si tu veux juste un plan cul habituel, dis-le-lui. Elle acceptera peut-être. Et si elle veut davantage et pas toi…

— Je pense que moi aussi je veux davantage, dis-je tout à trac. (C'est un soulagement de le verbaliser à haute voix et d'admettre que j'ai des sentiments pour elle.) Mais je veux en être sûr. Je ne veux pas la faire souffrir de nouveau.

— Prends le temps, alors, conseille-t-elle en souriant. Tu vas trouver une solution.

Mon frère se lève.

— Je vais voir les filles. Si elles dorment, on peut sortir les cadeaux.

Une fois qu'il a quitté la pièce, Josie se tourne vers moi et me dit doucement, sur un ton résolu.

— Comporte-toi en homme, Theo. Exactement comme tu l'as dit à Aaron. Sois un homme qui assume ses erreurs et est responsable de ce qu'il est. Et de ce qu'il veut être.

Mon frère revient, un sourire aux lèvres.

— Elles dorment à poings fermés.

— Merci, dis-je à Josie tout en me levant. J'apprécie.

J'accompagne mon frère au sous-sol et je l'aide à transporter les cadeaux que nous disposons sous l'arbre tandis que Josie va chercher l'assiette de cookies et de carottes que les filles ont préparée pour le père Noël et la pose dans la cuisine.

— C'est pas grand-chose, hein ? demande mon frère en grimaçant. Je ferai mieux l'année prochaine.

Je pose une main sur son épaule.

— C'est plus que ce que nous avions à leur âge. Et elles sont contentes, Aaron. Je ne les ai jamais vues aussi heureuses que ce soir.

— Je ne les mérite pas, pas plus que Josie, dit-il d'une voix que l'émotion fait trembler. (Il renifle.) Josie me regarde exactement comme cette fille le fait pour toi. J'ai une chance folle.

— C'est vrai.

— Ça t'arrive d'y penser ? De fonder une famille ?

— Non.

— Tu ferais un père du tonnerre.

Je ris.

— Je ne crois pas.

— Je suis sûr que si. Tu es génial avec mes filles.

— Parce que je ne suis que leur oncle. Être père, c'est… (Je secoue la tête. J'aime beaucoup jouer au papa une fois de temps en temps, mais être responsable vingt-quatre heures sur vingt-quatre pendant dix-huit ans, par enfant, ça m'effraie.) Je ne peux pas imaginer à quel point c'est dur. Tu es responsable à plein temps de vrais êtres humains, pas juste de manière occasionnelle.

— C'est vrai. Mais cette responsabilité s'accompagne de plein de trucs géniaux. C'est cool que des personnes dépendent de toi comme ça. Aient besoin de toi à ce point. Et t'aiment de manière inconditionnelle. Je ne veux plus perdre ça, fait-il d'une voix un peu tremblante.

Je lui jette un regard à la dérobée.

— Tu as peur ?

— À chaque instant, murmure-t-il, le regard rivé devant lui. Je ne veux pas être comme lui.

Mon cœur se serre et je passe le bras autour de ses épaules.

— Tu ne l'es pas. Tout va s'arranger. Je suis là. Je serai toujours là.

Josie revient dans le salon avec l'assiette qui ne contient plus que des miettes.

— Est-ce que ça a l'air convaincant ?

Je lâche mon frère et Aaron fait un pas en arrière.

— Très. J'ai encore quelques cadeaux pour elles dans ma voiture. Est-ce que je peux les mettre sous le sapin ?

— Bien sûr, répond Josie. Est-ce que tu veux dormir ici ? Pour les voir ouvrir leurs cadeaux demain matin ?

Je ne réfléchis qu'une seconde.

— Oui. Merci.

Josie m'apporte une couverture et un oreiller et je m'installe sur le canapé. Quand toutes les lumières sont éteintes, à l'exception des guirlandes lumineuses du sapin, et que la maison est plongée dans le silence, je songe à Claire, étendu dans l'obscurité. Je me demande si elle est réveillée ou si elle dort. Comment s'est passé son dîner ? Est-ce que je lui manque ? Est-ce que je vais trouver le courage de lui demander une deuxième chance ?

Est-ce qu'elle acceptera ?

Je songe à ce que mon frère a trouvé avec Josie et ses filles. C'est chouette de le voir essayer de devenir le mari, le père et l'homme qu'il a envie d'être.

Cela me donne de l'espoir.

# Chapitre 24

## *Claire*

Cinq jours après Noël, je prépare deux valises, une avec mes fringues, l'autre avec des fournitures de peinture. J'ai bien envie de quitter la ville. J'hésite un peu à partir alors que je n'ai pas fini les travaux dans la cuisine, mais m'occuper de tout ça maintenant ne m'enthousiasme pas vraiment. C'était plus sympa avec Theo.

Je suis en train de charger les valises et mon chevalet dans la voiture lorsque mon téléphone vibre dans la poche de mon manteau. Je ne reconnais pas le numéro. Qui peut bien me téléphoner à neuf heures du matin ?

— Allô ?

— Claire, c'est Theo.

Mon cœur se met à battre plus vite, le traître.

— Qu'est-ce que tu veux ? Et comment tu as eu mon numéro ?

— Tu l'avais renseigné sur le formulaire d'inscription du site SexyMenALouer.

Je fronce les sourcils.

— Il faut que je ferme mon compte.

— Oui. (Un silence.) J'ai besoin de te voir.

— Je croyais que tu avais dit que tu n'avais besoin de rien ni de personne.

Je ne sais même pas pourquoi ça me fait autant de mal. Il m'a dit dès le jour où nous nous sommes rencontrés qu'il ne s'attachait jamais à personne, ni à aucun endroit, et qu'il aimait ça. Est-ce que j'ai vraiment cru que je pourrais être une exception ? Je suis complètement débile.

— Je suis désolé d'avoir dit ça. Je ne le pensais pas.

*Quoi ?* J'hésite.

— Et il t'a fallu une semaine pour t'en rendre compte ?

— Oui. Mais je voudrais t'en parler en personne.

Une partie de moi a envie de céder et de le voir mais j'ai bien compris ma leçon.

— Je ne peux pas. Je vais au chalet passer quelques jours.

— Quel chalet ?

— Celui qui appartient à mes parents.

— Toute seule ?

— Oui, toute seule, je réponds sèchement, agacée que maintenant il soit intéressé par ma vie. Tu veux savoir pourquoi ? Parce que je n'ai pas eu le cran de te laisser me gâcher mon réveillon de Noël et d'annoncer qu'on avait rompu. Du coup j'ai menti à mes parents en disant qu'on allait passer quelques jours romantiques tous les deux là-bas.

— Laisse-moi venir avec toi. Pour de vrai.

— Pourquoi ? Pour que tu puisses me sauter et me quitter de nouveau ?

Ce n'est pas mon genre d'être aussi vulgaire, mais il me pousse à bout. Maintenant il veut que les choses entre nous soient réelles ? C'est trop tard !

— Non. S'il te plaît, Claire, je veux juste te parler. Je ne te toucherai pas.

— Ha ! Je n'en crois pas un mot, Monsieur je-ne-sais-pas-m'arrêter.

— Il a beaucoup neigé. La route va être mauvaise. Tu ne devrais pas conduire toute seule.

— Je ne vois pas le problème.

Il pousse un profond soupir.

— Qu'est-ce que je dois faire pour te convaincre de m'écouter ?

— Je n'en sais rien, Theo. Je n'en sais vraiment rien.

Je raccroche.

Puis j'éclate en sanglots.

* * *

D'habitude, il me faut quatre heures pour atteindre le chalet, mais comme il neige, j'en mets six. Durant le trajet, j'essaie de ne pas penser à Theo. Pour cela, j'écoute un livre audio. Le problème, c'est que je ne possède que des romances, et au bout de trois heures, je suis profondément agacée par la réticence dont fait preuve l'héroïne à s'engager auprès du mec génial qui est amoureux d'elle.

— Grandis ! je crie à l'intention de la radio. Est-ce que tu sais combien de femmes crèvent d'envie qu'un homme de ce genre tombe amoureux d'elles ? Tu es insupportable !

J'arrête le livre audio pour mettre la radio, mais quand j'emprunte la longue allée qui mène au chalet, je suis toujours de mauvaise humeur.

Mon moral s'améliore légèrement quand je vois le chalet recouvert de neige comme du glaçage sur une maison de pain d'épices. Nous avons pour habitude d'appeler la maison « le chalet », mais la seule chose qui la rapproche d'un chalet est qu'elle est en bois et au milieu d'une forêt. En réalité, il s'agit d'un 370 mètres carrés de luxe. Comme ma mère a peur de l'avion et que mon père adore quitter la ville de temps en temps, ils ont fait construire cet endroit après leur mariage afin de pouvoir s'y retirer souvent. C'est ici que ma sœur et moi avons passé tous nos étés quand nous étions enfants et c'est là que mes parents ont prévu de s'installer pour leur retraite.

Les étés y sont magnifiques mais j'ai toujours adoré l'hiver ici : la neige transforme le paysage en véritable pays des merveilles et le jeu de l'ombre et de la lumière formé par les rayons du soleil qui transpercent les frondaisons nues des bouleaux est exquis. C'est un endroit qui m'inspire, de même que les minuscules éclats de couleur lorsqu'un cardinal, un merle bleu ou un rouge-gorge viennent se nourrir dans l'une des mangeoires que mon père et moi avons installées dans les arbres. J'ai très envie de commencer par une balade dans la forêt, mais il faut d'abord que je m'équipe. Il y a quarante centimètres de neige fraîche.

Après avoir désactivé l'alarme, j'entre dans le chalet et verrouille la porte derrière moi. Je dépose la valise de vêtements dans ma chambre et je laisse celle qui contient mes fournitures près de la baie vitrée qui donne sur les bois et le lac gelé. Un rapide coup d'œil au cellier, au frigo et au congélateur m'informe que j'ai toutes les denrées de base mais qu'il faudra que j'aille à l'épicerie acheter du lait et des produits frais. Mais pas tout de suite, je suis impatiente de sortir me dégourdir les jambes après ce long trajet en voiture. Une marche rapide sera parfaite et après je serai prête à affronter de nouveau la route glissante.

J'enfile un pantalon de ski et des après-skis que je déniche dans le débarras, je troque mon manteau en laine pour un blouson et je fourrage dans un coffre à la recherche d'un bonnet, d'une écharpe et de gants. Je glisse mon téléphone et les clefs du chalet dans ma poche et je sors. J'inspire de grandes goulées d'air froid et je tire la langue pour attraper les flocons de neige. Tout est silencieux, je n'entends que le vent à travers les arbres, le chant des oiseaux et le crissement de la neige sous mes pieds.

Mais je ne trouve ni la paix ni l'inspiration. J'ai beau marcher, les deux m'échappent. Je ne m'arrête qu'une fois parvenue à la balançoire faite d'un pneu suspendu à un arbre, non loin de la maison. Je la pousse et je la regarde aller et venir mais je ne m'assieds pas dessus. Au lieu de ça, j'imagine un petit garçon y grimper…

un adorable garçonnet aux yeux sombres qui essaie d'échapper à ce qui se passe chez lui. Ma gorge se serre.

Est-ce que j'ai été trop dure avec lui ? Il a eu une enfance difficile. J'aurais bien aimé qu'il m'en raconte davantage, mais il avait l'air de ne vouloir parler que des problèmes de son frère. Peut-être que s'il avait partagé ses propres expériences ou ses sentiments avec moi, je l'aurais mieux compris.

Je regagne la maison en soupirant et je jette un coup d'œil attristé à mon chevalet avant d'attraper les clefs de la voiture. Je ne me sens pas suffisamment inspirée pour peindre, je ferais donc mieux d'aller à l'épicerie.

Les soixante-douze heures qui s'annoncent me paraissent déjà longues et solitaires.

* * *

La neige se fait plus dense et les routes sont encore moins praticables. Quand je finis par revenir au chalet, il fait nuit et je suis transie. Je prépare un chili de patates douces, je prends une longue douche brûlante pendant qu'il mijote, puis j'enfile mon pyjama à carreaux. Il y a un gros avantage à être ici : je peux traîner toute la journée en pyjama si j'en ai envie.

Je suis en train de lire sur ma liseuse, blottie dans le canapé, sous une couverture moelleuse, lorsque quelqu'un frappe à la porte.

Ça alors. Qui ça peut bien être ?

Je m'approche de la porte avec méfiance et je jette un coup d'œil par l'une des fenêtres qui se dressent à côté. Il fait nuit, mais la lumière de la véranda, qui réagit aux mouvements, s'est allumée.

C'est Theo.

Immédiatement, une bataille fait rage en moi : un côté réclame de le laisser entrer et de le laisser parler, l'autre défend désespérément sa position intransigeante.

*Il est si beau ! Et il fait si froid dehors et en plus il neige et il a fait toute cette route pour te retrouver !*

*On s'en fout qu'il soit beau ! Il utilise son physique comme une arme, ne te laisse pas prendre au piège ! Il peut certainement faire fondre la neige d'un seul regard.*

Je recule, mais il m'a vue.

— Claire, s'écrie-t-il à travers la porte. Laisse-moi entrer, s'il te plaît.

— Non ! réponds-je en croisant les bras. Pourquoi je devrais faire ça ?

— J'ai conduit huit heures dans le blizzard pour te parler.

— Eh bien, tu as perdu ton temps. Comment tu m'as retrouvée ?

— J'ai appelé ta mère.

Je reste bouche bée et j'ouvre la porte à la volée. De la neige accompagnée d'une bouffée d'air glacé pénètre à l'intérieur.

— Tu as fait quoi ?

— Merci, mon Dieu. Il fait un froid de gueux. (Il referme la porte derrière lui et inspire profondément.) Ça sent super bon ici. Et il fait super chaud. Et tu es super belle.

Je refuse de me laisser avoir par la flatterie. Mais mon cœur n'est visiblement pas du même avis et bat à tout rompre. Je fais un pas en arrière et je croise de nouveau les bras. Il ne passera pas.

— Tu as appelé ma mère ?

— Je n'avais pas d'autre solution. Je voulais l'adresse.

— Et elle te l'a donnée ? je m'insurge en levant les yeux au ciel. Merci maman ! Tu me fais la morale parce que je ne verrouille pas ma porte d'entrée mais tu donnes mon adresse à un inconnu !

— Je ne suis pas un inconnu. Je suis ton petit ami, tu te rappelles ? Et tu étais très déçue que je te retrouve au chalet au lieu de faire le trajet avec toi parce que j'ai dû me rendre à Chicago à la dernière minute pour le boulot et je voulais te faire envoyer des fleurs pour me faire pardonner avant de te rejoindre.

Il fait un pas vers moi, et je lève les mains.

— Reste où tu es.

— D'accord. (Il s'immobilise et me regarde.) Tu m'as manqué.

— Je n'arrive pas à croire que ma mère soit tombée dans le panneau.

Il m'adresse un petit sourire espiègle.

— Quand je veux, je peux me montrer très charmant.

— Ce n'est pas du charme, ce sont des mensonges. Et ça ne marche plus sur moi. (Même si son petit sourire a fait naître des papillons dans mon ventre.) J'ai respecté tes règles et tu m'as piétinée.

Son sourire disparaît, remplacé par une expression on ne peut plus sérieuse.

— Tu as raison. Je suis désolé.

— Je n'avais même pas envie de jouer à ce jeu-là.

— Je sais.

— Si tu as fait tout ce trajet pour me demander de poursuivre cette relation sans avenir, la réponse est non.

— Non, je veux davantage.

— Vraiment ? je demande en cillant. Tu es sérieux ?

— Oui.

Je suis momentanément paralysée et à court de mots. Je ne sais pas quoi faire.

— Je peux m'approcher de toi ? demande-t-il.

— Je suppose, réponds-je, prudente, les mains sur la taille.

Il comble la distance qui nous sépare et nous nous retrouvons quasi nez à nez. Son regard est sincère et son ton solennel.

— Je suis désolé d'être parti comme ça la dernière fois. Je n'aurais jamais dû te traiter de cette manière.

— Pourquoi tu l'as fait, alors ?

— Parce que j'ai paniqué. Je m'étais convaincu que ce qu'il y avait entre nous n'était que temporaire, que j'étais de passage dans ta vie. Ça voulait dire que je n'avais pas besoin de te raconter des choses personnelles que je n'aime pas partager.

— Genre ? (Je pousse un petit cri.) Oh la la, je sais, tu es marié.

Il fronce les sourcils.

— Quoi ? Non. Je ne suis pas marié.

— Quoi alors ?

— Beaucoup de choses.

Je tape mon pied nu sur le sol.

— Je t'écoute.

— J'ai détruit toutes les choses bien qui me sont

arrivées dans la vie en abandonnant et en fuyant.

— Et ?

— Et la raison pour laquelle je ne laisse personne s'approcher de moi c'est parce que je sais que je vais forcément finir par te décevoir.

Quelque chose me serre le cœur mais je fais de mon mieux pour l'ignorer.

— Et ?

— Et j'ai fait des choses dans ma vie dont je ne suis pas fier.

— Comme ?

Il me regarde droit dans les yeux.

— Il y a neuf ans, j'ai été condamné pour un délit et j'ai fait un an de prison.

J'ai l'impression qu'il vient de me donner un coup de poing dans le ventre.

— Quoi ? (C'est quoi un délit ? Est-ce que le meurtre rentre dans cette catégorie ? Je fais un pas en arrière.) Qu'est-ce que tu as fait ?

— J'ai volé une voiture, répond-il sur un ton égal, le visage grave. Ce soir-là, j'étais avec des potes, on était bourrés et on a fait une grosse connerie. J'en ai vraiment honte et je déteste en parler mais je ne peux pas l'effacer.

— Pourquoi est-ce que tu ne me l'as pas dit plus tôt ?

Je réfléchis à toute allure. Qu'est-ce que je ressens maintenant que je sais ça ? Qu'est-ce qu'il cache d'autre ? Pas étonnant qu'il soit si réticent à parler de lui ! Mais j'ai de la compassion pour lui. Il me révèle des choses très personnelles. Ça demande du courage.

Theo enfonce les mains dans les poches de son blouson.

— Je pensais que ce n'était pas la peine. On venait juste de se rencontrer et ce n'est pas le genre de truc que tu as envie de déballer tout de suite.

Je peux comprendre, mais tout de même.

— Et après ? Le soir où tu es revenu ? Le lendemain qu'on a passé entièrement ensemble ?

— J'aurais pu, c'est vrai, admet-il, mais je n'en ai pas vu l'intérêt.

— L'intérêt, c'est que je te faisais confiance mais que toi tu ne me rendais pas la pareille ! je crie en tendant l'index vers lui puis vers moi.

Il grimace.

— Tu as raison. Et au fond de moi, je sais que c'est aussi pour ça que je ne te l'ai pas raconté, parce que tu avais confiance en moi. Ta façon de me regarder me… (Il secoue la tête et hausse les épaules.) Personne ne m'a jamais regardé comme ça avant. Et je me sentais tellement bien. Je ne voulais pas perdre ça.

— Tu croyais que je ne te ferais plus confiance si je le savais ?

— Oui. Pourquoi le ferais-tu ?

— Tout le monde fait des erreurs, Theo. Tu n'es pas ton passé. Et je ne suis pas du genre à juger les autres. Mais tu ne m'as même pas donné la possibilité de te le dire ! Tu étais trop occupé à me tenir à distance afin de me larguer en toute tranquillité !

— Parce que je pensais que je n'étais pas fait pour toi, Claire. (Il fait un pas vers moi et pose les mains sur mes épaules.) Je te l'ai dit dès le début.

— C'est à moi de prendre cette décision, réponds-je les dents serrées.

— Je sais. (Il ferme les yeux un instant.) Je suis désolé de ne pas t'avoir fait confiance et de t'avoir laissée tomber comme ça. Je ne sais pas… laisser entrer les gens dans ma vie. Je n'ai jamais su faire.

J'apprécie sa sincérité, mais je suis toujours méfiante. Que faire, maintenant ?

— Qu'est-ce que tu veux ?

— Que tu me donnes une deuxième chance.

Une boule se forme dans ma gorge. Je crois aux deuxièmes chances, mais j'ai peur.

— Je ne sais pas, Theo. (Les larmes me montent aux yeux et je bataille pour parler.) Ça fait deux fois que tu t'en vas et que je me demande pourquoi je garde espoir. Je ne veux pas souffrir une troisième fois.

— Viens là. (Il m'attire contre lui et je me laisse aller aux larmes.) J'ai fait beaucoup d'erreurs dans ma vie, et j'ai bien peur que ce ne soit pas terminé. Pendant tout le trajet, je me suis demandé pourquoi tu devrais me donner une deuxième chance. Et la vérité, c'est que je n'ai pas trouvé de raisons.

Malgré la situation, je ris un peu à travers mes larmes.

— Mais je sais que tu devrais le faire. Pas parce que je le mérite, ni parce que je suis un homme idéal. Pas parce que tu ne peux pas trouver mieux… Dieu sait que tu le peux. (Il s'interrompt un instant.) Mais je n'ai jamais ressenti la magie qui est entre nous. Et je veux croire que ça n'arrive pas souvent.

Je renifle.

— Tu as raison.

— Alors ? Est-ce que tu veux bien qu'on essaie de nouveau ? Qu'on recommence de zéro, et pour de vrai cette fois ?

J'en ai envie. Vraiment du fond du cœur. Mais j'ai besoin d'un peu de temps pour réfléchir. Et, avant, j'ai vraiment besoin d'un mouchoir.

— Donne-moi une minute, d'accord ?

Il me laisse partir et je gagne la salle de bain du bas. Après avoir utilisé la moitié d'une boîte de mouchoirs, je me regarde dans le miroir et je grommelle intérieurement en voyant mes yeux bouffis, mes joues marbrées de larmes et mon nez rouge. Mais c'est bien moi, la vraie moi sans artifice. Je marque facilement, je suis hypersensible et je pleure quand je suis triste. Je n'ai aucune envie de cacher tout ça. S'il veut me laisser entrer dans sa vie, il faut qu'il me prenne comme je suis.

Et qu'il se donne tout entier.

Je le trouve dans le salon, assis sur le canapé. Il se lève en me voyant.

— Ça va ?

— Oui. (Je suis surprise par la fermeté de ma voix et l'assurance de mon attitude.) Est-ce que tu étais sincère en disant que tu en voulais davantage ?

— Oui, répond-il sur un ton assuré en me regardant droit dans les yeux.

— Ça veut dire que tu dois t'ouvrir à moi. Être honnête. Me montrer qui tu es pour de bon, non pas juste le charmant Theo Woodcock, Sexy Man à louer, mais toi : Theo MacLeod.

— Je suis prêt à faire ça.

— Ça veut dire que tu ne pourras pas te barrer dès que tu auras l'impression que la magie est partie.

— Je sais.

— Ça veut dire aussi que tu dois regagner ma confiance.

Il acquiesce.

— Je sais. Je suis prêt à le faire.

Je suis à deux doigts de l'étreindre mais je reste forte et je croise les bras pour m'en empêcher.

— Tant mieux. Parce que ça ne sera pas facile. On va commencer par une vraie conversation sur ton vrai toi, passé et présent.

Il hoche la tête mais je vois bien qu'il est nerveux.

— OK.

— Et il est hors de question qu'on se touche, je poursuis. On sait déjà qu'on est sexuellement compatibles, mais je veux plus que ça.

— Moi aussi.

— Est-ce que tu es d'accord avec les termes du contrat ?

— Oui. (Il s'interrompt.) Je ne peux pas dire que ça me remplit de joie de ne pas te toucher, mais si c'est ce qu'il faut, alors OK.

— C'est ce qu'il faut. Je dois absolument savoir à qui je donne une deuxième chance, Theo. C'est la seule façon de savoir si je peux te faire confiance de tout mon cœur. Si tu veux moins que ça, tu peux partir tout de suite, fais-je en désignant la porte du doigt.

Il ne jette même pas un coup d'œil vers l'entrée.

— Non, répond-il avec fermeté et assurance. Je veux rester.

# Chapitre 25

## Theo

Je peux enfin respirer.

Pendant une semaine entière, j'ai eu l'impression de manquer d'oxygène, comme si un char d'assaut était garé sur ma poitrine, mais maintenant que je suis là et qu'elle m'a demandé de rester, je peux respirer de nouveau.

Venir jusqu'ici pour lui dire tout ça, faire la liste de mes défauts et lui demander une deuxième chance n'a pas été une décision facile à prendre. Une partie de moi était persuadée qu'elle m'enverrait paître et me mettrait à la porte. Et elle en aurait eu le droit.

— Mais est-ce que c'est son genre ? a demandé Aaron le jour de Noël.

Je n'avais quasi pas dormi de la nuit en réfléchissant à ce que je devais faire et je lui ai livré mes inquiétudes pendant que les filles ouvraient leurs cadeaux.

— D'après ce que tu m'as dit d'elle, je pense qu'elle est du genre à pardonner.

— Oui, ai-je répondu en portant ma tasse de café à mes lèvres.

J'avais l'esprit embrumé, certainement à cause du manque de sommeil.

Il a gardé le silence quelques minutes avant de reprendre.

— Est-ce que je peux te poser une question ?

— Bien sûr.

— Est-ce que tu t'es pardonné, toi ?

— Pour quoi ? ai-je répondu, incapable de lever les yeux vers lui.

— Pour tout. (Voyant que je ne répondais pas, j'en étais incapable, il a poursuivi :) Je pense que tu devrais commencer par là. Par toi-même. C'est ce que j'essaie de faire aussi.

— C'est trop dur, putain.

Il a posé une main sur mon épaule.

— C'est sûr, frérot. Il n'y a qu'un miroir qui peut t'obliger à faire face à la vérité quand tu préfères voir un mensonge.

Ces paroles m'ont hanté pendant une semaine. Il avait raison : il fallait que j'arrête d'éviter de me regarder en face et que je me pose enfin les bonnes questions, même si elles étaient dures. J'ai continué à faire du sport et à traîner chez mon frère, j'ai gardé les enfants pendant qu'Aaron cherchait du boulot et que Josie travaillait, mais j'ai aussi passé beaucoup de temps chez moi tout seul à essayer de comprendre qui j'étais et, plus important, qui je voulais être.

Et maintenant, j'avoue tout à Claire.

— Aaron avait raison : je me sentais coupable de beaucoup de choses, et je me détestais. Je ne me suis pas pardonné. De m'être caché quand notre père le frappait. D'avoir désappointé mon coach en abandonnant la fac. D'avoir déçu ma grand-mère. D'avoir eu tellement honte de moi-même que j'ai été incapable de l'affronter jusqu'à ce qu'elle soit malade. D'être un délinquant.

Elle lève la tête de la planche à découper qu'elle a posée sur le plan de travail et où elle essaie de couper une courge en deux.

— Mais ce ne sont pas exactement des crimes. Voler une voiture est un crime, d'accord, mais le reste non.

Mon ventre se noue.

— J'ai fait d'autres conneries.

— Au pluriel ? demande-t-elle, surprise, en agitant son couteau.

— Euh, oui. (Je glisse du tabouret sur lequel je suis assis et je la rejoins pour l'aider.) Mais tout ça c'est du passé, je te le promets.

Je lui prends le couteau des mains et je coupe la courge en deux.

Elle me lance un regard réprobateur.

— Est-ce que tu as fait du mal à des gens, Theo ?

— Jamais. Je me suis contenté de voler du fric. J'ai trempé dans des magouilles entre…

— Mais tout ça c'est fini ?

Je lève les mains.

— Oui. Je suis clean à présent et j'ai l'intention de le rester. (J'ai déjà appelé John Salinger pour lui dire que je me rangeais.) Aaron et moi allons rouvrir la boîte de menuiserie, mais je vais certainement commencer par travailler de nouveau au magasin de bricolage jusqu'à ce qu'on se soit fait une réputation et une clientèle régulière.

— Bien. Je ne veux pas entendre parler de magouilles. (Elle attrape une cuillère à soupe dans un tiroir.) Mais merci de m'avoir dit la vérité.

— De rien.

Et voilà. Un autre morceau moche de ma vie est derrière moi. J'inspire et j'expire : j'ai l'impression que mes poumons sont dix fois plus grands à présent.

— Je t'écoute, fait Claire en commençant à retirer la chair de la courge avec la cuillère. Tu étais en train de me dire qu'il fallait que je te pardonne.

— Oui. (Je me rassieds et je me concentre sur ce que j'étais en train de dire.) Le truc étrange, quand j'ai mis noir sur blanc toutes les choses pour lesquelles je me sentais coupable et que je me suis forcé à regarder en face ce que j'avais fait, c'est que je me suis rendu compte que celles qui avaient le plus d'importance pour moi et pour lesquelles j'ai éprouvé le plus de culpabilité étaient celles où j'ai déçu quelqu'un. Des gens qui avaient de l'importance pour moi comme mon frère, ma grand-mère, mon coach.

Elle hoche la tête et s'attaque à la seconde moitié de la courge.

— Qu'est-ce que tu en as déduit ?

— Je suppose que j'éprouve une immense culpabilité, et que j'ai fait tout ce que je pouvais pour l'ignorer, j'explique en me grattant la tête. Je suis très fort pour enterrer les choses douloureuses afin de ne pas les gérer.

— Tu te contentes de tourner la page ?

— Oui. C'est beaucoup plus facile de faire sa valise et de se barrer, de trouver un autre job, d'être quelqu'un d'autre, que de rester sur place et de me regarder en face. Mais honnêtement, tout ça était inconscient. J'éprouvais un sentiment d'impatience, comme si j'étais enfermé quelque part et qu'il fallait que je sorte, que je me casse au plus vite.

— C'est bizarre que tu saches si bien analyser les autres et pas toi. Tu ne trouves pas ?

Elle me regarde tout en versant un petit peu d'eau au fond de la lèchefrite.

— Oui. Il y a une raison à ça, tu sais.

— L'instinct de survie ?

Je fronce les sourcils.

— Je pense. Dit comme ça, je passe pour un gros connard, pas vrai ?

Elle dispose les deux moitiés de la courge sur la plaque.

— Je ne pense pas du tout que tu sois un connard. Je pense que la vie t'a donné de mauvaises cartes et que tu n'as jamais cherché à en obtenir de meilleures. Au lieu de ça, tu as déconné, tu as traîné, tu as prétendu être quelqu'un d'autre. Ça t'a évité de te concentrer sur toi-même.

Je hoche lentement la tête en la regardant enfourner la plaque et programmer le minuteur. Elle est tellement mignonne dans son pyjama. Je crève d'envie de l'enlacer, mais j'ai promis de ne pas la toucher et j'ai bien l'intention de tenir parole.

— Je crois que tu as raison.

— Tu sais ce que je pense d'autre ?

— Quoi ?

Elle s'immobilise enfin et se fige en face de moi, les mains sur le plan de travail qui nous sépare.

— Je suis vraiment navrée que ton frère et toi ayez subi tout ce que vous avez subi enfants, dit-elle, les yeux pleins de larmes. Chaque fois que j'y pense, j'ai envie de pleurer.

Mon instinct me crie de changer de sujet, mais au lieu de ça je prends une profonde inspiration.

— Merci. C'était dur.

Elle se mord la lèvre inférieure et je la contemple : le souvenir de sa bouche sur la mienne submerge tous mes sens.

— Est-ce que tu veux en parler ? demande-t-elle prudemment.

— Oh non, crois-moi. Mais je le ferai.

Elle m'adresse un sourire triste et des larmes coulent sur ses joues. Elle les essuie rapidement, comme si elle était embarrassée, et contourne l'îlot.

— Je sais que j'ai dit qu'on ne devait pas se toucher. Mais j'ai vraiment besoin de te faire un câlin.

Je me lève et elle m'enlace étroitement, sur la pointe des pieds pour pouvoir passer les bras autour de mon cou. J'enfouis mon visage dans ses cheveux qui sentent si bon et je manque m'étouffer quand je comprends qu'elle fait de son mieux pour ne pas pleurer.

J'ai envie de lui dire que tout va bien, que je vais bien, que j'ai survécu et que je vais aller mieux.

Mais je suis incapable de prononcer un mot, j'ai la gorge trop serrée.

Au lieu de ça, nous restons enlacés. Et ça suffit.

* * *

Après le dîner, quand je peux enfin goûter le chili, dont l'odeur me tentait depuis des heures, j'aide Claire à faire la vaisselle.

— Il faut vraiment que j'apprenne à cuisiner, dis-je en grattant la cocotte. C'était extraordinaire. Je n'aurais jamais eu l'idée d'utiliser une écorce de courge comme un bol.

— Je serais ravie de te donner la recette. (Elle range les plats et les assiettes dans le lave-vaisselle.) C'est très facile, il faut juste avoir la patience de découper les légumes et de laisser mijoter.

— Il faudrait que j'achète une grande marmite comme ça.

Elle est épaisse, lourde et émaillée.

— C'est une cocotte en fonte, dit-elle. Il t'en faut absolument une.

— Il faut aussi que j'apprenne les noms sophistiqués de tous ces ustensiles, réponds-je en souriant. Et en parlant de choses sophistiquées : ceci n'est pas un chalet.

— Il est pourtant fait de rondins de bois, pas vrai ? souligne-t-elle en riant.

— Oui… Environ cinquante mille rondins, fais-je en levant les yeux au ciel. Les chalets n'ont pas de plafonds aussi hauts, ni d'écrans plats ni de terrasses.

— On l'a toujours appelé comme ça, explique-t-elle en refermant la porte du lave-vaisselle avant de le mettre en route. C'est une tradition familiale et ma mère prend ce genre de choses très au sérieux : pas question de changer.

Tradition familiale. Pour ma part, je n'en ai jamais connu, à moins que décevoir les autres compte pour une tradition.

— Tu venais souvent ici quand tu étais enfant ?

Elle s'adosse au plan de travail à côté de moi.

— Oui. Demain je te montrerai mes sentiers de baisers préférés.

J'éclate de rire.

— Tes sentiers de quoi ?

— De randonnée, fait-elle les joues écarlates. Je voulais dire de randonnée.

— Dommage, je constate en la regardant droit dans les yeux. J'aime t'embrasser.

Un silence un peu gêné s'installe.

— Je vais te montrer où dormir, finit-elle par dire en s'éloignant en direction du salon. Il y a une jolie chambre en bas avec vue sur le lac.

La seule vue dont j'ai envie, c'est celle qui donne sur elle, mais j'acquiesce poliment.

— Parfait. Merci.

— Tu as une valise ? demande-t-elle en jetant un regard autour d'elle.

— Je l'ai laissée dans la voiture. Je vais la chercher. (J'attrape mes clefs dans la poche de mon blouson.) Je n'étais pas certain que tu me permettes de rester.

— Je ne voulais même pas te faire rentrer, explique-t-elle en croisant les bras et en reculant lorsque je la dépasse. Mais tu m'as convaincue.

— Ça n'a pas été si difficile, je la taquine en marchant à reculons vers la porte. T'es trop gentille.

— C'est vrai, répond-elle en se redressant. Je l'admets volontiers. Et je crois aux secondes chances.

— Heureusement pour moi.

Son visage s'illumine et elle rosit. Elle est super jolie. Je pense que je ne me lasserai jamais de la regarder, de lui parler, d'être avec elle.

Et, tandis que je marche d'un pas vif en direction de la voiture en luttant contre le vent glacé qui hurle dans mes oreilles et la neige qui tombe, je me rends compte qu'elle m'a presque convaincu qu'il existe des secondes chances…

* * *

— Theo.

Elle murmure mon nom et j'ai l'impression de rêver. Mais un instant plus tard je l'entends de nouveau et je sens le matelas bouger lorsqu'elle se glisse sous les couvertures.

— Theo.

J'ouvre les yeux et je jette un coup d'œil en direction de sa voix dans l'obscurité, le cœur battant à tout rompre.

— Claire ? Tu vas bien ?

— Oui. (Elle s'approche de moi et je l'enlace immédiatement.) Tu me manquais trop.

— Toi aussi.

— Est-ce que je peux dormir avec toi ?

— Bien sûr.

Je ne sais pas si elle veut vraiment dormir ou si elle veut autre chose, mais il est hors de question de demander quoi que ce soit. Si tout ce qu'elle veut c'est fermer les yeux et se blottir dans mes bras, ça me va.

— Une fois couchée, je n'ai pas arrêté de penser à tout ce que tu m'as raconté. (Sa main gauche repose sur mon torse nu et elle me caresse la peau du bout du doigt.) Tout ce que tu as traversé.

Je déglutis en essayant de ne pas penser à mon sexe.

— Ah bon ?

— Oui. Je me sentais très triste. Je n'arrête pas de me dire que ça a dû être difficile pour ton frère et toi de grandir sans mère et avec un père qui vous a maltraités. Les parents sont supposés aimer leurs enfants et prendre soin d'eux. (Elle renifle et se blottit plus étroitement contre moi.) Je voudrais pouvoir remonter le temps pour te faire un câlin. Te protéger. Te sauver. Changer ta vie afin que rien de mal ne puisse t'arriver.

Je pose un baiser sur le sommet de son crâne.

— Merci. Mais tu sais quoi ? Je m'en suis bien sorti. Et je suis là, maintenant.

— Oui.

Elle m'embrasse le torse. Puis elle recommence. La troisième fois, elle laisse ses lèvres sur ma peau.

Je sens mon sexe raidir.

— Dis-moi, est-ce que la règle du « on ne se touche pas » est toujours d'actualité ? je m'enquiers tandis qu'elle m'embrasse de nouveau. Je demande ça pour un ami.

— Il est plus de minuit, murmure-t-elle, et je sens son souffle contre mon oreille. C'est déjà demain.

— Merci mon Dieu.

Je la renverse sous moi.

Elle enlève son haut de pyjama puis fait glisser le bas tandis que je me débarrasse de mon caleçon. Je l'embrasse passionnément, avec une frénésie affamée, comme si elle était un rêve et que j'avais peur de me réveiller trop tôt. Mes mains cherchent tous les endroits de son corps qui leur ont tant manqué cette semaine. Ma langue caresse ses courbes et ses creux. Je bande et je ressens un besoin désespéré de la pénétrer.

Elle s'empare de mon sexe et frotte le gland contre son clitoris en gémissant de plaisir et d'impatience. Quand elle le relâche, je recule. Si je ne m'arrête pas pour mettre un préservatif maintenant, je ne le ferai jamais.

— Attends, je murmure. Laisse-moi…

— Tu es obligé ? demande-t-elle en me caressant de nouveau. Je veux te sentir toi, juste toi, en moi.

— Tu me tues.

— Pas de risques que je tombe enceinte, je prends la pilule. Allez, me supplie-t-elle. Je veux te sentir sans rien entre nous. Même si c'est seulement une minute.

Une minute. C'est ça. Comme si j'allais tenir une minute une fois en elle. Et si j'y parviens, il est hors de question que je m'interrompe pour mettre un préservatif.

— S'il te plaît, demande-t-elle à voix basse tout en m'embrassant le cou. J'en ai besoin. J'ai besoin de me sentir près de toi.

J'en crève d'envie. Je veux partager avec elle quelque chose que je n'ai jamais donné à personne. Je veux qu'elle ait plus de moi que quiconque auparavant. Mais cette règle est gravée dans le marbre ! Je ne l'ai jamais transgressée. Jamais. Elle est plus importante pour moi que mon vrai nom, mon casier judiciaire ou l'histoire de ma famille. C'est moi. Sans protection. En elle. C'est personnel. Intime. Ça veut dire gravir les strates d'une confiance que je n'ai jamais atteinte avec personne.

Et ça me fait flipper.

Elle gémit et fait glisser mon gland en elle.

— Tu vois ? Est-ce que ce n'est pas incroyable ?

Merde, merde, merde, est-ce que je peux me permettre de faire ça ? L'instant est critique et j'ai l'impression que ma décision changera tout. Mes dernières défenses s'écroulent. Mon dernier rempart s'effondre.

— Allez, murmure-t-elle. Saute dans le vide.

J'abandonne la bataille et je la pénètre lentement mais avec fluidité et tendresse. Quand je suis tout entier plongé en elle, elle lève les yeux vers moi, et même s'il fait sombre, je sais ce que dit son regard.

*Je te fais confiance.*

*Je te fais confiance : tu ne me feras pas souffrir.*

*Je te fais confiance : tu ne me mentiras pas.*

*Je te fais confiance : tu ne me briseras pas le cœur.*

Tandis que je vais et viens en elle, je me jure d'être à la hauteur de cette confiance. Je tiendrai mes promesses. Je deviendrai l'homme qu'elle voit quand elle me regarde plutôt que celui que je vois quand je me contemple dans le miroir.

SI UN JOUR
TU ES À MOI

Il faut juste que je comprenne qui il est.
Et comment l'empêcher de partir.

# Chapitre 26

## *Claire*

— Viens, je veux te montrer quelque chose.

J'attrape la main gantée de Theo dans la mienne et je l'entraîne dans la neige en direction de l'arbre et de la balançoire pneu. L'après-midi est déjà bien entamé et nous nous sommes levés il y a peu. Il neige toujours, la température est très légèrement en dessous de zéro, mais le vent s'est calmé et je n'ai pas froid.

— Ha, ha, la voilà.

Un grand sourire éclaire le visage de Théo quand il l'aperçoit. Son sourire est différent aujourd'hui ; *il* est différent. C'est toujours le mec qui aime taquiner et rire (les équipements du « chalet », comme il aime à l'appeler en mimant les guillemets, ne cessent de l'amuser), mais il n'a plus l'air méfiant et il ne surveille plus tout ce qu'il dit de peur de révéler un nouveau secret. Lorsque je lui pose des questions sur son passé, sa famille, ses sentiments, aucune ombre n'obscurcit son visage. Je ne peux pas dire qu'il semble prendre plaisir à parler de lui-même, mais il fait ce qu'il a promis de faire : il me laisse rentrer dans sa vie.

— C'est ça, la balançoire de laquelle tu avais peur de tomber ? me taquine-t-il.

— Oui, réponds-je en pouffant. Pour ma défense, elle me paraissait plus haute quand j'étais petite.

Il secoue la tête en riant.

— Monte dessus. Je vais te pousser.

Je glisse les jambes à travers le pneu et je me tiens sur les côtés. Il m'attrape par la taille, me tire en arrière avant de me pousser en avant. Je ris en étirant les jambes devant moi et en renversant la tête en arrière tandis que je me balance dans l'air, des flocons de neige tombant autour de moi. Lorsque je ralentis, il me pousse les jambes et je me mets à tourner sur moi-même à en avoir le vertige.

— Arrête ! je m'exclame, en riant aux éclats. Je ne pourrai pas marcher une fois descendue.

Il immobilise la balançoire et j'attends un instant avant de descendre, espérant que le monde arrêtera de tourner. Mais lorsque Théo se penche pour m'embrasser, j'ai la tête qui tourne encore davantage.

— C'était amusant ?

— Oui, réponds-je.

— Tu n'as plus peur de tomber ?

— Non. Je suis de plus en plus courageuse, hein ?

— Tout à fait. Je suis très impressionné. La prochaine étape, c'est que j'arrive à te convaincre de montrer tes œuvres.

Je plisse les yeux et descends de la balançoire.

— La prochaine étape, c'est que tu rouvres ta boîte. Je ne veux pas que tu arrondisses tes fins de mois en jouant les escorts. (Je lui donne un petit coup sur la poitrine.) Tu es mon sexy man rien qu'à moi. Je n'aime pas prêter mes jouets.

Il me sourit en m'enlaçant.

— Je suis tout à toi, je te le promets.

Je ne me lasserai jamais d'entendre ça.

Nous passons une heure dehors, à dessiner des anges sur le sol, à nous lancer des boules de neige, à essayer d'attraper des flocons avec la langue. Nous tentons aussi de fabriquer un bonhomme de neige, mais la neige est trop légère et refuse de s'agglomérer. Le vent finit par forcir de nouveau et nos doigts et nos orteils commencent à s'engourdir : il est temps de rentrer pour se réchauffer.

Theo fait du feu dans la cheminée, tandis que je rassemble les ingrédients pour faire du chocolat chaud. Puis il me rejoint et me regarde réchauffer du lait, du sucre, un bâton de cannelle et une gousse de la vanille dans une casserole, tout en faisant fondre du chocolat très noir au bain-marie dans la casserole prévue à cet effet.

— C'est quoi ce truc ? demande-t-il, perplexe.

Ses cheveux sont humides et en bataille mais il a l'air tellement adorable que je ne peux pas m'empêcher de sourire.

— Une casserole pour le bain-marie. Ne t'inquiète pas, tu n'en as pas besoin.

J'enlève la cannelle et la vanille du lait que je verse ensuite avec soin dans le chocolat fondu.

— Et si je veux faire du chocolat chaud pour ma petite amie un jour ?

Mon cœur bat la chamade.

— Je te prêterai la mienne. (Je fouette le mélange tout en lui lançant un regard soupçonneux par-dessus mon épaule.) À condition que la petite amie ce soit moi.

— Voyons voir. Tu as un cul spectaculaire, tu cuisines comme une déesse et tu es la meilleure suceuse du monde. C'est bien toi.

— Je le savais. Tu as fait tout ce trajet uniquement pour la bouffe et le sexe.

— Je mentirais si je disais que ces choses ne sont pas tentantes. (Il passe ses bras autour de ma taille et enfouit le visage dans mon cou par-derrière.) Mais tu sais bien que ce n'est pas pour ça que je suis là.

— Je sais. (Avec un sourire d'adolescente énamourée, j'ajoute une toute petite pincée de sel et de piment puis je me dégage de son étreinte.) Pousse-toi. Il faut que je sorte le chocolat du feu. (Il me lâche et je verse le chocolat parfumé dans des mugs câlins.) Rapprochons-nous du feu. Je suis gelée.

Je dépose les deux tasses sur un plateau avec un sachet de chamallows.

— Oh la la. Des chamallows ?

— Des chamallows. Ton truc préféré.

Il s'empare d'une mèche de mes cheveux.

— C'est toi mon truc préféré. (Il réfléchit un instant.) Mais maintenant j'ai une idée pour utiliser ces chamallows…

* * *

Nous passons le reste de l'après-midi à boire, à bavarder, et à échanger des baisers au goût de chocolat devant la cheminée. La neige continue de tomber, recouvrant les bois et la maison en tourbillonnant derrière les vitres. J'ai l'impression que nous sommes seuls au monde, éloignés de tout, cachés dans notre petit monde de contes de fées.

— C'est le réveillon du jour de l'an. (Étendue sur le côté, je pose la tête sur une de mes mains.) Tu ne trouves pas ça bizarre ?

— C'est vrai, répond Theo, allongé à mes côtés, redressé sur ses coudes. C'est un peu étrange.

— D'habitude, tu sors ?

— Ça dépend. J'en avais l'habitude avant d'arrêter de boire. Et toi ?

— Oui. En règle générale je fais quelque chose avec mes copines. Oh, merde, fais-je en me redressant.

— Quoi ?

— Je dois cent dollars à Margot.

Il fronce les sourcils.

— Pourquoi ?

— Elle a parié que tu t'excuserais de m'avoir plantée comme ça l'autre jour avant le premier janvier.

Il se redresse, faussement outragé.

— Tu as parié contre moi ? Comment oses-tu !

Il se jette sur moi, épingle mon corps sous le sien et enserre mes poignets au-dessus de ma tête.

— Je suis désolée ! je couine, écrasée sous son poids. Je ne savais pas !

— Comment as-tu osé ? fait-il en secouant la tête. Femme de peu de foi.

— Lâche-moi !

J'essaie de dégager mes jambes en riant, mais il les a coincées sous les siennes.

— Jamais. (Il bouge de telle manière que ses hanches reposent sur mes cuisses et il approche ses lèvres des miennes.) Jamais.

J'enroule mes bras et mes jambes autour de lui tandis que sa langue se faufile dans ma bouche et je glisse les doigts dans ses cheveux. Le feu craque mais notre passion brûle davantage encore. Sans cesser de nous embrasser, nous roulons sur nous-mêmes et arrachons nos pantalons, nos T-shirts, nos chaussettes et nos sous-vêtements. Je finis par le chevaucher et me frotter contre lui. Il gémit, s'empare de mes seins et titille mes tétons durcis.

— Je veux te sentir en moi, je murmure. Tout de suite.

— Est-ce que tu veux que j'aille chercher…

— Non.

Je me redresse et fais lentement glisser son sexe en moi en regardant sa bouche s'ouvrir et son regard se perdre. Ce matin nous avons utilisé un préservatif – deux fois –, et même si c'était génial, ce n'est pas tout à fait la même chose que la nuit dernière. Il manquait quelque chose. Ce n'est pas simplement charnel, c'est autre chose. Quelque chose que je ne sais pas nommer.

— Putaaaaain, gémit-il. C'est tellement bon.

Une fois qu'il est en moi, je reste immobile un instant pour permettre à mon corps de s'ajuster.

— Je te sens si profond en moi, je murmure en posant les mains sur sa poitrine. Comment c'est possible ? J'ai de la peine à respirer.

Je fais de petits cercles avec mes hanches tout en me penchant en avant pour que mes cheveux effleurent son torse.

— J'adore tes cheveux.

Il y glisse ses doigts, enserre une mèche dans son poing et m'attire à lui pour m'embrasser.

— J'aime qu'il n'y ait rien entre nous.

Tandis que j'impose un rythme, je comprends soudain pourquoi c'est différent : il n'y a plus aucun obstacle entre lui et moi. J'ai l'impression qu'il me prend plus profondément, et c'est le cas. Parce qu'il s'est dévoilé. Il a baissé sa garde et m'a montré sa véritable personnalité. Faire l'amour sans préservatif est un symbole : une barrière émotionnelle est tombée.

Je me sens audacieuse, et j'en veux encore plus.

Je bouge plus vite. La chaleur et la friction entre nous deviennent fiévreuses et frénétiques. Je frotte mon clitoris contre la base de sa queue et je crie lorsqu'il me fait jouir en me pinçant les tétons. Mon corps pulse sur son sexe nu et j'éprouve une joie inédite. Il est là, il est à moi, et tout ça est réel.

Theo se redresse et me fait basculer sous lui sans se retirer.

— Tu es tellement sexy, gronde-t-il en allant et venant.

La tension qui vient juste de retomber recommence à monter.

— Oui, je murmure dans un souffle en ramenant mes genoux le plus haut possible. Ne t'arrête pas. Ne t'arrête pas.

— Pas tant que tu n'auras pas joui de nouveau.

Je lui griffe le dos, j'agrippe son cul et je l'attire à moi.

— Oh oui, comme ça. (Le deuxième orgasme me surprend par sa rapidité et je me cambre sous lui, comme parcourue par un courant électrique.) Maintenant je veux que tu jouisses pour moi, je halète. Et sur moi.

Il gémit, s'agenouille tout en continuant ses coups de reins lents et profonds. Il me regarde.

— Tu en es sûre ?

— Oui. (Je me force à dire ce dont j'ai envie.) Ça m'a plu l'autre jour, mais je ne pouvais pas te voir. Je veux te regarder.

L'idée sort de nulle part, mais elle est logique. Je veux qu'il me permette de le voir comme ça, viril, sans honte mais vulnérable. Je veux lui offrir mon corps de cette manière. C'est plus que sexuel, c'est intime.

Ça veut dire que nous nous faisons confiance.

Je fais courir mes mains sur mon ventre, ma poitrine et ma gorge.

— Où tu veux. Tu peux me recouvrir tout entière.

— Bon sang, murmure-t-il en prenant sa queue dans sa main.

— Personne ne m'a jamais fait ça, je murmure en le regardant faire. Tu es le premier.

— Tant mieux.

Les genoux légèrement écartés, il carre les épaules et se redresse. Il ressemble à un dieu. La lueur du feu de cheminée donne à sa peau une lueur cuivrée et parsème sa chevelure sombre d'éclats dorés. Les muscles sculptés de ses bras, de ses pectoraux et de ses abdominaux se tendent tandis qu'il se branle de plus en plus vite, le souffle court.

— J'adore ça. J'adore te regarder.

Je garde les mains sur mes seins, je joue avec eux comme il vient de le faire. Il serre les dents, les paupières baissées, et sa poitrine se soulève de plus en plus vite.

— Oh putain, oh bordel, je vais jouir tellement fort.

Sa main bouge si vite qu'elle en devient floue et son souffle se fait de plus en plus saccadé.

— Oui, je répète, tout le corps parcouru de frissons d'anticipation.

Il écarte davantage les genoux et agite ses hanches. Je le regarde, fascinée, tandis que la jouissance monte en lui. Il est sans inhibition et vulnérable. Il finit par se pencher légèrement en avant, dirige son sexe vers ma poitrine et jouit sur mes seins et mon ventre en longues giclées chaudes.

C'est la chose la plus excitante que j'aie jamais vue, c'est même mieux que ça, je me sens plus proche de lui que jamais.

Le souffle toujours court, il s'assied sur ses talons et me regarde.

— Je cherche mes mots, mais je pense que mon cerveau a bugué.

— Pas de problème, réponds-je en souriant.

Je commence à me relever mais il m'arrête.

— Ne bouge pas. (Il se lève et disparaît un instant. Quand il revient, il s'agenouille à côté de moi avec de l'essuie-tout en main.) Laisse-moi faire.

Il fait de son mieux pour me nettoyer mais ça colle.

— Je vais aller prendre une douche, dis-je.

— C'est certainement mieux. Je suis désolé.

Il se lève et me tend la main.

— Pas moi. (Je saisis la main qu'il me tend et je le laisse m'aider à me relever.) J'ai adoré. Pas toi ?

Il éclate de rire.

— Eh bien, oui.

— Tu veux te doucher avec moi ?

— Oui. Tu as d'autres questions débiles ?

— Tu as faim ?

— Oui.

— Tant mieux. (Je commence à rassembler mes vêtements et il fait la même chose.) Allons nous doucher, puis dîner, ensuite on pourra se blottir sur le canapé pour regarder un vieux film qui me fera pleurer, comme ça tu pourras te moquer de moi.

Nous gagnons l'étage supérieur et je fais couler de l'eau chaude dans la douche située dans la salle de bain en face de ma chambre. Theo me demande s'il peut me laver les cheveux.

— Bien sûr, réponds-je, surprise. Mon shampoing est là.

Je mouille mes cheveux et je lui tourne le dos. Il me lave les cheveux et me masse le crâne, ce qui me fait sourire de contentement.

J'applique mon après-shampoing. Et je laisse Théo me savonner. Il prend son job très au sérieux, ce qui me fait rire : chaque fois qu'il atteint un nouvel endroit de mon corps il prétend que c'est sa partie favorite. Lorsque je suis rincée, nous échangeons nos positions et je l'enduis de savon des pieds à la tête. Je fais courir mes mains le long de ses membres, sur ses abdos bien dessinés, et je me hisse sur la pointe des pieds pour lui laver les cheveux.

Une fois rincé, Theo me maintient sous le jet d'eau avec lui et m'enlace. Je pose la tête contre sa poitrine et enroule mes bras autour de sa taille. Son cœur bat avec régularité sous ma joue.

Pendant une minute, aucun de nous deux ne prononce un mot. La vapeur s'élève autour de nous et l'eau tombe en cascade sur nos corps, mais nous ne bougeons pas. Je me sens en sécurité dans ses bras.

— Merci, finit-il par dire.

— Pourquoi ?

— De me faire confiance. C'est très important pour moi.

Je le serre contre moi et j'embrasse sa poitrine.

— Je sais.

* * *

— Je pense qu'on a raté le nouvel an.

Nous sommes enfin épuisés, blottis sous les couvertures dans le lit dans lequel nous avons dormi la veille.

— Attends, j'essaie de trouver une blague à propos de la descente de la boule de Times Square [5].

Je ris.

— Je l'imagine sans problème.

Nous gardons le silence un moment, il me caresse distraitement l'épaule.

— On rentre demain ?

— Oui, je soupire. Du moins, si les routes le permettent. J'aimerais bien ne pas avoir à rentrer. J'aime être ici, rien que tous les deux, dans le silence. Mais j'aimerais bien que tu rencontres mes amis. Et je voudrais te présenter mon père.

Je le sens se raidir.

— Le juge ?

— Oui. Mais ne t'inquiète pas. Mon père n'est pas du genre rigide. Il est bienveillant et il a toujours cru à la réhabilitation. Et puis, nous n'avons aucun besoin de lui parler de ton passé. Ça ne le regarde pas.

— Il pourrait facilement retrouver mon casier.

— Ça n'a plus aucune importance. Et moi je m'en fous.

Je le sens se détendre.

— OK.

— Et nous savons déjà que ma mère t'adore.

— Je n'en suis pas sûr.

— Moi si, crois-moi, il ne lui faudra pas longtemps avant de te préparer des dîners gargantuesques. Elle te fera des cookies. Elle t'offrira des pull-overs.

5 Depuis 1907, une boule lumineuse composée de cristaux en forme de triangles descend le long d'un mat installé au 1, Times Square, à 23 h 59, pour se poser à minuit pile. Des dizaines de milliers de personnes se rassemblent pour fêter ainsi le nouvel an.

— Ça a l'air d'être une bonne mère, fait-il en riant.

— Elle est un peu autoritaire, mais oui. Elle adore materner les gens.

Nous gardons le silence pendant un moment et j'ai l'impression qu'il s'est endormi, mais il reprend soudain la parole :

— Je ne me souviens même pas de ma mère.

Un frisson me parcourt.

— Non ?

— Non. Elle est partie quand j'avais un an.

— Je ne sais pas comment une mère peut faire une chose pareille.

— Elle a laissé un mot qui disait : « Dis aux garçons que je les aime ».

Mon frisson se transforme en chair de poule.

— Je… je suis sûre que c'était vrai, à sa façon.

— Mais pas assez.

Je ne sais pas quoi dire.

— Ça n'a aucune importance de toute façon, finit-il par ajouter.

— Ah ?

— Non. Comme je viens de te le dire, je ne me souviens pas d'elle.

Il n'ajoute rien, mais je ne le crois pas. Qu'est-ce que ça peut bien faire à quelqu'un d'avoir été abandonné par une mère qui prétendait l'aimer ?

Je songe que ma famille est bien différente de la sienne et que nous avons eu des enfances opposées. Plus j'en apprends sur le passé de Theo, plus je suis émerveillée qu'il soit devenu un adulte chaleureux et facile à vivre. Il est beaucoup plus assuré que moi.

Mais qu'est-ce qui est vrai et qu'est-ce qui fait partie du masque qu'il porte afin de garder enfouis les souvenirs douloureux ?

Pas étonnant qu'il n'aime pas se rapprocher des gens. De manière inconsciente, il doit craindre d'être abandonné en permanence.

« *J'ai bousillé toutes les choses bien qui me sont arrivées dans la vie en baissant les bras et en fuyant.* »

Parce qu'il a peur de rester.

« *Et je ne laisse personne s'approcher parce que j'ai peur de décevoir.* »

Non, c'est parce qu'il pense qu'il ne suffira pas à les retenir. Si sa mère est partie… pourquoi est-ce que les autres resteraient ?

Une boule se forme dans ma gorge mais je refoule mes larmes en me concentrant sur la tiédeur du corps de Theo, sur l'odeur de sa peau et le battement de son cœur. Il s'endort en premier et je reste immobile, blottie dans ses bras et bercée par le rythme profond et lent de sa respiration.

Je reste longtemps éveillée.

# Chapitre 27

## Theo

La neige cesse de tomber pendant la nuit, et d'après la radio, les autoroutes sont dégagées. Nous décidons donc de repartir. Claire a des choses à faire avant de reprendre le chemin de l'école et j'ai plein de trucs à régler moi aussi. Nous rentrons chacun de notre côté et même si elle me manque au bout de deux minutes, je suis content d'avoir du temps devant moi pour réfléchir.

Les choses se sont déroulées à la perfection.

Je lui ai révélé exactement qui j'étais, j'ai avoué toutes mes conneries et je lui ai expliqué qu'il était difficile de pénétrer dans mon jardin secret. Mais en réalité… ça s'est révélé plutôt facile. Ou alors, c'est elle qui m'a facilité les choses. Elle ne m'a pas jugé, ne m'a pas dit que j'étais irrécupérable, n'a pas insisté pour que je répare ceci ou cela avant de me donner une deuxième chance. Je sais depuis le début qu'elle a un cœur suffisamment grand pour m'y accueillir, mais je n'avais pas compris à quel point j'avais envie de m'y blottir. Ni avec quelle rapidité je voulais la faire rentrer dans le mien.

J'adore l'écouter parler de sa famille, de ses élèves, de ses souvenirs au « chalet ». Je secoue la tête en riant. Appeler ce palais de bois un chalet revient à baptiser l'Everest « la fourmilière ». Mais même si elle a été élevée dans une famille riche, elle n'est pas gâtée. Les choses qu'elle préfère dans la vie ne sont pas luxueuses. Elle veut inspirer et être inspirée ; voilà ce qui compte plus que tout pour elle. Elle veut s'occuper des gens et des choses. Elle veut avoir bonne conscience.

Cette femme est un joyau en or pur et je sais que je ne la mérite pas. Mais si elle est prête à me supporter, je ferai tout ce qui est en mon pouvoir pour la rendre heureuse, des choses que je n'ai jamais faites auparavant.

Comme travailler dur et honnêtement. Rencontrer ses amis et sa famille. La présenter à mon frère, à ma belle-sœur et à mes nièces. Rester.

Pour elle, je suis prêt à rester.

# Chapitre 28

## Claire

Pendant le trajet du retour, j'appelle Margot.

— Allô ?

— Je te dois cent dollars.

Je suis incapable d'effacer le sourire béat sur mon visage.

Elle pousse un petit cri.

— Sérieusement ?

— Sérieusement. Je suis allée me réfugier au chalet et il s'est pointé.

— Incroyable. Et ?

— Et il s'est excusé, exactement comme tu l'avais prédit. Il m'a dit qu'il avait paniqué et il m'a demandé de lui laisser une deuxième chance.

— C'est comme si c'était moi qui avais écrit le scénario ! s'exclame-t-elle sur un ton ravi.

J'éclate de rire.

— C'est ça.

— Tout va bien entre vous ?

— Pour l'instant. (J'hésite.) C'est un mec… compliqué. Un de ceux qui traînent pas mal de casseroles dont il ne veut pas parler.

— Oh. Crois-moi, je comprends. Il ressemble à Jack.

— Il s'est montré très ouvert ces deux derniers jours, mais c'était ma condition. Je lui ai dit que s'il voulait une deuxième chance, il fallait qu'il me parle.

— Tu as eu raison.

— Et il l'a fait. C'est dingue, Margot, pour la première fois je me sens vraiment bien avec quelqu'un. J'ai de l'espoir mais je ne suis pas pressée, je suis juste excitée à l'idée de voir où tout ça va nous mener, tu vois ?

— Parfaitement. Profite de cette phase, c'est merveilleux quand c'est tout nouveau. Du coup, je te fais cadeau des cent dollars.

— Je t'achèterai un super cadeau de mariage, réponds-je en souriant.

— Quand est-ce que je pourrai le rencontrer ? Avant la cérémonie, j'espère ?

— Ce serait cool. Je vais appeler Jaime et peut-être qu'on pourrait trouver une date ce mois-ci.

— Génial. Je suis très heureuse pour toi, Claire.

— Merci. (Des papillons volent dans mon estomac.) Je suis heureuse, moi aussi.

# Chapitre 29

## *Claire*

Le mois de janvier se déroule comme dans un rêve.

Theo et moi finissons de restaurer la cuisine ; comme il a repris son job à l'entrepôt, il parvient même à m'obtenir un prix pour le magnifique plan de travail en granit que j'ai choisi. Nous arrachons l'ancien sol et le remplaçons par le carrelage travertin. Nous vernissons la table et suspendons ce fabuleux lustre vintage que Theo a trouvé dans une brocante. Nous dînons en ville avec Jaime, Quinn, Jack et Margot et Theo les charme, exactement comme il m'a charmée la première fois que nous nous sommes rencontrés.

— Oh la la, il est adorable, fait Margot en m'attrapant par le coude quand nous nous dirigeons vers les toilettes après le dîner. Et vous êtes trop mignons ensemble, il est tellement grand !

— C'est vrai, réponds-je en pouffant. Parfois, c'est un défi.

— Comment ça se passe entre vous ? demande Jaime en sortant son rouge à lèvres de son sac à main.

— Bien. Ça ne fait que quinze jours mais tout va bien.

Jaime hoche la tête, les yeux plissés.

— Je perçois une vibration entre vous. Je ne sais pas ce que c'est mais ça me paraît bien.

— C'est de l'alchimie, dit Margot. Est-ce que tu as vu comme il la regarde ? J'avais l'impression qu'il allait la dévorer pour le dessert.

Jaime sourit, espiègle.

— La soirée ne fait que commencer, Margot. Laisse-lui le temps.

* * *

Un peu plus tard dans la voiture, Theo soupire.

— Bon sang, comme j'étais nerveux.

— Ah bon ? fais-je surprise. Ça ne se voyait pas.

— Tant mieux, répond-il en mettant le contact. J'aime bien tes copines. Elles sont protectrices avec toi.

Je souris en lui tapotant l'épaule.

— Tout à fait. T'as intérêt à faire gaffe. Margot peut lancer un scone comme personne.

Cette histoire nous a fait rire pendant le dîner et Jaime et moi avons échangé des regards entendus.

Le week-end suivant a lieu l'enterrement de vie de jeune fille surprise de Margot et tout se déroule comme dans un rêve. Elle pleure (personne ne pleure de manière plus élégante que Margot Thurber Lewiston, avec ses reniflements délicats et ses mouchoirs en tissu monogrammés qu'elle utilise pour se tapoter les yeux), elle rit, elle ouvre une infinité de paquets cadeaux contenant de la porcelaine, et nous finissons toutes pompettes à cause du champagne.

Theo m'emmène dîner chez son frère pour me présenter sa famille. Son frère Aaron est une version plus âgée et plus baraquée de Theo, avec une poignée de main chaleureuse et une attitude posée. Josie, sa belle-sœur, est une brunette menue avec un sourire adorable et accueillant, et une dévotion évidente envers sa famille. Ils ont trois adorables petites filles qui se jettent sur Theo dès qu'il franchit la porte et se suspendent à lui comme de petits singes. En toute sincérité, je suis surprise. Je ne pensais pas qu'il savait si bien s'y prendre avec les enfants.

— Tes nièces sont adorables, dis-je sur le trajet de retour.

— Merci, répond-il en souriant.

— Elles sont folles de toi.

— Comme tout le monde, non ?

Je lui donne un petit coup dans le bras.

— Tu t'y prends comme un chef avec elles. Comment ça se fait ?

Il hausse les épaules.

— Je ne sais pas. Elles sont immatures. Moi aussi. Ça marche.

— C'est plus que ça, idiot. Tu es doué avec elles. Tu aimes les enfants ?

— J'aime ces enfants-là.

— Tu aimerais en avoir un jour ?

Il m'adresse un regard effrayé.

— Tu n'es pas en train d'essayer de me dire quelque chose ?

— Non, non, rassure-toi. Je ne suis pas enceinte.

Il pousse un profond soupir de soulagement.

— Ouf. Je pense que je ferais un mauvais père.

— Tu as tort, mais je te jure que ma question n'était que de la curiosité.

— Et toi ? Laisse-moi deviner… tu en veux une dizaine.

— Peut-être pas une dizaine, mais oui, je veux des enfants. (Je soupire.) Tu vas trouver ça idiot et ennuyeux, mais j'aime l'idée d'une maison pleine d'enfants avec une balancelle sur la véranda, des vélos dans la cour, des dessins d'enfants sur le frigo, un stand de citronnade sur le trottoir…

— Oh, c'est très précis tout ça.

— Je sais. C'est comme ça que mon cerveau fonctionne. J'imagine tous les détails à l'arrière-plan.

— Mais ce n'est ni stupide ni ennuyeux, Claire. Et il se trouve que j'adore la citronnade. (Il me prend la main et la presse brièvement.) C'est bientôt l'anniversaire de Peyton. Tu veux m'aider à lui trouver un cadeau ?

Je ne sais pas s'il a fait exprès de changer de sujet, mais je laisse tomber. Ça n'a pas d'importance. Nous ne sortons ensemble que depuis un mois, après tout, et je suis heureuse. C'est la première fois que mon présent se montre aussi séduisant que mes rêves d'avenir.

Mais j'exige que ma mère ne pose aucune question à Theo sur notre futur quand nous allons dîner avec mes parents. Elle est offensée que je puisse même penser à faire une pareille requête et je dois bien admettre qu'elle se tient très bien au restaurant. Je ne suis obligée de lui donner un coup de pied sous la table qu'une seule fois, quand elle soupire sur un ton très théâtral en se lamentant sur le fait qu'elle n'a pas encore de petits-enfants : « C'est comme si mes filles voulaient me punir. »

Theo se montre sympa, mais contrairement au dîner avec mes amis, il est manifestement nerveux, du moins est-ce évident pour moi. Mes parents ne remarquent peut-être pas qu'il agite la jambe et qu'il transpire un peu, mais moi, si. À plusieurs reprises durant la soirée, je lui prends la main sous la table. Chaque fois, il m'adresse un sourire reconnaissant.

La soirée se déroule bien. Même si mon père est légèrement déçu que Theo n'ait fréquenté ni Yale ni l'université de l'Ohio, ils parlent beaucoup de football américain. Et ma mère est charmée par ses bonnes manières, son sourire et sa conversation.

— On voit qu'il a été bien élevé, me dit-elle dans les toilettes pour femmes. Même s'il n'est pas allé à Yale.

Nous passons la plupart de notre temps chez moi, mais je vais chez lui un samedi, un deux pièces peu meublé aux murs nus avec une kitchenette spartiate et dont toutes les fenêtres donnent sur le parking.

— Tu penses que tu vas rester ici ? je demande en ouvrant un tiroir de la cuisine. C'est pas vrai, Theo.

Tu n'as que des couverts en plastique. Et ils ne sont même pas rangés ! Ils sont toujours emballés.

— Oui, je voulais acheter de la vaisselle mais je ne l'ai jamais fait.

Il se dirige vers la chambre pour prendre des vêtements propres pour le lendemain.

— Laisse-moi t'aider à améliorer cette cuisine. Et peut-être à mettre des tableaux aux murs. Je pourrais te donner une de mes toiles. Ces murs blancs sont stériles. C'est flippant.

— J'adorerais que tu me donnes une toile, fait-il en sortant de sa chambre avec un sac sur l'épaule. En parlant de ça, est-ce que tu as postulé pour la Foire de juillet ?

Je secoue la tête en rougissant, le regard rivé sur mes pieds.

— Pourquoi ?

— Parce que j'ai peur.

— On en a parlé. Les candidatures seront closes dans deux jours.

Je croise son regard désapprobateur.

— Je sais.

— Viens, fait-il en m'attrapant par la main.

Il me traîne derrière lui comme une enfant obstinée, me pousse dans la voiture. Il conduit jusqu'à chez moi et me fait rentrer.

— Va chercher ton ordinateur portable.

J'obéis en traînant les pieds. Je le récupère dans la chambre d'amis qui me sert de bureau, je le débranche et je le rapporte dans le salon, où il m'attend.

— Assieds-toi, ordonne-t-il en désignant le canapé. Ouvre-le.

Je m'exécute et je me mords la lèvre en voyant que le formulaire de candidature est toujours enregistré sur l'écran. Le bouton « envoyer » me nargue.

— Fais-le.

Theo se tient debout à côté de moi. Sa taille et sa musculature m'intimident.

J'ai mal au ventre. On y est. Une fois que j'aurai appuyé sur cette touche, mes œuvres, sous la forme de cinq images en pièces jointes, seront jugées par des gens que je ne connais pas. *Je* serai jugée par des gens que je ne connais pas. Et si je ne suis pas assez bonne ?

— Je pense que je ne suis pas prête.

— Si.

— Non, vraiment. Je suis une bonne enseignante, mais…

— Claire.

Je lui lance un regard désespéré. Je cherche de la compassion dans ses yeux sombres, mais je n'y trouve que du défi.

— Tu ne comprends pas. Tu me demandes d'envoyer mon cœur et mon âme, de m'envoyer moi-même dans la forêt sombre et froide où des loups m'attendent pour me dévorer.

— Claire.

— Peut-être même des ours. Et je suis toute nue.

— Bon sang. Écoute-moi, dit-il en s'asseyant à côté de moi sur le canapé. Tu es assez bonne. Dis-le.

— Je suis assez bonne.

Mais je n'en crois pas un mot.

— C'est ce que je veux.

— C'est ce que je veux, je répète, et c'est la vérité. Je voudrais juste que ce ne soit pas aussi effrayant.

— Je comprends très bien. Je me suis déjà senti tout nu et très effrayé moi aussi ; comme quand j'ai conduit pendant huit heures dans le blizzard pour venir te demander une deuxième chance.

Je déglutis. J'ai la gorge sèche.

— Mais je l'ai fait. Et c'était bien. Et même si tu avais refusé, au moins j'aurais essayé. Fuir aurait été la chose la plus facile à faire, mais je ne voulais pas passer le reste de ma vie à me demander : « et si ? ». Et toi non plus.

— Non, j'avoue.

Ma main plane sur la souris.

— Fais-le, ordonne-t-il. Saute dans le vide.

Je retiens mon souffle. Je compte jusqu'à trois. Et j'appuie sur le bouton.

Envoyé ! dit l'écran.

Nous verrons bien.

Theo m'enlace et me serre contre lui.

— Je suis fier de toi.

Mon cœur bat à toute allure et mon estomac fait toujours des loopings, mais je souris.

— Merci. J'avais besoin qu'on me pousse.

— Tu te sens bien ?

Je prends une profonde inspiration, reconnaissante, et je pose la tête sur son épaule.

— Oui. Vraiment.

Entre nous, ça va de mieux en mieux. La magie est de plus en plus grande. Plus nous passons de temps ensemble, plus je tombe amoureuse de lui. Je n'ai jamais ressenti ça avant, mais je suis sûre que c'est le cas. Parfois, quand je le regarde, j'ai l'impression que mon cœur va exploser. Je veux être avec lui tout le temps ; c'est à lui que je pense en premier le matin en me réveillant et en dernier avant de m'endormir. Il est tout ce que je veux.

Theo n'est pas du genre à verbaliser ses sentiments, mais tout ce qu'il fait me dit qu'il tient à moi, entre les travaux dans la cuisine, sa façon de me pousser à prendre confiance en moi et sa tolérance pour mes films guimauve. Il accepte de rencontrer mes amis et ma famille et il imprime une photo de nous qu'il fixe sur son frigo, maintenue par un magnet que ses nièces lui ont offert à Noël et qui proclame « Meilleur oncle du monde ». Je sais qu'il n'a pas grandi dans une maison comme la mienne où tout le monde exprime ses sentiments, se dit « je t'aime » et n'a pas à s'inquiéter d'être abandonné.

Je songe souvent au petit mot qu'a laissé sa mère. Pour lui, des mots comme « je t'aime » sont certainement vides de sens. Ce qu'on fait a plus d'importance que ce qu'on dit.

Il y a cependant des moments où j'aimerais qu'il me le dise. Je n'ai pas vraiment besoin d'entendre ces mots-là tels quels, mais juste… l'assurance que je ne suis pas seule à les éprouver. Que j'ai autant d'importance pour lui qu'il en a pour moi. Que nous sommes faits l'un pour l'autre. J'essaie de faire en sorte qu'il sache qu'il est à ma hauteur, malgré ses appréhensions initiales.

Mais il garde le silence sur ses sentiments et je ne demande rien.

En matière de sexe, en revanche, il est tout sauf silencieux. Il me dit des choses choquantes mais j'aime la moindre cochonnerie qui sort de sa bouche. Et il adore quand je prononce le même genre de mots ; il adore que je lui dise ce que je veux qu'il me fasse. L'alchimie entre nous est encore plus forte depuis le nouvel an et je me surprends souvent à fantasmer sur lui à des moments inappropriées : pendant des réunions à l'école, quand je fais la queue à l'épicerie ou quand j'attends au feu rouge. Les gens doivent klaxonner pour attirer mon attention. « Pardon, pardon », je marmonne en agitant la main pour m'excuser. Mais en réalité je ne suis pas désolée. C'est le meilleur coup que j'aie jamais eu, le plus pervers, le plus audacieux et le plus intense.

Je me sens différente. Et j'aime ça.

Lorsque arrive le jour du mariage de Margot, il y a six semaines que nous sortons ensemble et nous avons passé pour ainsi dire toutes les nuits chez moi. Il est là quand je reçois un mail m'annonçant que ma candidature pour la Foire de juillet est retenue et il ne me taquine même pas quand je me mets à pleurer de joie et de soulagement. Il se contente de me prendre dans ses bras et de répéter qu'il est fier de moi et que ce n'est que le début.

Et je le crois.

# Chapitre 30

## Theo

Elle est belle en toutes circonstances.

Particulièrement le matin quand elle se réveille. Je ne sais pas si c'est parce que le sommeil efface ma mémoire ou si c'est parce qu'elle est juste adorable, mais chaque fois que je la trouve à mes côtés en ouvrant les yeux, je suis de nouveau émerveillé.

Peut-être que ce qui me stupéfie le plus, c'est de voir qu'elle est toujours là.

En toute honnêteté, je suis halluciné d'être toujours là, moi aussi. J'attends que le sentiment d'impatience fasse son apparition, cette agitation que je ressens jusque dans mes os et qui signifie que je me sens prisonnier et qu'il est temps de faire mes bagages et de partir, ou du moins de changer de routine. Mais ça n'arrive pas. Pour la première fois de ma vie, je trouve la routine réconfortante. Elle n'est pas monotone, elle est facile. Ce n'est pas une cage, c'est le paradis.

Aaron et moi faisons de la publicité pour notre boîte, la *Two Brothers Carpentry*, en proposant une réduction pour les nouveaux clients. Nous recevons quelques coups de fil, peu nombreux mais réguliers, et Zack se montre très accommodant avec mon emploi du temps. Il embauche même Aaron.

Je survis aux rencontres avec les amis et la famille de Claire, j'y prends même plaisir. La mère de Claire est légèrement autoritaire sur les bords, mais elle est bienveillante et curieuse. C'est d'elle que Claire tient sa beauté. Son père, comme promis, est facile à vivre et aimable, et notre conversation sur le football américain se révèle très agréable. Je n'ai aucun mal à prétendre être né dans le Connecticut (je serais plus que ravi d'oublier ma vie à Kansas City), et même si je n'ai pas fréquenté la faculté de l'Ohio (Claire a assumé l'erreur en disant qu'elle s'est trompée), je suis capable de discuter des équipes de foot universitaire avec lui. J'ai un peu flippé quand il m'a demandé si j'étais diplômé, mais il n'a eu l'air ni choqué ni désapprobateur quand j'ai dit que j'avais abandonné la fac. Cela me perturbe manifestement plus qu'eux.

Je me suis bien amusé avec ses copines. Ça m'a fait plaisir d'entendre des histoires sur Claire quand elle était une lycéenne timide et maladroite qui portait un appareil dentaire, et leur façon de se taquiner mutuellement prouve à quel point elles se connaissent bien. J'ai eu le sentiment de passer un examen, et j'ai donc fait de mon mieux pour être le genre d'homme qu'elles choisiraient pour Claire tout en restant moi-même. Si je me sentais moins sûr de moi que je l'aurais souhaité, j'espère que ça ne s'est pas vu.

Aaron et Josie l'ont trouvée géniale et mes nièces n'arrêtent pas de me demander si c'est ma petite amie.

— Je pense que oui, ai-je répondu un jour où j'étais tout seul avec elles. Ça vous plaît ?

— Oui, a répondu Ava. Est-ce qu'il faut qu'on l'appelle tante Claire ?

— Pas tout de suite, est intervenue Josie en venant à mon secours. Il faut laisser un peu de temps à oncle Theo de la connaître un peu mieux avant de l'appeler comme ça.

Mais elle m'a fait un clin d'œil. Et un peu plus tard, mon frère a dit :

— Cette femme est géniale. Ne bousille pas tout.

Je fais de mon mieux. Mais c'est un nouveau monde pour moi et je ne suis toujours pas certain d'y avoir ma place.

La plupart du temps, la magie entre nous est suffisante pour faire taire les murmures dans ma tête, ceux qui disent des choses du genre : « Ne te leurre pas, abruti. Ce n'est pas toi qu'elle veut et elle va bien finir par s'en rendre compte. » Une fois que j'ai eu rencontré ses amis, la voix dans ma tête s'est mise à ajouter des choses du genre : « Tu ne seras jamais capable de lui donner ce qu'un mec friqué dans le genre de Quinn peut donner à Jaime. Jack, lui, possède des centaines d'hectares de terrain, une maison et six chevaux. Et toi ? »

Voyons voir. Un 4x4 qui a déjà six ans ? Des outils ? Un magnet « Meilleur oncle du monde » ?

La liste est tellement dérisoire que c'en est gênant.

Mais je fais de mon mieux pour ignorer ces voix et enterrer l'inquiétude qu'elles font naître, parce qu'avec Claire je me sens mieux qu'avec quiconque. À ses côtés, je n'ai pas besoin d'être quelqu'un d'autre. Elle se fiche de ce que je ne suis pas. Elle se moque de qui j'ai été par le passé. Elle est heureuse avec moi. C'est un truc de malade. Je la rends heureuse. Moi.

Je commence à penser que j'ai fini par dompter mes démons, enfin brisé la malédiction des MacLeod et atteint un moment et un endroit dans ma vie que je ne voudrais plus jamais quitter.

# Chapitre 31

## *Claire*

Margot est la mariée la plus calme que j'aie jamais vue de ma vie.

La plus belle, aussi.

— Combien de minutes ? demande-t-elle, debout face au miroir à trois pans qui se dresse dans la pièce réservée à la mariée dans l'église.

Elle est l'incarnation même de l'élégance dans une robe au décolleté en forme de cœur qui dégage ses épaules avec des manches trois quarts. Ses longs cheveux blonds sont ramenés en chignon strict sur le bas de sa nuque. Un voile très long y est fixé et les diamants qu'elle porte aux oreilles brillent dans la lumière. Jaime et moi, ses seules demoiselles d'honneur, portons de longues robes bustier bleu marine moulantes qui s'évasent au niveau des genoux, des boucles d'oreilles en diamant (un cadeau de la part de Margot) et un bouquet de roses blanches.

— Cinq, répond l'organisatrice depuis le seuil. Les grands-parents sont en train de s'installer.

— Bien. Merci. (Elle contemple son reflet, rayonnante, ses deux rangées de dents blanches parfaites étincelantes.) Je suis prête.

Je croise son regard dans le miroir.

— Tu es magnifique, Margot. Je devrais arrêter de te regarder parce que je n'arrête pas de pleurer, mais je suis incapable de détourner les yeux.

Elle éclate de rire.

— Je t'interdis de pleurer. C'est moi la mariée. Si je ne pleure pas, toi non plus. (Elle se retourne pour me regarder.) Mais tu as bien le mouchoir que je t'ai donné au cas où, pas vrai ?

Je hoche la tête et je lui montre où je l'ai dissimulé dans la paume de ma main, caché par le bouquet. C'est l'un des cadeaux qu'elle nous a faits à Jaime et moi, des mouchoirs blancs en dentelle avec notre monogramme.

— Il est là.

— Même moi il se peut que je pleure, admet Jaime. Je me suis retenue jusqu'à présent, mais j'ai bien peur de me laisser aller pendant la cérémonie.

— Pas de larmes, insiste Margot.

— Pas de promesses, réplique Jaime. Bon sang, Margot. Je n'arrive pas à croire que nous y sommes.

— Moi non plus. (Elle secoue lentement la tête, les yeux fermés.) OK, il se peut que je me sois un peu avancée sur cette histoire de larmes.

Elle inspire et expire lentement pour se calmer.

— Ça va ? je demande, compatissante.

— Oui. C'est l'émotion. Je ne pensais pas qu'on en arriverait là. (Elle prend nos mains dans les siennes.) Je vous aime, les filles. Vous êtes les meilleures amies du monde. Merci pour tout ce que vous avez fait et pour avoir toujours été là pour moi.

— Oh merde, gémit Jaime en cillant frénétiquement. Et voilà. Mon mascara est foutu.

Margot sourit.

— Je suis désolée. J'ai presque fini les niaiseries. Je voulais juste prendre le temps de vous dire à quel point je suis heureuse de partager ce jour avec vous.

— On t'aime, réponds-je en lui serrant la main. Et je ne serais pas plus heureuse si c'était moi la mariée.

— Moi non plus, affirme Jaime en reniflant et en tentant de se ressaisir. Jack et toi êtes faits l'un pour l'autre. Je suis tellement heureuse pour vous.

— Bien, Mesdames. C'est à vous.

L'organisatrice et son assistante aident Margot avec sa longue traîne, et Jaime et moi ouvrons la marche. Nous quittons la pièce, descendons l'escalier et nous faufilons à l'arrière de l'église bondée. La plupart des invités sont du côté de Margot mais Jack n'est pas en reste. L'orgue résonne dans la splendide cathédrale et les bancs et l'autel sont recouverts de fleurs.

Margot reste cachée en bas de l'escalier. Muffy s'approche d'elle et lui envoie un baiser de loin avant de nous adresser un sourire. Je suis épatée par son calme. Dans la même situation, ma mère serait hystérique, mais je suppose que c'est d'elle que Margot a hérité son fameux sang-froid. Le sénateur Lewiston fait son apparition et embrasse sa fille avant de lui offrir son bras.

L'organisatrice aligne tout le monde. La mère de Jack s'avancera en premier, escortée par un ami de la famille ; puis la mère de Margot au bras de son fils, Buck. Une fois qu'ils sont installés, Jack et ses deux frères font leur apparition près de l'autel et Jaime et moi leur serrons brièvement la main. Ils sont tous beaux, mais Jack est splendide dans son costume noir sur mesure. Il est à la hauteur de Margot.

Je suis la suivante à m'avancer.

Quand on me fait signe, je prends une profonde inspiration et je remonte lentement l'allée en souriant aux gens que je reconnais tout en essayant de ne pas pleurer. J'aperçois Theo, assis avec mes parents, et mon sourire s'élargit. Il est magnifique dans son costume et sa cravate, les mêmes que ceux qu'il portait au mariage d'Elyse. Il ne les avait pas ressortis depuis et je manque de me mettre à rire en songeant à la façon dont il avait éparpillé ses vêtements dans mon salon le premier soir.

Nous avons fait beaucoup de chemin depuis.

Quand j'atteins l'autel, je croise le regard de Jack et je lui souris. Il a l'air nerveux, beaucoup plus que Margot.

Jaime me rejoint et nous nous tenons par la main en regardant la nièce de Jack lancer des pétales de fleurs, suivie par son adorable neveu aux cheveux bouclés, qui porte les alliances.

Lorsque Jack voit les enfants, il s'illumine, mais ce n'est rien comparé à la façon dont son visage change quand Margot fait son apparition au bout de l'allée, au bras de son père.

Il est transfiguré. Quand leurs regards se croisent, même le calme de Margot semble se fissurer et sa lèvre inférieure tremble. Jaime et moi sommes submergées par l'émotion et nous essayons frénétiquement de sauver notre mascara en nous tamponnant les yeux avec nos mouchoirs.

Nous parvenons à ne renifler qu'une fois ou deux pendant qu'ils échangent leurs vœux, mais nous nous remettons à pleurer quand le prêtre demande à tout le monde de se lever et nous présente « Monsieur et Madame Jack Valentini ».

C'est réel, je songe pendant que toute l'assemblée applaudit à tout rompre. L'amour existe vraiment et il est assez puissant pour venir à bout de tout. Je croise le regard de Theo une dernière fois en remontant l'allée au bras de Brad, le frère de Jack. Il m'adresse un clin d'œil et un sourire tout en applaudissant, et mon cœur menace d'exploser.

Je l'aime, je pense en me remettant à pleurer. Je l'aime et je vais le lui dire. Pourquoi me retenir ? De quoi ai-je peur ? En embrassant Margot et Jack devant l'église, j'en suis certaine. L'amour est une chose merveilleuse et aujourd'hui, on le célèbre. Ça m'est égal s'il ne me répond pas. Je l'aime et je veux qu'il le sache.

Ce soir.

# Chapitre 32

## Theo

— Est-ce que ça va ? me demande Claire, un peu inquiète.

Elle a été très occupée toute la journée et une partie de la soirée par ses devoirs de demoiselle d'honneur, mais je parviens finalement à l'avoir pour moi tout seul sur la piste de danse, blottie dans mes bras pendant que nous dansons au rythme d'un vieux tube.

— Très bien, promets-je. Ton père et moi avons discuté du Super Bowl.

— Encore ? fait-elle en plissant le nez.

— Oui. Pour les amateurs de football américain, c'est l'événement de l'année. Mais je suis beaucoup plus heureux de bavarder avec toi.

Elle m'adresse un sourire radieux, des étoiles plein les yeux.

— Moi aussi.

Je ne suis pas vraiment du genre à me donner en spectacle en public, mais je ne peux résister à la tentation de l'embrasser rapidement.

— J'adore quand tu portes du rouge à lèvres rouge. Ça me rappelle notre première nuit.

Son sourire s'élargit.

— Oh oui. J'ai l'impression que c'était il y a une éternité, pas toi ? J'y ai songé en te voyant porter ce costume, on a fait beaucoup de chemin.

— C'est vrai, j'acquiesce.

Je voulais être avec elle tout en étant persuadé que je ne le pouvais pas : ce souvenir est encore vif dans ma mémoire.

— Est-ce que tu es heureux ?

— Bien sûr.

— Tant mieux. Parce que moi aussi. (Elle rosit, et son souffle se fait un peu plus court.) Je n'ai jamais été aussi heureuse. Je n'ai jamais ressenti ça pour personne.

Elle est magnifique. J'ai tellement de chance. Je l'attire encore plus étroitement contre moi et je pose mes lèvres sur sa tempe.

— Je suis amoureuse de toi, dit-elle doucement. Je sais que ça ne fait pas longtemps que nous sommes ensemble, et peut-être que c'est complètement dingue, mais c'est ce que je ressens.

Je me fige et elle recule un peu pour me regarder.

— Est-ce que ça va ? Est-ce que c'est trop tôt pour te dire ça ?

— Non, parviens-je à articuler.

Je suis comme le lapin pris dans les phares d'une voiture : complètement paralysé. Mais je n'ai pas peur. Je ne sais pas ce que je ressens. Un sentiment étrange.

— Qu'est-ce qu'il y a, alors ?

— C'est la première fois que quelqu'un me dit ça de toute ma vie. (Je ne sais pas si je m'en étais rendu compte avant.) Je me sens un peu… déstabilisé.

— Mais tu n'es pas contrarié ?

Elle est inquiète, comme si son amour pouvait m'offenser.

— Non. Non, je répète, et mes pieds se souviennent soudain qu'ils doivent bouger. (J'embrasse ses lèvres tremblantes.) Je te jure que je ne suis pas contrarié. Un peu surpris, c'est tout.

— Ouf. OK, parvient-elle à articuler en se blottissant contre moi, la tête sur mon épaule. Je voulais juste que tu saches ce que je ressens, c'est tout.

Nous restons sur la piste de danse pour la chanson suivante, mais je n'écoute pas la musique. Je ne sais même pas comment je parviens à garder le rythme. J'ai l'impression d'être deux personnes à la fois, une qui adore entendre ces mots et qui voudrait qu'elle les répète de nouveau, et l'autre qui essaie de ne pas paniquer aux attentes qui me dépassent largement que suscitent ces fameux mots.

D'une certaine façon, c'est comme si je goûtais quelque chose de nouveau, quelque chose de totalement inconnu qui se révèle délicieux. On prend une bouchée, on laisse le goût et la texture rouler sur sa langue, on mâche, on avale et notre corps envoie un message à notre cerveau : *on aime ça ! On en veut plus !* Mais le cerveau peut se montrer prudent : *on se calme, on ne sait même pas encore ce que c'est, ça pourrait être empoisonné.*

Mon corps est heureux, envahi par la chaleur. Mon cœur bat à toute allure et je me sens même un peu à bout de souffle. J'aime ce sentiment. J'aime qu'elle m'aime. *Dis-le-moi encore, Claire. Je veux encore entendre ces mots.*

Mais une partie entêtée de mon cerveau est incapable de lâcher prise pour en profiter. Cette partie a du mal à croire que ce soit vrai. Et elle refuse de prononcer ces mots en retour.

Pourquoi ? Est-ce que je ne l'aime pas ? Est-ce qu'elle ne me rend pas plus heureux que quiconque ? Est-ce que l'idée de la perdre ne me remplit pas de terreur ?

Les questions commencent à se frayer un chemin dans mon cerveau et je fais de mon mieux pour les tenir à distance et rester concentré sur l'instant présent, sur les sensations physiques ; ma main dans son dos, son parfum, son souffle dans mon cou.

Mais cette concentration a des conséquences et je commence à bander. Oui, je songe. Le sexe, c'est quelque chose que je comprends. Quelque chose que je sais faire. Que je peux lui offrir. Mon corps peut réussir là où mes mots échouent.

Je lui parle tout bas à l'oreille :

—Je meurs d'envie de te lécher. Est-ce que tu penses que ça se verrait si je mettais ma tête sous ta robe ?

Elle éclate de rire.

— Ma robe est longue, mais oui, ça se verrait.

— Où est-ce qu'on peut se retrouver seuls tous les deux pour que je puisse enfouir mon visage entre tes cuisses ?

— Mmm, voilà qui est tentant.

— Tu me fais bander.

Elle pousse un petit cri de surprise.

— Vraiment ?

— Bien sûr. Je ne peux pas penser à lécher ton sexe sans avoir une érection.

— Oh mon Dieu.

— C'est ça que je veux entendre, encore et encore. Je me demande combien de fois je peux te faire jouir ce soir. Est-ce que trois, c'est réaliste ? J'aime viser haut… on va dire quatre.

— Theo.

Elle arrête de danser.

— Oui ?

— Je veux rentrer.

Nous n'attendons même pas la fin de la chanson, nous attrapons nos manteaux, disons au revoir et nous précipitons vers la porte.

* * *

Je n'ai pas la patience d'attendre que nous soyons rentrés.

— Remonte ta robe, j'ordonne, sans quitter la route des yeux, ma main sur sa jambe.

Elle hésite, jette un coup d'œil par la vitre en direction des autres voitures. Puis elle obéit.

— C'est bien, dis-je en faisant remonter ma main à l'intérieur de sa cuisse. Maintenant, écarte les jambes pour moi.

Moins de cinq minutes plus tard, elle se tortille sur son siège, une main sur la vitre, l'autre sur le plafond de l'habitacle. Je garde les yeux sur la route et j'essaie de ne pas jouir dans mon boxer.

— Un, dis-je quand elle se tait.

Puis je porte mes doigts à ma bouche et j'accélère.

Je la fais jouir une deuxième fois dans l'escalier qui mène à sa chambre. Sa robe autour de sa taille, ses jambes sur mes épaules et sa chatte qui se contracte autour de mes doigts tandis que son clitoris pulse sous ma langue.

— Deux, dis-je en défaisant mon nœud de cravate.

Puis je déboutonne mon pantalon et je livre le numéro trois avant qu'elle puisse reprendre son souffle.

Je nous permets de faire une pause avant le numéro quatre, juste assez longtemps pour me déshabiller et nous préparer à nous coucher. Pendant qu'elle est encore dans la salle de bain, je me couche, adossé à la tête de lit, et je prends ma queue en main. Je la regarde monter l'escalier, cheveux détachés, démaquillée, ne portant rien qu'un T-shirt qu'elle ôte tout de suite et balance en se dirigeant vers moi.

— J'adore quand tu te caresses devant moi, dit-elle en avançant à quatre pattes sur le lit, féline et séduisante, ses cheveux effleurant mes jambes. Ça m'excite terriblement. Est-ce que je peux regarder ?

— Pas ce soir. (Elle me chevauche.) Ce soir, je veux te pénétrer.

Elle pose les mains sur mes épaules et se place de manière à me prendre profondément.

— Oui, murmure-t-elle, les yeux fermés, la tête renversée en arrière.

Dix minutes plus tard, j'ai tellement envie de jouir que ça me rend presque dingue, mais je n'ai atteint que les trois quarts de mon but. Je ne peux pas m'arrêter maintenant. Je la renverse sur le dos et je glisse les mains sous ses fesses pour changer d'angle.

— Oh la la, halète-t-elle contre mon épaule. Je ne peux pas, je ne peux pas.

— Bien sûr que si. (Je sais que pour atteindre mon objectif il faut que je la maintienne excitée et que je ne lâche rien.) Tu vas jouir.

Je lutte pour ne pas basculer moi-même dans le plaisir, je ne pense qu'à elle, je la baise profondément. Je veux qu'elle sache ce que je ressens, à quel point je la chéris, et à quel point rien dans ma vie n'a jamais été aussi bon.

*Je l'aime.*

— Merde, dis-je en sentant le contrôle m'échapper. C'est trop bon, je ne peux pas m'arrêter.

*Je l'aime.*

— Bon sang, je vais jouir une quatrième fois, dit-elle frénétiquement, comme si ça l'effrayait.

Elle enfonce ses ongles dans mes fesses et ses dents dans mon épaule.

*Je l'aime.*

Des éclairs argentés explosent dans mes yeux et toute la tension contenue dans mon corps se décharge en éclairs blancs et chauds tandis que je me déverse en elle et que je la sens se contracter dans une extase simultanée. C'est la chose la plus incroyable que j'aie jamais ressentie ; et ce n'est pas juste parce que je viens de lui donner quatre orgasmes, ni parce que j'ai joui en elle sans préservatif, ni à cause du langage que nos corps ont appris.

C'est de l'acceptation. De la confiance. De l'amour.

Je le sens.

Mais je ne peux toujours pas le dire.

* * *

Durant les jours qui suivent, Claire me dit qu'elle m'aime au moins une fois par jour, en général le soir quand elle s'endort. Chaque fois, mon cœur se met à battre un peu plus vite, mon souffle se fait court, je ressens une poussée d'adrénaline. Je la serre toujours un peu plus fort contre moi après, mais même si je veux lui répondre, les mots refusent de parcourir le chemin entre mon cœur et mes lèvres.

Ça m'ennuie. Pourquoi suis-je incapable de lui dire ce que je ressens ? Je sais que cela la remplirait de joie, je sais que c'est la vérité et que je devrais le faire. Je lui ai promis de m'ouvrir à elle. Quand les gens s'aiment, ils arrivent à s'avouer leurs sentiments les plus profonds.

Mais j'en suis incapable.

Je commence à penser que ma tête sait quelque chose que mon cœur ignore. Je me dis que, peut-être, j'accorde trop d'importance à mon cœur et qu'il faut que je prenne du recul. Les mêmes mots qui m'ont fait tant de bien le soir du mariage me remplissent de doute cinq jours plus tard. Les questions me taraudent.

Qu'est-ce que ça veut dire aimer quelqu'un ? Quel genre de pouvoir est-ce que ça donne à celui qui le dit ? De quelle manière l'amour que l'on ressent pour quelqu'un peut te hanter ? De quelle manière celui que l'on aime peut te blesser ? Avouer son amour, n'est-ce pas une manière de dire à l'autre « j'ai besoin de toi » ? « Je ne veux pas te perdre » ? « Je te donne le pouvoir de me blesser » ? Est-ce que ça ne veut pas dire qu'on baisse les armes et qu'on permet à l'autre de s'en servir contre soi-même ?

Je commence à me le demander.

# Chapitre 33

## *Claire*

Le mercredi qui suit le mariage de Margot, je retrouve Jaime pour notre soirée hebdomadaire. Je ne l'ai pas revue depuis le mariage, et nous passons donc la première demi-heure à regarder des photos sur nos téléphones et à parler de Margot qui était magnifique, de la cérémonie qui s'est déroulée à la perfection et du bonheur que nous ressentons pour elle.

— Tu as disparu très vite après le gâteau, constate Jaime en haussant les sourcils et en s'emparant de son verre.

— J'ai dit au revoir.

— Oui, mais tu étais déjà près de la porte, fait-elle avec un sourire entendu. Comment s'est passé le reste de ta nuit ?

— Bien.

J'ai le souffle un peu court en songeant à cette nuit ; le retour à la maison, l'escalier, ma chambre.

Et ce que j'ai dit.

Il ne m'a pas répondu mais ça m'est égal. Je comprends qu'il lui faudra certainement du temps pour parvenir à prononcer ces mots, surtout puisque je suis la première à les lui dire. Je sais que je dois me montrer patiente. Mais j'ai l'impression que quelque chose cloche avec lui depuis cette nuit. Je suis incapable de mettre le doigt dessus, il est un petit peu distant. Peut-être que Jaime pourrait me donner un conseil.

— J'ai dit à Theo que j'étais amoureuse de lui, ce soir-là.

Elle me dévisage, stupéfaite.

— Tu as fait ça ?

J'acquiesce, concentrée sur mon verre de vin.

— Mais je me demande si je n'ai pas fait une bêtise.

— Pourquoi ? Il ne t'a pas dit qu'il t'aimait aussi ?

— Non. Mais ce n'est pas ça le problème. Je savais qu'il ne serait peut-être pas prêt à me le dire. Je m'étais préparée.

— Il n'a rien répondu du tout ?

— Si. Il m'a dit que j'étais la première personne à lui dire ça de toute sa vie.

— Waouh. C'est dur. Comment est-ce même possible ?

Je soupire.

— Je ne connais pas toute sa vie, mais il a eu une enfance très difficile. Sa mère s'est barrée quand il avait un an. Son père le battait. Il a fini par foutre le camp lui aussi quand Theo avait huit ans.

— Merde. Ça en fait des casseroles. Il a l'air pourtant bien dans sa peau.

— C'est un bon acteur, dis-je tristement. Je pense que pour lui l'attachement émotionnel c'est compliqué.

— Pas étonnant, fait-elle en secouant la tête. Le pauvre.

— Je comprends donc que dire « je t'aime » ne lui vient pas naturellement.

— Je pense même que l'amour ne lui vient pas naturellement, affirme Jaime. Il se peut même qu'il ne reconnaisse pas ce sentiment quand il l'éprouve. Mais, Claire, il est visiblement fou de toi.

J'esquisse un faible sourire.

— Tu le penses ?

— Oui. C'est évident. Tu devrais voir de quelle façon il te regarde.

Elle imite un regard énamouré de personnage de dessin animé et soupire bruyamment, le menton dans sa main.

J'éclate de rire.

— Il ne ressemble pas à ça.

— Oh que si. Ne te fais pas de souci s'il ne le verbalise pas, dit-elle en haussant les épaules. Beaucoup de gens en sont incapables.

Je joue avec le pied de mon verre de vin.

— Mais cette semaine, il s'est montré moins enjoué que d'habitude. Un peu distant. Je trouve ça bizarre.

— Je parie que tu penses que c'est à cause de ce que tu as dit. Tu as peur que vous ne soyez pas sur la même longueur d'onde, et du coup, tu cherches des indices qui confirment tes craintes…

— Tu crois ?

Je me mords la lèvre. Elle a peut-être raison.

— Oui. Est-ce que vous faites toujours l'amour ?

— Oui.

— Il dort chez toi toutes les nuits ?

— Oui.

— Alors tu n'as aucun souci à te faire, affirme-t-elle avec assurance en buvant son Martini. Laisse-lui du temps.

Je pousse un petit soupir et me redresse.

— Tu as raison. Je suis idiote, je cherche la petite bête alors qu'il n'y a rien du tout. Tout va bien entre nous.

* * *

Sauf que le lendemain soir c'est la Saint-Valentin et qu'il ne reste pas dormir.

— Où vas-tu ? je demande en le voyant quitter le lit et commencer à s'habiller.

On est sortis dîner avant de rentrer chez moi.

— On me livre des meubles demain matin très tôt.

Il ne me regarde même pas.

— Tu as acheté de nouveaux meubles ?

— Juste un canapé. L'ancien était en très mauvais état.

Je hoche la tête en remontant la couverture sur ma poitrine. C'est une toute petite chose et c'est peut-être idiot, mais je suis blessée qu'il ne m'ait pas dit qu'il avait acquis ce canapé.

— Oh.

Il s'assied sur le lit pour lacer ses bottes sans rien dire.

— J'aurais bien aimé que tu restes, dis-je en lui caressant le dos. C'est la Saint-Valentin.

— Désolé, répond-il sèchement.

J'ôte ma main et je me mords la lèvre.

— On se voit demain ?

— Oui. (Il se lève et m'embrasse rapidement.) Bonne nuit.

Il disparaît avant même que je puisse lui dire que je l'aime.

C'était peut-être exactement son intention.

# Chapitre 34

## Theo

Je suis un vrai connard.

J'ai fait des choses dégueulasses dans ma vie mais je ne me suis jamais senti aussi mal qu'en laissant Claire toute seule dans son lit le soir de la Saint-Valentin, perplexe et blessée, nue sous les couvertures parce que je venais juste de la baiser.

*Dans tous les sens du terme.*

Je ferme la porte derrière moi en grimaçant et je me précipite vers ma voiture dans la nuit. La neige a fondu mais le vent est toujours mordant. Je pense à elle, tiède et douce, et j'ai envie de donner un coup de poing dans la vitre.

Mais je dois partir, je dois me barrer.

Une fois dans ma bagnole, j'égraine un chapelet d'injures à mon encontre, mais ça n'arrange pas mon humeur. Je démarre à toute allure, les pneus crissant sur le sol.

— Putain de bordel de merde ! je hurle.

Je suis furieux contre moi. Et contre Claire. Même si c'est irrationnel, je lui en veux de m'avoir dit qu'elle était amoureuse de moi. Je lui en veux même peut-être de m'aimer.

Et de l'aimer.

Parce que je l'aime. Je l'aime tellement que je n'y vois plus clair. J'ai besoin d'elle. Et ça me rend impuissant.

Elle ne comprend pas ce qu'elle me fait ! Je suis terrifié à l'idée que d'une minute à l'autre elle reprenne ses esprits et découvre que ce que je lui ai dit est vrai : je ne suis pas fait pour elle. Je ne serai jamais l'homme qu'elle mérite. Quand est-ce que j'ai été autre chose qu'une déception pour tout le monde ?

J'ai l'impression d'être dans un ascenseur dont les câbles sont sur le point de se rompre ; je me précipite vers un crash inévitable qui aura lieu quand elle découvrira la vérité. Il faut donc que je me barre.

Pourquoi est-ce que je me suis permis de l'aimer ? D'avoir besoin d'elle ? Pourquoi ai-je songé même une seule seconde que j'étais capable de faire ça : de survivre à sa perte ?

Parce que je sais au plus profond de moi que, quoi qu'on dise, quoi qu'on fasse, quoi que l'on tente, l'amour ne suffit pas à retenir les gens.

Je comprends qu'un jour ce sera fini et qu'elle partira et ça me transperce le cœur. Il s'arrête de battre.

Ma gorge se serre. Je ne peux plus respirer. Je ne peux plus respirer. Je ne peux plus respirer.

Je m'arrête sur le bord de la route, je coupe le moteur et j'essaie de me maîtriser tout en bataillant pour parvenir à respirer de nouveau. *Tu n'es pas un enfant. Tu es un homme. Tu peux te dominer. Tu as le contrôle. Tu peux te tirer du danger. Tu peux partir en premier.*

Quand ma respiration redevient normale et que je sens mon cœur battre de nouveau dans ma poitrine, j'ai pris ma décision.

C'était une erreur de la laisser abattre mes murailles. Elle va souffrir, mais à long terme, je lui rends service. Plus vite elle comprendra qu'on ne gagne jamais en amour, mieux ce sera. Peut-être que c'est plutôt avec moi qu'on ne gagne jamais en amour. Elle aura une meilleure chance de bonheur avec quelqu'un d'autre. Quelqu'un qui croit dans une vie de conte de fées avec la balancelle sur la véranda, les vélos et le stand de citronnade. Quelqu'un qui peut lui donner tout ça. Le partager avec elle. Quelqu'un capable de l'aimer sans la décevoir.

Mais ce n'est pas moi.

Ça n'a jamais été moi.

* * *

Cette nuit-là, je suis incapable de dormir. Je reste étendu, éveillé, réfléchissant à la meilleure manière de la quitter. Quoi que je fasse, elle sera furieuse. Elle m'insultera. Elle dira que je lui ai menti. Elle m'accusera de briser toutes mes promesses.

Je peux encaisser. Je le mérite.

Ce que je sais, c'est que je ne supporterai pas de la voir pleurer. De l'entendre me supplier de rester. Je ne supporterai pas sa tendresse et sa vulnérabilité. Si elle s'effondre, ça me tuera. Pourquoi m'obliger à voir tout ça ? Pourquoi rendre les choses plus difficiles qu'elles ne le seront déjà ? Mais je ne peux pas la quitter sans rien lui dire. Je lui dois bien une raison, au moins.

Un SMS est trop insultant, même de ma part. Mais une lettre, c'est jouable. Je vais lui écrire une lettre et la laisser chez elle ; j'ai une clef. Si je la rédige ce soir, je peux la déposer demain quand elle sera à l'école. Elle la trouvera dans l'après-midi en rentrant.

Je me lève, me dirige vers la cuisine où j'attrape un carnet et un crayon. Je m'assieds devant le plan de travail et je contemple la page blanche devant moi. Ça va l'anéantir. *Elle ne mérite pas ça. Tout est ta faute.*

— Va te faire foutre, je gronde à ma propre attention.

Puis je pose le stylo sur le papier.

**Chère Claire,**

**Je suis désolé. Je pensais que je pourrais faire ça, mais je ne peux pas être ce que tu veux. Tu seras mieux sans moi.**

**Theo.**

Mon estomac brûle. J'enfouis le visage dans mes mains, et je reste là, à l'agonie, pendant quelques secondes supplémentaires, incapable de regarder la lettre devant moi. Pour la première fois depuis des années, j'ai envie de boire. J'ai envie d'anesthésier la douleur que fait naître ce face à face avec moi-même.

*Loser. Menteur. Lâche.*

Je suis tout ça. Je suis tout ça et pire encore.

Mais au moins, personne n'aura le pouvoir de me faire souffrir une nouvelle fois.

J'arrache la page du carnet, je la plie en trois et je la glisse dans une enveloppe. Puis je la laisse sur le plan de travail et je vais me recoucher.

J'essaie de ne pas penser à elle. J'allume la télévision. J'ouvre un livre. J'enfouis la tête entre mes oreillers comme si ça pouvait m'empêcher de penser. Mais rien n'opère. Je reste éveillé toute la nuit en imaginant son expression quand elle lira la lettre. Ça me rend malade.

Mais au moins je ne le verrai pas.

# Chapitre 35

## *Claire*

Les heures passent lentement. Je ne parviens pas à dormir et j'ai une migraine persistante. À une heure du matin, je descends prendre deux cachets d'ibuprofène. À deux heures, je bois un autre verre d'eau. À trois heures, j'abandonne l'idée de dormir et je prends mon téléphone : j'ai envie d'envoyer un texto à Theo et de lui demander si tout va bien. Je n'arrête pas de penser à lui. Quelque chose ne va pas, je le sais. Ce soir, même le sexe m'a paru moins intime. Il se replie sur lui-même. Est-ce que je ne l'intéresse déjà plus ? Est-ce qu'il est contrarié ? J'ai peut-être fait une erreur en lui avouant mes sentiments. Je pensais que ça lui ferait du bien, mais peut-être que ça a fait peser trop de pression sur ses épaules. Peut-être que c'était trop et trop tôt.

Je soupire, je repose mon téléphone. Lui envoyer un SMS à trois heures du matin n'est pas une bonne idée s'il se sent sous pression. Il faudra juste que nous ayons une conversation honnête afin que je puisse lui dire de ne pas s'inquiéter : je n'attends rien de différent ni de plus que ce que nous avons déjà. Je voulais juste partager mes sentiments, qu'il sache qu'il me rend très heureuse.

Je savais que sortir avec Theo ne serait pas de tout repos. Il transporte son lot de souffrance, qu'il refuse d'affronter. Faire confiance aux autres est si compliqué pour lui. Peut-être que je peux essayer de lui parler de ça de nouveau. Le pousser à en dévoiler davantage sur son passé et à s'interroger sur ce que signifie l'amour pour lui. Pourquoi ça l'effraie. Ce que je peux faire pour l'aider.

Je m'empare de nouveau de mon téléphone et j'appelle la ligne des profs remplaçants du district en demandant qu'on me remplace demain. Ça fait des mois que je n'ai pas pris une journée de congé et je sais que je ne serai pas en état de me lever pour aller travailler dans trois heures. Je n'ai toujours pas fermé l'œil et la migraine me vrille les tempes. Après avoir fait la demande, je raccroche et je descends pour reprendre des cachets. Et je me recouche, l'oreiller de Théo dans les bras, le nez dans son odeur.

Ça m'apaise et je m'endors en sachant que demain tout ira mieux. Je vais mettre de l'ordre dans tout ça.

* * *

Je suis réveillée par un bruit.

Je lève la tête. Est-ce que j'ai rêvé ? Je dormais tellement profondément que mon esprit est embrumé.

Un instant plus tard, j'entends des pas en bas. Mon sang ne fait qu'un tour. Qui est là ? Je saute du lit et j'enfile un peignoir sur le T-shirt dans lequel j'ai dormi. Le téléphone à la main, au cas où je devrais appeler la police, je descends l'escalier sur la pointe des pieds.

La porte d'entrée est ouverte, et j'aperçois la voiture de Theo dans l'allée. Ouf, je suis soulagée. Je traverse le salon en souriant juste au moment où il sort de la salle à manger.

— Eh, j'ai failli appeler la police. Tu m'as fait peur. (Mais c'est Theo qui a l'air effrayé. Non, plutôt terrifié. Il est blanc comme un linge.) Est-ce que tout va bien ?

J'ai l'impression qu'il essaie d'avaler une balle de tennis.

— Je… je pensais que tu ne serais pas là.

— J'ai pris ma journée, dis-je en souriant. Je n'ai pas bien dormi cette nuit. Prenons un café et discutons.

Je me dirige vers la cuisine.

— Je dois y aller, dit-il tout à trac.

— Juste une tasse, je supplie. Donne-moi cinq minutes, je voudrais… qu'est-ce que c'est que ça ?

Sur la table de ma cuisine est posée une enveloppe sur laquelle mon prénom est écrit de l'écriture nette et précise de Theo. Mon cœur se met à battre à tout rompre, et pas d'une manière agréable. Je l'attrape et je me précipite de nouveau dans le salon. Theo est presque à la porte.

— Eh ! Attends !

Il se fige, le dos tourné.

— Lis-la après mon départ. S'il te plaît.

— Non.

Mes mains tremblent. Tout mon corps tremble, tandis que je déchire l'enveloppe et déplie le feuillet.

Non. Oh non, bordel, il n'a pas osé.

Mais si. Les mots sont sur la page.

**Chère Claire,**

**Je suis désolé. Je pensais que je pourrais faire ça, mais je ne peux pas être ce que tu veux. Tu seras mieux sans moi.**

**Theo.**

— Qu'est-ce que c'est ? je demande d'une voix tremblante. Qu'est-ce que c'est que ça ?

Il reste immobile, mais tout son corps rayonne d'énergie nerveuse, et il serre les poings.

— Tourne-toi et regarde-moi, Theo. Si tu veux me briser le cœur, tu le fais en face.

Il pivote lentement, sa poitrine se gonfle comme s'il prenait une profonde respiration. Mais il ne dit rien.

— Tu es désolé ? demandé-je en relisant la lettre. Tu ne peux pas être ce que je veux ? Qu'est-ce qui se passe, bordel ? Parle-moi !

Il ouvre la bouche, secoue la tête.

— Je ne peux plus faire ça.

— Faire quoi ? (Les larmes commencent à couler et je les essuie avec la manche de mon peignoir.) Je ne comprends pas.

— Je ne peux pas… être avec toi.

Sa voix tremble.

— Pourquoi ?

— Je te l'ai dit dès le début. Je ne suis pas fait pour toi.

Il récite son texte, mais il joue comme un pied. Tandis que je contemple l'homme qui se tient en face de moi, les yeux injectés de sang, blanc comme un linge, je vois quelqu'un qui n'a pas dormi de la nuit. Qui déteste ce qu'il est en train de dire. Je vois quelqu'un qui a peur.

— Tu dis n'importe quoi.

Il serre les dents.

— C'est la vérité.

— Tu fuis. (C'est comme si tout m'apparaissait soudain avec une clarté aveuglante.) Comme toujours. Tu laisses tomber parce que tu as peur de ce que tu ressens. Tu as peur de me laisser approcher.

La couleur regagne son visage tandis que sa colère monte, mais il n'est pas question que je lui donne la possibilité de me contredire.

— Et tu as peur de ce que je ressens, moi. Tout a commencé quand je t'ai dit que j'étais amoureuse de toi. (Les pièces du puzzle se mettent en place une à une.) C'est ça la vérité et tu le sais.

— Peut-être bien, admet-il. Mais ça n'a fait que confirmer ce que je savais déjà : c'est mieux d'arrêter maintenant.

— Non. Ne t'en va pas, Theo, dis-je en changeant de stratégie et en le suppliant. (Sois gentille.) Ce qu'il y a entre nous est positif. Ça te fait peur parce que c'est puissant. Et tu te sens vulnérable. Je sais que tu as du mal, mais tu dois me faire confiance, Theo. Je ne te quitterai pas.

— Ne dis pas ça ! explose-t-il. Ne fais pas de promesses dans ce genre. Tu ne pourras pas la tenir.

— Bien sûr que si ! Voilà ce que ça veut dire, d'aimer quelqu'un. On reste même quand c'est difficile. On reste même quand ce serait plus facile de se barrer. On ne baisse pas les bras.

— Ça ne suffit pas. L'amour ne suffit pas à retenir les gens. Tu le crois, mais ce n'est pas vrai.

Ses yeux brillent et dans son regard je lis la souffrance de l'enfant qui a cru qu'il ne suffisait pas.

Mon cœur se brise.

— Je ne suis pas ta mère, Theo.

— Je dois y aller.

Il pivote vers la porte et je me précipite vers lui, je l'attrape par les épaules et je l'oblige à me regarder.

— Regarde-moi. Regarde-moi et dis-moi que tu ne m'aimes pas.

— Je ne peux pas, répond-il d'une voix brisée.

— Dis-le-moi ! je crie. (J'ai envie de le secouer.) Dis-moi que tu ne m'aimes pas assez pour rester !

Il pousse un cri de frustration, attrape mon visage et écrase sa bouche sur la mienne. Je m'accroche à lui, désespérée, je le supplie de mes lèvres, de ma langue et de mes mains de ne pas me quitter, et je suis soulagée quand il m'enlace. Il m'aime, il m'aime, il m'aime… Je suis ivre de ça.

Cinq secondes plus tard, il se dégage et se tire à toute allure.

SI UN JOUR
TU ES À MOI

Je suis seule. Je suis sous le choc. Anéantie.
Mais j'ai ma réponse.
Il m'aime peut-être… mais pas assez pour rester.

# Chapitre 36

## Theo

Bordel de merde !

Je claque brutalement la porte de mon appartement, je balance mes clefs contre le mur où elles laissent une marque noire. Mais ça n'apaise pas ma tension, du coup je donne un coup de poing dans une lampe qui tombe de la console sur laquelle elle est posée.

— Putain ! je crie, le souffle court.

Comment les choses ont-elles pu tourner aussi mal ? Pourquoi l'Univers m'en veut-il au point de m'empêcher d'éviter la confrontation, comme je l'avais prévu ? J'ai envie de frapper quelqu'un, surtout moi. Ça a été pire que ce que j'imaginais : son choc, sa colère, ses larmes, ses accusations.

Rien qu'à la façon dont ses mains tremblaient en ouvrant l'enveloppe, j'ai su qu'elle avait deviné ce qu'elle contenait. Ses mains qui ont caressé la moindre parcelle de mon corps et m'ont donné tant de plaisir.

Et puis, il y a eu la façon dont sa voix a tremblé quand elle m'a demandé pourquoi, quand elle a dit mon nom, qu'elle ne me quitterait pas. Cette voix qui m'a murmuré tant de mots tendres dans l'obscurité et qui a prononcé mon nom avec quelque chose qui s'approchait de la révérence quand je lui faisais l'amour.

Ses yeux m'ont défié de dire que je ne l'aimais pas, de lui mentir. J'y ai lu de la souffrance, de la colère et de la peur. Ses yeux qui me regardaient avec tant de dévotion et de confiance hier.

Mon cœur est douloureux. J'ai perdu tout ça. J'ai tout abandonné en franchissant la porte.

Tout est fini et ça me transperce le cœur. Je m'enfouis la tête dans les mains. Chaque seconde est une agonie : je l'ai perdue, je l'ai perdue, je l'ai perdue.

Non, je ne l'ai pas perdue. Je l'ai quittée.

Et si je ressens cette souffrance pour le reste de ma vie, alors peut-être que je la mérite.

Mais au moins je suis en sécurité.

Et elle aussi.

# Chapitre 37

## Claire

Après avoir pleuré toutes les larmes de mon corps dans mon lit pendant une heure, j'envoie un texto à Jaime en lui demandant si elle peut passer après le boulot. Elle me rappelle tout de suite.

— Qu'est-ce qu'il y a ? demande-t-elle dès que je décroche.

J'ai l'impression qu'elle est au volant.

— Theo et moi avons rompu.

Je ne pensais pas qu'il me restait encore des larmes, mais elles me montent de nouveau aux yeux.

Elle pousse un petit cri.

— Quoi ? Pourquoi ? Quand ?

— Ce matin, je parviens à dire entre deux sanglots.

Est-ce que j'ai un truc grave ? J'ai l'impression qu'il y a quelque chose qui a pris ses quartiers dans ma poitrine et j'ai du mal à respirer.

— Oh mon Dieu, est-ce que tu es au travail ?

— Non. J'ai pris ma journée.

Une quinte de toux me prend par surprise.

— J'arrive. Je serai là dans dix minutes.

— OK.

Je balance mon téléphone et je veux attraper un autre mouchoir, mais la boîte est vide. Je me contente de m'essuyer le nez sur ma manche, puis je descends chercher une autre boîte dans le placard de la salle de bain. Quand j'aperçois la brosse à dents de Theo sur le lavabo, j'ai envie de le poignarder avec. Comment a-t-il pu me faire une chose pareille ?

Je regagne l'étage, munie de mouchoirs. J'envisage un instant de m'habiller mais je n'en ai pas l'énergie et puis je me fiche complètement de mon apparence. J'enfile un pantalon de pyjama à carreaux et des chaussettes épaisses puis, la boîte toujours sous le bras, je descends pour attendre Jaime.

Je m'affale sur le canapé, allongée sur le côté, les yeux rivés sur l'endroit où il se tenait quand il m'a larguée. Où nous nous sommes embrassés pour la dernière fois. Où il m'a brisé le cœur. Comment vais-je pouvoir traverser cette pièce sans que les souvenirs m'assaillent ? Sans ressentir de nouveau la douleur ?

Je me remets à sangloter et les mouchoirs s'entassent, roulés en boule sur le sol au pied du canapé.

Quand on frappe à la porte, je me lève pour aller ouvrir en passant par-dessus la montagne de cellulose.

À mon grand désarroi, Jaime n'est pas seule. Quinn l'accompagne.

— Je suis désolée, il n'a pas voulu que je le ramène à la maison, explique Jaime en me prenant dans ses bras. On s'apprêtait à aller déjeuner ensemble.

— Je veux aider, dit Quinn en refermant la porte derrière lui. Je suis bon pour ce genre de truc.

— Pas de problème, fais-je en tentant vainement d'arranger mes cheveux avant de laisser tomber. Entrez, mais je ne suis pas certaine que quiconque puisse m'aider.

— Qu'est-ce qui s'est passé ? demande Jaime en enlevant son manteau.

Elle porte sa tenue de travail : un tailleur noir avec une jupe crayon.

J'enjambe de nouveau la pile de mouchoirs détrempés et je retrouve ma place sur le canapé.

— Il m'a quittée. Il a dit qu'il ne pouvait plus faire ça. Mais ce n'est pas vrai. Ce n'est pas ça le problème.

— Qu'est-ce que tu veux dire ?

Quinn s'est installé sur la chaise près de la fenêtre, bras et jambes croisés. Il est aussi grand que Theo, peut-être un peu plus mince, avec des cheveux blonds et des yeux d'un bleu comme je n'en ai jamais vu chez personne, hommes et femmes confondus.

— Il a peur, réponds-je en reniflant. Quand il panique parce qu'il s'est trop ouvert à quelqu'un, c'est sa réaction. Il fuit. Il me l'a dit quand nous étions au chalet.

— Est-ce que tu le lui as dit ? demande Jaime, qui s'est assise à côté de moi et qui me caresse les cheveux.

— Oui, fais-je en attrapant un nouveau mouchoir. Je lui ai tout déballé.

— Qu'est-ce qu'il a répondu ? demande-t-elle.

— Rien, dis-je en essuyant mon nez douloureux qui, j'en suis certaine doit être écarlate. Il n'a même pas réussi à mentir et à dire qu'il ne m'aimait pas. C'est ça qui est si pénible. J'aurais préféré qu'il me largue parce qu'il ne ressent rien pour moi. Mais je sais que ce n'est pas le cas.

Jaime m'attire contre elle.

— Je suis désolée, Claire. Ça craint.

Quinn s'éclaircit la voix.

— Puis-je offrir mon avis ?

— Bien sûr.

— C'est peut-être tout simplement un cas de mec qui flippe quand il découvre qu'il est amoureux. Ça arrive tout le temps. Plein de mecs n'aiment pas se sentir émotionnellement vulnérables. Mais je ne pense pas que ce soit la seule raison, fait-il en décroisant les jambes et en se penchant en avant, les coudes sur les genoux. Jaime m'a raconté un petit peu l'histoire de Theo dans la voiture.

— J'espère que je n'ai pas trahi ta confiance, intervient tout de suite Jaime. Je voulais juste le mettre au courant. Plus j'y pense, plus je suis convaincue que tout est lié à son passé.

Jaime a fait des études de psycho et elle est très forte pour analyser les gens.

— Pas de problème, dis-je en posant la tête brièvement sur son épaule. Je sais que tu veux m'aider.

— Je suis d'accord avec Jaime, fait Quinn. Et en tant que mec qui a été très affecté par la perte de sa mère alors que j'étais adulte, je pense que s'il n'a jamais fait son deuil, s'il n'a jamais accepté vraiment ce qui s'est passé, il ne sera jamais capable de se lier émotionnellement à quelqu'un. (Il s'interrompt.) J'ai ressenti beaucoup de culpabilité après la mort de ma mère et j'ai dû travailler dessus.

J'acquiesce.

— Je suis certaine que ses sentiments envers sa mère sont loin d'être résolus et que ça affecte sa capacité à me faire confiance. Mais il refuse de l'admettre. Quand il ne veut pas penser à quelque chose, il se contente de l'enterrer.

— Est-ce qu'il a déjà fait une thérapie ? demande Jaime.

— Non. Il est trop entêté, je pense. (Je ferme les yeux en essayant de refouler mes larmes.) Je l'aime, mais je pense qu'il faut que je tourne la page. Parce que même s'il revenait ce soir pour s'excuser, j'aurais trop peur qu'il recommence.

Elle soupire en me serrant contre elle.

— C'est sûr qu'il recommencerait. Tu ne peux pas le guérir, Claire. Même si tu le veux vraiment. Crois-moi si je te dis qu'il doit se guérir tout seul avant de pouvoir t'aimer de la façon que tu mérites.

— Elle sait de quoi elle parle, intervient Quinn. Je suis tombé amoureux d'elle bien avant qu'elle me le permette.

Jaime lui tire la langue.

Ça me fait rire un peu, mais ça m'attriste aussi : Jamie et Quinn ont eu la chance de résoudre leur différend.

— C'est injuste. J'ai passé des années de ma vie à chercher l'homme idéal et voilà que je suis tombée amoureuse d'un mec complètement paumé.

— Nous le sommes tous, tu ne crois pas ? Et puis je ne suis pas vraiment surprise, dit Jaime en me caressant le bras. Tu es une femme maternante, Claire. C'est pour ça que tu es une enseignante formidable et une amie exceptionnelle. Tu vois le bon côté des gens et tu le fais ressortir. Tu comprends pourquoi les gens souffrent et tu veux les aider. Mais ce n'est pas toujours possible. Certaines personnes ne veulent pas guérir.

J'entends bien ce qu'elle dit, et je sais qu'elle a raison. Et même si ça me fait une peine infinie de laisser partir Theo alors que je sais que je peux le rendre heureux, je ne peux pas l'y obliger. Il faut qu'il le veuille, qu'il en ait suffisamment envie pour travailler dessus.

Mais ça me fait un mal de chien. Parce que je dois affronter le fait que même s'il n'a pas réussi à me le dire, ses actes parlent d'eux-mêmes.

Il ne m'aime pas suffisamment pour rester.

* * *

Je ne l'appelle pas. Je ne lui envoie pas de texto. Je ne vais pas chez lui. Pendant les dix jours qui suivent, je fais de mon mieux pour ne pas penser à lui ; j'efface toutes ses photos, je jette sa brosse à dents, et je dis à tout le monde que c'est fini entre nous. Je pense que ma mère est aussi bouleversée que moi. « Mais ça allait si bien entre vous », dit-elle à travers ses larmes.

Je suis furieuse contre lui. J'ai aussi de la peine pour lui et il me manque terriblement. Que fait-il ? Est-il toujours en ville ? A-t-il gardé son job ? Est-ce qu'il pense à moi ? Est-ce que je lui manque ? Que peut-il bien ressentir ? Tous les soirs, quand je me couche, je sens une douleur sans fond en moi, et tous les matins, je dois me battre pour trouver l'énergie d'affronter la journée. Mais mes élèves méritent une maîtresse qui rend les cours fun, surtout les cours d'arts plastiques, et donc je me force à être en forme quand je le dois.

Je suis à l'agonie.

Je passe beaucoup de temps à me demander ce que j'aurais pu faire autrement. Est-ce que c'est en partie ma faute ? Est-ce que j'ai précipité les choses ? Est-ce que notre relation était moins réciproque que ce que je pensais ? Mais non, il voulait rester avec moi toutes les nuits. Il m'a présenté sa famille. C'est lui qui a dit en premier que j'étais sa petite amie. Ce n'est pas ma faute.

Mais ça ne rend pas la rupture plus facile.

Chez moi, je mets de côté les projets de travaux et je canalise mes émotions dans mon art. Je trouve un vieux recueil de mythologie qui contient l'histoire de Cupidon et de Psyché chez un antiquaire et je me sens immédiatement inspirée. Une fois chez moi, je commence à esquisser un dessin à partir de la fameuse sculpture de Canova, le baiser de Cupidon et de Psyché [6].

Le travail ne guérit pas ma blessure. Cupidon n'a jamais si bien visé ni utilisé une flèche si acérée,

---

6 Cette sculpture porte le nom de « Psyché ranimée par le baiser de l'Amour » et date de 1777. Elle se trouve au musée du Louvre.

mais il me réconforte et au moins j'aurai un autre livre à montrer durant l'exposition. Je fais aussi la liste des boutiques locales qui pourraient avoir envie de vendre mes œuvres, et je me donne à moi-même un délai d'une semaine pour en démarcher au moins deux. Puis je me surprends en en contactant cinq. Finalement, trois boutiques acceptent !

Les deux autres m'expliquent qu'elles ne vendent pas suffisamment en ce moment mais qu'elles pourraient se montrer intéressées à l'avenir. Elles me donnent leur carte et me demandent de les recontacter un peu avant l'été. C'est beaucoup moins difficile que ce que je craignais et ça me donne suffisamment d'assurance pour ouvrir ma boutique sur Etsy. Jaime m'aide puis m'invite à dîner le week-end suivant pour célébrer toutes ces avancées.

— Alors, comment tu te sens ? demande-t-elle.

— Bien, je souris, reconnaissante de sentir de nouveau l'espoir s'éveiller en moi. J'ai l'impression d'avancer.

— Je suis très contente d'entendre ça, déclare-t-elle en levant son verre de vin. Santé, ma chérie.

Nous trinquons, je bois une gorgée et repose mon verre.

— Devine ce que j'ai décidé de faire ?

— Quoi ?

Je prends une profonde inspiration et je m'oblige à dire à haute voix ce à quoi je pense depuis une semaine.

— Je vais aller à Paris.

— Et tu vas prendre l'avion ? demande-t-elle, stupéfaite.

— Je vais prendre sur moi.

Je me redresse, pleine de courage et de détermination. Quand j'étais avec Theo, j'ai découvert que j'aimais sortir de ma zone de confort, affronter mes craintes, mettre du rouge à lèvres rouge. Et quand j'ai compris que ses peurs étaient à l'origine de notre rupture, j'ai décidé que les miennes ne me retiendraient plus.

— Je meurs d'envie de visiter les musées parisiens depuis que je suis petite fille. Oui, j'ai peur de l'avion, mais il est hors de question que cette angoisse m'empêche de réaliser mon rêve. Je ne peux pas traverser la vie en ayant peur et en faisant attention tout le temps. À un certain moment, il faut que je tente le tout pour le tout et que je fasse confiance au destin. Arrivera ce qui doit arriver.

— J'ai l'impression que je devrais t'applaudir. Je ne t'ai jamais entendue faire preuve d'autant d'assurance ; depuis la rupture, ça c'est sûr, mais même depuis toujours. (Elle attrape mon verre de vin.) Qu'est-ce qu'il y a là-dedans ? Je veux la même chose.

J'éclate de rire. Bon sang que ça fait du bien, et je reprends mon verre.

— Ce n'est pas le vin. C'est juste que j'ai passé beaucoup de temps à réfléchir. Quand j'ai rencontré Theo, il m'a dit quelque chose que je me répète souvent : « Tu n'as pas besoin d'être quelqu'un d'autre. Tu dois juste arrêter de regarder par-dessus la rambarde et sauter dans le vide. »

— C'est un bon conseil.

En parler comme ça rend les choses encore plus claires.

— Tu sais, pendant très longtemps, j'ai eu l'impression qu'il y avait quelque chose en moi qui faisait que je n'étais pas suffisamment bonne, pas assez excitante, pas assez résiliente, pas assez talentueuse pour prendre des risques. Je me suis empêchée de faire énormément de choses parce que j'envisageais tout comme des possibilités d'échec et jamais comme des possibilités de réussite. J'avais tellement peur de tomber que je ne me suis jamais permis de voler. Tu comprends ce que je veux dire ?

— Bien sûr, répond Jaime en posant une main sur la mienne. Je suis d'accord à cent pour cent et je te connais depuis très longtemps. Et même si la rupture est douloureuse, je pense que cette histoire t'a fait beaucoup de bien.

Je penche lentement la tête.

— Je le pense aussi. J'aurais juste préféré que ça ne se termine pas comme ça. Voire pas du tout. Je n'arrête pas de penser à lui.

— Ça fait combien de temps ?

— Dix jours, dis-je, et je sens les larmes me monter aux yeux. Il me manque. Quand est-ce qu'il arrêtera de me manquer ?

Elle me tapote la main.

— Je n'en sais rien, ma chérie. Donne-toi davantage de temps et ne te culpabilise pas parce qu'il te manque. Tu l'aimes, évidemment que c'est le cas. Je parie qu'il est aussi malheureux que toi.

— Peut-être.

Étrangement, ça ne m'aide pas. Je ne veux pas qu'il soit malheureux, je préférerais qu'il soit heureux.

— En fait, je pense qu'il est même plus triste encore puisque c'est sa faute. J'ai vécu la même chose que lui. (Elle secoue la tête.) Et j'étais au fond du trou.

— Oui, mais tu ne ressembles pas à Theo.

— J'ai moins de problèmes, c'est vrai, mais j'étais têtue comme une mule. Il m'a fallu beaucoup de temps pour le comprendre. On ne sait jamais.

Son ton est plein d'espoir, mais je ne suis pas très optimiste. J'aimerais pouvoir remonter le temps pour revivre les deux jours que nous avons passés enfermés dans le chalet. Nous avons été très heureux là-bas.

Mais c'est impossible. Il faut que j'avance, mais au moins je le fais en étant plus courageuse, plus assurée, et plus centrée sur moi que jamais.

Et quoi qu'il arrive, c'est Theo que je dois remercier pour ça.

# Chapitre 38

## *Theo*

Les quelques jours qui suivent la rupture avec Claire sont les plus sombres de ces dernières années. Un poids terrible pèse sur mes épaules. J'ai l'impression d'être plus lourd. Une douleur constante pulse dans ma poitrine. Le matin je vais faire du sport, puis je vais au boulot et le soir je rentre chez moi et je me vautre dans mon malheur et la solitude. Au travail, je joue un rôle, et j'enterre ma tristesse pour avoir l'air sympa, utile, compétent et intéressé.

En réalité, je n'en ai rien à foutre, de rien ni de personne.

Seule Claire m'intéresse.

La nuit, je ne pense qu'à elle, l'esprit plein de toutes ces choses que j'aime en elle et qui me manquent.

Sa gentillesse. Son sens de l'humour. Son rire. Son sourire. Ses yeux. Sa façon de parler de ses élèves. D'aimer travailler avec ses mains. Son enthousiasme pour des petites choses comme le chocolat chaud, la neige et les livres anciens. Son inquiétude quand elle se compare à sa sœur et qu'elle a peur d'être ennuyeuse, comme s'il y avait quoi que ce soit d'ennuyeux chez elle.

Allongé sur le dos, je contemple le plafond, et je me rappelle sa façon de me regarder, de me toucher, de m'embrasser et de me faire l'amour. Je bande rapidement et je me caresse, les yeux fermés, en pensant à elle. Mais c'est un pauvre substitut de sa présence et je ne ressens pas de soulagement quand j'ai fini, juste de la colère.

Pourquoi est-ce que c'est si douloureux ? Est-ce que je n'ai pas fait ce qu'il fallait ? Je me suis épargné beaucoup de chagrin à venir, mais à moi aussi. Maintenant, elle est libre de trouver l'homme idéal dont elle rêve depuis toujours.

Et si je les trouve ensemble, je jure que je le décapiterai.

Partout où je vais, tout ce que je vois me rappelle Claire. Les femmes aux longs cheveux. Les plans de travail en granit. Tout ce qui a un goût de sucre, de cannelle ou de chocolat. Je suis même incapable de boire une citronnade sans penser à elle.

Je ne cache pas mon humeur à mon frère quand nous sommes seuls tous les deux. Il me demande régulièrement si je vais bien mais je l'envoie chier. Je ne suis pas prêt à parler de ça.

Une semaine après notre rupture, il se décide à poser la question :

— Est-ce qu'il s'est passé quelque chose avec Claire ?

Nous sommes en train de déjeuner dans une sandwicherie au beau milieu d'une journée de travail.

— Oui, c'est fini entre nous.

Il ne répond pas tout de suite et prend une bouchée de son sandwich.

— Pourquoi ?

Je hausse les épaules et j'avale une bouchée sans même la mâcher. Je suis incapable de croiser son regard mais je décide de garder un visage impassible et de faire comme si je n'en avais rien à foutre. Peut-être que je vais finir par m'en convaincre.

— Il était temps.

— Ah bon ? demande Aaron en reculant un peu. C'est pas l'impression que ça donnait.

— C'est comme ça. Les choses ne sont pas toujours ce qu'elles ont l'air d'être.

Il garde le silence pendant une minute, mais je sens son regard posé sur moi. Il me jauge. Il devine.

— C'est elle qui t'a largué ?

— Non. C'est moi.

J'avale quelques chips.

Aaron pose son sandwich et ses coudes sur la table.

— Tu l'as larguée.

— Et alors ?

— Et tu n'as pas fait ça parce qu'il était temps, ou parce que tu ne l'aimes pas, non, tu as fait ça au contraire parce que tu l'aimes.

— Va te faire foutre.

Il secoue la tête.

— Hors de question. Tu es en train de tout foutre en l'air exprès, Theo, et je refuse de te voir faire ça.

Je finis par croiser son regard.

— Ce ne sont pas tes oignons.

— Bien sûr que si. Les frères, ça se serre les coudes. Et quand on voit que l'autre fait une erreur, on ouvre sa gueule.

Je balance mon sandwich sur la table et je serre les poings.

— OK. T'as ouvert ta gueule. Maintenant tu lâches l'affaire.

— Non. Je t'ai vu prendre trop de mauvaises décisions dans ta vie pour laisser tomber. Tu veux me dire que t'en as rien à foutre d'elle ? OK, à ce moment-là je lâcherai l'affaire. Mais je crois que c'est tout le contraire et je suis sûr que tu l'as larguée parce que tu as peur.

— Mais va te faire foutre, Aaron ! je m'écrie, et les gens nous regardent parce que j'ai hurlé, mais je m'en fous. T'es qui pour me parler comme ça ? Qui a abandonné sa femme et ses enfants pendant deux mois, cette fois-ci ?

— Chut. Baisse le ton, fait Aaron en jetant un coup d'œil par-dessus son épaule avant de reporter son attention sur moi. Tu as raison. J'ai fait des conneries. J'ai abandonné ma femme et mes enfants. Mais il n'y a pas un putain de jour où je ne le regrette pas. Je donnerais tout ce que j'ai pour revenir en arrière et agir autrement, Theo, mais je ne le peux pas. Et je ne veux pas te voir faire la même erreur.

— Tu sais que je lui ai dit qu'elle ferait mieux de te larguer ? (Je me comporte vraiment comme un connard, je le sais, mais je ne peux pas m'arrêter, je veux qu'il se sente aussi mal que moi.) Tous les jours, je lui disais qu'elle devrait partir avec les gosses. Je n'ai jamais compris qu'elle ne le fasse pas.

Mais Aaron ne mord pas à l'hameçon.

— Parce que Josie ne te ressemble pas, Theo. Elle pense que quand on aime quelqu'un, on reste.

J'insiste.

— Elle est vraiment très conne. Tu la quitteras de nouveau.

— Non. Je me suis fait une promesse que j'ai bien l'intention de tenir. J'ai dû affronter pas mal de démons pour en arriver là, Theo, mais je suis là et je ne partirai plus.

Je n'ai plus d'insultes à lui balancer à la gueule et son calme me rend encore plus fou. Je lui en veux de savoir tenir une promesse. Je lui en veux d'avoir confiance en Josie, et en lui-même, suffisamment pour rester, d'avoir eu le cran d'affronter ses propres démons et d'en être sorti plus fort.

Pourquoi suis-je le seul incapable d'affronter ses peurs ? Est-ce que c'est mon destin de rester seul toute ma vie ? Je me lève, balance le reste de mon sandwich à la poubelle et me dirige vers ma voiture. Aaron me rejoint quelques minutes plus tard, mais nous n'échangeons pas un seul mot pendant le trajet de retour ni pendant le reste de la journée. Je sais que je devrais m'excuser mais je suis trop occupé à être furieux et à m'apitoyer sur mon sort.

Cette nuit-là, étendu dans mon lit, je pense : « Merde. Je n'ai pas besoin de cette souffrance. Et personne ici n'a besoin de moi. Je devrais juste me barrer. De nouveau. Prendre la route comme j'avais l'habitude de le faire et voir où ça me mène. »

Mais la route ne m'attire plus. Je ne veux pas dormir encore dans un lit qui n'est pas le mien ni sauter une inconnue ni affronter des kilomètres de routes solitaires.

Je veux être dans le lit de Claire et la tenir dans mes bras. Je veux qu'elle se blottisse contre moi, qu'elle me dise qu'elle m'aime. Je veux le lui dire aussi. Je veux lui faire une promesse et être capable de la tenir.

Mais comment ?

* * *

Le jour suivant, Aaron et moi sommes en train de bosser au magasin de bricolage. J'ai alimenté mon auto-apitoiement pendant quelques heures ce matin, mais quand midi arrive, je ravale mon orgueil et je demande à mon frère de venir déjeuner avec moi. Parce que c'est un type bien, et parce qu'il voit que je souffre, il monte dans la voiture sans dire un mot.

— Je suis désolé pour hier, dis-je aussitôt. Je me suis comporté comme un con.

— Absolument. Mais je comprends.

On roule en silence pendant quelques minutes puis je lui pose enfin la question qui me perturbe :

— Comment tu le sais ? Comment tu sais que tu ne repartiras pas ? Ou qu'elle ne te quittera pas ?

— Parce que j'ai confiance en elle, répond-il simplement. Et maintenant j'ai confiance en moi aussi.

Je pousse un soupir en secouant la tête.

— Je ne peux pas. Je ne sais pas pourquoi je ne peux pas, mais c'est comme ça. Chaque fois, je panique. J'ai l'impression d'être attaché sur les rails et qu'un train de marchandises me fonce dessus.

— Tu ne peux pas lui faire confiance à elle ? Ou à toi-même ?

— Aux deux.

— C'est parce qu'on ne t'a jamais montré comment faire. Tu n'as aucune raison de faire confiance à personne puisque toute ta vie tu as vu des gens partir, à commencer par papa et maman. Tu as appris très tôt à ne faire confiance à personne qui est supposé t'aimer.

Quelque chose commence à se nouer dans mon ventre, et je n'aime pas ça.

— Tu crois… (Je déglutis.) Tu crois que ça remonte si loin que ça ?

— Oui. J'en suis certain.

Je m'arrête à un feu rouge. Dans ma tête, j'entends Claire me dire : « je ne suis pas ta mère ». Elle sait. Elle a tout compris.

— Je l'aime.

— Je sais.

— Je suis parti parce que j'avais peur de la décevoir. J'avais peur qu'elle me quitte. (Je prends une profonde inspiration.) Et je pense que je ne le supporterais pas.

— Je sais.

Je lui jette un coup d'œil.

— Je suppose que ça fait de moi un lâche.

— Non. Ça fait de toi un être humain. Cela dit, si tu n'affrontes pas cette peur, tu es un lâche. Tu dois travailler dessus, et la surmonter afin de pouvoir vivre avec Claire et ne jamais avoir peur de la quitter.

Le feu passe au vert et je démarre.

— Comment ?

— Je ne sais pas si je peux t'aider. Moi, ma plus grande crainte était de devenir comme papa. De ne pas être un père à la hauteur. Je pensais que c'était inévitable.

— Comment tu as surmonté ça ?

— Je ne sais pas si je l'ai vraiment surmonté, mais j'ai décidé de l'affronter. J'en ai parlé aux réunions des Alcooliques Anonymes et avec Josie. Et même un peu avec toi.

Je hoche la tête en me souvenant de la conversation que nous avons eue le soir du réveillon de Noël.

— Et je pense qu'en verbalisant ça, en en parlant, cette crainte a perdu un peu de son pouvoir sur moi. En admettant que j'avais peur, j'ai pris le contrôle. Est-ce que tu comprends ce que je veux dire ?

— Oui.

Je me souviens à quel point je me suis senti mieux après avoir raconté à Claire un peu de ma vie au chalet. Peut-être que je n'ai pas assez creusé et que je n'ai pas déterré les peurs enfouies en moi. Peut-être que j'ai eu peur de me montrer faible.

— J'ai compris que j'étais moi-même, poursuit Aaron tandis que je me gare. Je suis plus que le produit d'un ADN merdique. Oui, j'ai fait des erreurs, et j'en ferai certainement d'autres, parce que je suis un être humain, mais pas parce que je suis lui. Je ne suis pas mon père. Le passé n'est pas obligé de se répéter. Je choisis qu'il ne se répète pas, j'ai ce pouvoir.

Je coupe le moteur.

— J'aimerais ressentir ça, dis-je à voix basse.

— Tu le peux, Theo. Tout ce qu'il faut, c'est avoir le cran de se regarder en face et de faire preuve de sincérité. Je suis là pour toi. Et je suis prêt à parier que Claire aussi, si tu le lui permets.

— J'ai tout foutu en l'air.

— S'il y a bien quelqu'un qui comprend ça, c'est moi, mais tu sais quoi ? demande-t-il avec un grand sourire. Cela fait soixante jours aujourd'hui que je n'ai pas bu un verre.

— Vraiment ? C'est génial, Aaron. Félicitations.

Pour la première fois depuis une semaine, je suis content.

— Merci. Josie travaille ce soir, mais je fais un dîner pour célébrer ça avec les filles après ma réunion. Tu veux venir ? On pourra bavarder un peu si tu veux.

— Oui. Ça me ferait plaisir.

Je me suis terré dans mon appartement et je n'ai pas vu les filles depuis un bout de temps. Elles me font toujours sourire.

Nous déjeunons, même si je n'ai pas très faim et que je finis par jeter la moitié de mon sandwich, puis nous retournons au boulot. Je passe l'après-midi à ruminer sur ce qu'Aaron m'a dit. J'ai toujours blâmé les gènes familiaux pour mes erreurs, mais il est peut-être temps que je change d'optique. Peut-être que je suis responsable.

Peut-être que je ne suis pas né pour être un loser. Peut-être que j'ai choisi d'en être un.

* * *

Chez Aaron, ce soir-là, je joue avec les filles, j'aide mon frère à préparer le dîner (grâce à Claire, je ne suis plus totalement inutile dans une cuisine) et je lève mon cupcake aux soixante jours de sobriété de mon frère. Je suis fier de lui et je le lui dis quand on fait la vaisselle après avoir couché les filles.

— Merci, dit-il en chargeant le lave-vaisselle.

— Je le pense vraiment. Tu reviens de loin et je ne t'ai jamais vu aussi en forme.

Je pose les tasses princesses Disney dans l'évier.

— Je ne me suis jamais senti aussi bien.

Je pousse un soupir en examinant une des tasses.

— J'aimerais me sentir mieux. Je pensais qu'en quittant Claire je trouverais la paix, mais ce n'est pas le cas. C'est pire.

— Je connais ce sentiment. Quand on fait le mauvais choix et qu'on se déteste encore plus.

— Exactement.

— Il faut être fort pour admettre qu'on s'est trompé et essayer d'arranger les choses. Surtout quand ça veut dire que pour ça il faut affronter ses démons d'abord.

J'acquiesce lentement.

— J'ai gardé mes propres démons enfermés pendant très longtemps. Ils sont fous de rage.

Il éclate de rire.

— Libère-les. Laisse-les donner tout ce qu'ils ont. Puis dis-leur qu'ils ne te font plus peur. Et fous-leur une raclée. (Il me jette un coup d'œil.) Tu es suffisamment fort. Je le sais. Regarde comme tu as réussi à arrêter de boire. C'était super dur et tu l'as fait.

— C'est vrai.

— Et c'était la bonne décision.

Je pose la tasse sur le plan de travail en soupirant.

— Si tu savais comme elle me manque. Tout me manque chez elle. Ça me fait un mal de chien.

— Je sais. Je suis passé par là. Mais je peux te promettre que si tu arrives à dépasser ça, ce sera encore mieux qu'avant. Pour tous les deux.

* * *

Ce soir-là, une fois revenu chez moi, je pense à tout ce qu'il a dit.

*Je t'ai vu prendre trop de mauvaises décisions dans ta vie.*

*Quand on aime quelqu'un, on reste.*

*Tu as appris très tôt à ne faire confiance à personne.*

*Le passé n'a pas besoin de se répéter.*

*On se déteste encore plus.*

*Il faut être fort pour admettre qu'on s'est trompé et pour essayer de réparer.*

Je peux être un homme plus fort. Un homme meilleur. Peut-être pas parfait, mais meilleur.

Je crève d'envie d'appeler Claire, ou, encore mieux, d'aller la voir, de l'enlacer et de l'embrasser. Mais je ne peux pas faire ça.

*Tu dois d'abord affronter tes démons.*

Allongé dans le noir, la tête posée dans mes mains croisées, je contemple le plafond, mais ce que je vois, c'est ma vie. Les schémas qui se répètent. Les erreurs. La peur. Le sabotage. La culpabilité. Les châtiments que je m'inflige.

Je vois un enfant qui a grandi en se demandant pourquoi il n'a pas réussi à retenir sa mère. Qui se demandait si quelqu'un l'aimerait un jour. Qui se demandait si l'amour avait du sens. Qui ne s'est jamais senti en sécurité.

Je vois un adolescent pour qui tout allait bien, et qui a paniqué quand les choses se sont compliquées. Qui croyait qu'il était destiné à échouer de toute façon, et que si ses propres parents n'en avaient rien à foutre, pourquoi devrait-il s'intéresser à lui-même ?

Je me vois à vingt-deux ans, sortir de prison et comprendre que j'ai fait plus que perdre une année de ma vie. J'ai perdu des droits, des opportunités, la liberté. J'ai perdu le respect et l'espoir. Mais comme je pensais que de toute façon je ne méritais pas ces choses-là, je me suis oublié dans l'alcool.

Je me vois à vingt-cinq ans, quand Aaron a eu sa première fille. Il m'a invité à aller les voir et il m'a permis de prendre Ava dans les bras. Moi, porter un bébé. Je n'ai jamais oublié ce jour-là. Il m'a souri et il a posé cette toute petite créature écarlate aux poings serrés et hurlante dans mes bras. Elle était si fragile, si petite, si innocente. Je l'ai regardée, puis j'ai regardé mon frère, émerveillé. Il me faisait suffisamment confiance pour me permettre de la prendre dans mes bras : ce geste a eu un sens incroyable pour moi.

À partir de ce jour-là, je n'ai plus bu une goutte d'alcool.

Mais en regardant en arrière, je vois que j'ai continué à éviter d'affronter mes peurs en faisant semblant d'être quelqu'un que je n'étais pas. J'ai évité de m'engager en bougeant tout le temps. Et je me suis convaincu que je ne voulais rien d'autre que passer du bon temps, entre missions temporaires et plaisirs superficiels.

Mais maintenant je veux plus. Je veux rester, faire confiance, aimer. Je veux construire quelque chose de suffisamment fort pour que ça dure.

Et je veux le construire avec Claire.

J'espère juste que ce n'est pas trop tard.

* * *

Durant les deux jours qui suivent, je cherche une façon de convaincre Claire de me donner une autre chance. De lui prouver que j'ai l'intention de travailler sur moi. Qu'elle doit croire en moi. Ce ne sera pas facile : elle va croire que je foutrai de nouveau le camp dès que j'aurai peur. Parce que cela arrivera, évidemment. Il est hors de question de prétendre que je ne ressentirai plus jamais la crainte d'être abandonné, mais comme mon frère l'a dit, en admettant ma peur, en la verbalisant et en en parlant avec sincérité avec elle, je peux lui donner moins d'emprise sur moi.

Mais comment la convaincre d'avoir cette conversation avec moi ? Si j'étais à sa place, je ne voudrais probablement même pas me laisser entrer. Il faut que je trouve une façon de lui prouver que tout cela est réel.

Je crève d'envie de lui dire que je l'aime, mais les mots ne suffisent pas.

Qu'est-ce qui a de l'importance pour Claire ? Qu'est-ce qui lui prouverait que je l'ai écoutée suffisamment pour savoir ce que ça signifie de dire : « Je t'aime et je peux te rendre heureuse, est-ce que tu me le permets ? »

La réponse me vient tandis que je garde mes nièces, un soir, après la conversation que j'ai eue avec Aaron et dix jours après être parti. Josie est au travail, et Aaron à une réunion des Alcooliques Anonymes. Je suis assis sur le sol et j'essaie de leur lire une histoire, mais elles m'escaladent comme si j'étais une liane humaine.

— Oncle Theo, papa dit que tu sais construire des choses. Est-ce que tu pourrais nous construire un terrain de jeux dans le jardin ? demande Ava en essayant de s'asseoir sur mes épaules. On n'a même pas de balançoire.

— Oui, je pourrais, réponds-je en reposant le livre et en l'attrapant par les mains pour l'aider à garder l'équilibre. Mais ça dépend combien de temps vous comptez rester ici. (Récemment, mon frère et ma belle-sœur ont commencé à parler de déménager pour prendre une maison plus grande dès qu'ils en auront les moyens.) Ce n'est pas la peine de construire quelque chose si on ne reste pas.

Et soudain, je sais ce que je dois faire.

Heureusement, le lendemain est un dimanche et je ne travaille pas. Au lieu d'aller à la salle de sports, je vais acheter le matos dont j'ai besoin et je le transporte chez Aaron et Josie. Une fois que je lui ai expliqué ce que je voulais faire, mon frère est plus qu'heureux de sortir son pick-up du garage pour me faire de la place et Josie affirme que je peux faire du bruit toute la journée. Elle m'apporte même un petit radiateur afin que je n'aie pas trop froid et une thermos pleine de café chaud.

— Tu es la meilleure, dis-je après avoir pris une gorgée de café et reposé la thermos sur l'établi. Merci.

— Tu es sûr que tu ne veux pas que je t'aide ? demande mon frère. Ça irait plus vite.

— Non, dis-je en attrapant sa ponceuse. Je veux le faire tout seul. Mais est-ce que tu peux bosser à ma place, demain ? Je sais que d'habitude tu ne travailles pas le lundi, mais je voudrais terminer et l'installer pendant qu'elle est à l'école.

— Aucun problème, répond-il en me donnant une tape dans le dos. Tu fais ce qu'il faut.

Dès qu'il est parti, j'enfile un masque pour me protéger de la poussière et je me mets au boulot.

# Chapitre 39

## Claire

Lundi soir, après le boulot, je m'arrête dans l'une des boutiques de souvenirs qui a accepté de vendre mes œuvres pour en déposer quelques-unes : trois livres et deux petites toiles représentant des oiseaux. J'ai un peu l'impression d'abandonner mes enfants, mais je parviens quand même à quitter le magasin sans pleurer. Sur le chemin du retour, j'appelle Jaime :

— C'est fait, dis-je. Mes œuvres sont officiellement à vendre.

— Hourra ! s'exclame-t-elle. Je suis tellement fière de toi. Est-ce que tu as vendu quelque chose sur Etsy ?

— Non, mais ça ne fait que quelques jours. Je vais rajouter des photos.

— Bonne idée. Comment tu te sens ?

— Très bien, dis-je en empruntant ma rue. Du moins pour ce qui concerne l'art. Et plus tôt je… Oh mon Dieu.

— Quoi ?

Je ralentis en approchant de chez moi, et je me mets à murmurer comme s'il pouvait m'entendre.

— Il est là.

— Qui ? Theo ?

— Oui. Sa voiture est garée dans la rue. Il est assis dedans. Mon Dieu, il m'a vue. Il descend ! (Je rentre la voiture dans mon garage, le cœur battant à tout rompre.) Vite ! Qu'est-ce que je fais ?

— J'en sais rien !

— Et s'il vient pour s'excuser ? (Je le vois remonter l'allée dans mon rétroviseur.) Et s'il veut que je lui donne une autre chance ?

— Putain ! J'en sais rien, Claire ! Juste… juste écoute-le. Sois forte mais compréhensive. Écoute ton cœur.

— Mon cœur est en train de jouer du tambour dans mes oreilles. Il ne m'est d'aucune utilité. (Theo fait son apparition à la fenêtre du passager.) Oh mon Dieu. Il faut que j'y aille.

Jaime pousse un cri étouffé.

— D'accord, mais appelle-moi dès que tu peux. Je suis en train de mourir !

— Compte sur moi.

Je range mon téléphone dans mon sac à main et je prends une profonde inspiration. Mon ventre fait des loopings. *Forte. Sois forte. Enfile ton armure et ne le laisse pas te l'enlever sans t'être bien battue.*

J'enfile mes gants. Theo ouvre ma portière et me tend la main. J'hésite un instant, puis je la saisis et je le laisse m'aider à descendre. J'ai les jambes en caoutchouc.

Il claque la portière derrière moi.

— Salut.

— Salut.

Mon corps réagit à sa proximité comme si tout allait bien entre nous. J'ai des papillons dans le ventre, le souffle court et la chair de poule. Je presse mes bras contre mes flancs afin de ne pas me jeter à son cou. *Tu m'as tellement manqué. Dis quelque chose, n'importe quoi, pour m'aider à comprendre.*

Il secoue lentement la tête tout en me dévorant des yeux.

— J'ai répété mon discours des milliers de fois. J'avais décidé de commencer par certaines phrases. Des mots d'excuses. Des raisons pour lesquelles tu dois absolument m'écouter. Mais je te regarde et la seule chose à laquelle je suis capable de penser c'est : « elle est tellement belle ».

— Ce n'est pas affreux comme début, j'admets, raide, en m'adossant à la voiture. Mais ça ne suffit pas.

— Je sais. Donne-moi un instant. (Il pousse un soupir et de la buée se forme dans la pénombre froide du garage.) Tu avais raison. Le matin où je suis parti, tout ce que tu as dit étais juste : j'ai fui parce que j'avais peur. Parce que je ne sais pas faire confiance. Je n'avais pas les couilles d'admettre tout ça. Et je suis désolé.

— Tu m'as fait souffrir. (Ma lèvre inférieure se met à trembler.) Je t'ai offert mon cœur, Theo, et tu l'as piétiné.

— Je voudrais que tu me le rendes. (Il prend mon visage dans ses mains et me lance un regard suppliant.) Je t'aime. Je t'aime. Je n'ai jamais dit ça à personne de toute ma vie. Et je n'ai pas réussi à te le dire avant, parce que j'avais peur que ça te donne du pouvoir sur moi. J'ai gardé ces mots enfouis en moi parce que je craignais que ce soit des armes que tu retournerais contre moi.

*Il m'aime ! Il vient de le dire !* Ses mots entament sérieusement mon armure, mais je ne cède pas. Des armes ?

— Theo, je ne te ferai jamais de mal. Tu aurais dû me parler.

— Je ne savais pas comment. Alors j'ai paniqué. Je me suis barré. J'ai essayé de me convaincre que j'avais pris la bonne décision, mais être loin de toi était juste horrible. Je me suis senti très malheureux.

Il a l'air malheureux. Sincère. Et différent. Il y a quelque chose dans sa façon de me regarder. Je ne vois pas de masque sur son visage, ni d'indifférence étudiée, ni de panique. Juste de la sincérité, de la dévotion et de la confiance. Je m'avance un peu vers lui.

— Moi aussi j'étais malheureuse.

— J'ai beaucoup réfléchi, Claire. À tout ce que j'ai traversé. Tout ce dont je n'ai jamais parlé. Tout ce qui fait de moi l'homme que je suis. (Ses pouces effleurent mes pommettes.) J'avais tort de penser qu'en les enterrant ces choses-là ne m'affecteraient pas. En réalité, c'est le contraire qui s'est produit.

— Je le voyais bien, je murmure, la gorge serrée. Mais je ne savais pas quoi faire pour t'aider.

Il secoue la tête.

— Jusqu'à aujourd'hui, je n'étais pas encore prêt à te laisser faire.

Je me mords la lèvre.

— Dis-moi qu'il n'est pas trop tard, supplie-t-il. Dis-moi que tu m'aimes toujours.

— Je t'aime toujours, Theo, mais…

Il m'embrasse passionnément, et je manque de fondre à ses pieds. J'aurais peut-être dû être en colère, le repousser, lui dire qu'il n'a pas le droit de se comporter comme ça. Mais ça m'a manqué. Le picotement dans mes orteils, les papillons dans mon ventre, le frisson dans mon dos qui dit : « Oui embrasse-moi, oui prends-moi dans tes bras, oui sois à moi complètement parce que tout ce que je veux, c'est être à toi. »

Il relève la tête et il me faut un moment pour ouvrir les yeux et comprendre que je suis toujours sur mes deux pieds.

— Ça m'a tellement manqué d'entendre ça, fait-il en souriant. Tout m'a manqué. Et si tu m'aimes toujours, Claire, s'il te plaît, donne-moi une chance de plus.

— J'en ai envie, Theo, mais j'ai peur. Comment est-ce que je sais que tu ne me blesseras pas de nouveau comme ça ?

— Tu ne le sais pas, fait-il en fronçant les sourcils. Crois-moi, j'ai cherché une façon de te le prouver. Des mots. Des choses. Des promesses. Mais à la fin il n'y a que ça, poursuit-il en prenant ses mains dans les miennes. Je te demande de me faire confiance. Et je te ferai confiance aussi.

— Mais qu'est-ce qui est différent, cette fois ?

— Ce qui est différent, c'est que j'ai dû vivre sans toi pendant dix jours. Et j'ai détesté ça. Avec toi, je suis plus fort. Plus courageux. Meilleur. (Il baisse un peu la voix.) Avec toi, je sais que je suis en sécurité. Je peux être qui je suis.

— Oui, réponds-je avec un sourire, les yeux remplis de larmes. Tu peux.

Il m'embrasse de nouveau.

— Viens.

Il me prend par la main, me fait sortir du garage et me conduit vers la maison. Nous montons les quelques marches qui mènent à la véranda où une magnifique balancelle en bois, fixée par des chaînes en argent, nous attend en oscillant doucement sous le vent.

Je pousse un petit cri et je porte mes mains gantées à mes joues.

— Oh mon Dieu !

— Je l'ai fabriquée pour toi.

— C'est toi qui l'as faite ?

Je m'approche, et le parfum du cèdre frais me chatouille les narines. J'enlève un de mes gants et je fais courir ma main le long du bois lisse et doux. Personne n'a jamais fait un truc pareil pour moi.

— J'espère qu'elle est aussi jolie que celle dont tu rêves pour ton avenir.

— Elle est magnifique, dis-je en pleurant. Encore plus belle que celle que j'imaginais.

— Je sais que c'est encore l'hiver, et qu'on ne l'utilisera pas avant un moment, mais je serai là quand viendra le printemps. Et l'été. Et l'été suivant.

(Il m'attrape par les épaules et m'oblige à lui faire face. Il n'y a aucun regret ni aucun chagrin dans sa voix forte et assurée.) J'avais tort, Claire. L'amour suffit. Permets-moi de rester.

J'essaie de parler mais j'en suis incapable. Tout mon corps a commencé à trembler, mais ce n'est pas la faute du froid.

Il pose son front contre le mien et fait courir ses mains le long de mes bras comme pour me réchauffer.

— J'ai fait mille erreurs dans ma vie et il se peut que j'en fasse mille autres, et te quitter en fait partie. Je ne te mérite pas, mais si tu veux bien de moi, je passerai chaque jour de ma vie à essayer.

— Theo, finis-je par dire quand je retrouve l'usage de la parole. Rentre avec moi.

Ce sont à la fois des retrouvailles et un nouveau départ. Un rêve dont on se souvient et une histoire qu'on n'a pas encore racontée.

Nos corps bougent à l'unisson avec une aisance familière mais chaque baiser, chaque caresse, chaque souffle a la puissance du premier jour.

Quand il est profondément enfoui en moi, mes jambes autour de sa taille, nos doigts entrelacés, ses yeux dans les miens, j'ai l'impression de retomber amoureuse de lui et que je l'aimerai pour toujours.

— Reste avec moi, Theo, je murmure doucement, désespérée, tandis qu'il va et vient en moi avec des mouvements réguliers.

J'ai envie de jouir, mais je veux aussi éprouver ce sentiment pour toujours, ce sentiment d'être au bord du gouffre juste avant de ressentir l'euphorie de la chute libre.

— Pour toujours. (Il accélère un peu, me prend plus profondément.) Comme ça m'a manqué. Ta peau. Être en toi. Te sentir jouir.

— Oui, oui…

Je me débats pour libérer mes mains afin de pouvoir le caresser mais il ne cède pas et me garde épinglée au matelas.

— Jouis. Maintenant. Maintenant…

Ses paroles deviennent des respirations étranglées et je me mets à l'unisson de son rythme, je bouge mes hanches sous lui, j'entends le crescendo de nos cris et je regarde la chambre se transformer en or liquide jusqu'à ce qu'il n'y ait plus rien au monde que ça, ça, ça, ça, ça.

Ce moment. Cette magie. Cette guérison.

Ce sentiment d'appartenance et d'acceptation.

Cette idée que je lui appartiens et qu'il m'appartient.

C'est réel. C'est à nous. C'est de l'amour.

Et ce sera toujours suffisant.

# Huit mois plus tard

## Theo

— À ce soir.

Je pose un baiser sur sa joue comme tous les jours avant de partir travailler. Ce jour sera différent de tous les autres mais elle ne le sait pas encore.

— Au revoir, mon amour. Passe une bonne journée.

Elle me sourit et mon cœur manque un ou deux battements.

Elle ne sait pas.

Elle ne sait pas à quel point je l'adore, ni combien de fois par jour je pense à elle, ni à quel point je suis heureux qu'elle m'ait demandé d'emménager chez elle durant l'été.

Et elle ne sait pas que je vais la demander en mariage aujourd'hui.

Ça m'a demandé un peu d'organisation, mais on m'a aidé : ses amis, son chef et ses élèves. Ça fait deux mois que je pense à une façon intelligente de la demander en mariage. Quand elle a parlé du Projet Conte de fées, j'ai su que ce serait parfait.

Je sors de la maison et je descends les marches du perron en riant. Elle ne se doute de rien, c'est parfait.

Je glisse une main dans ma poche pour serrer l'écrin qui contient la bague. Je suis allé chez le bijoutier tout seul la première fois, et j'ai vite compris que j'allais avoir besoin d'aide. J'ai passé un coup de fil à Jaime. Je lui ai promis de lui dire exactement où et quand j'avais prévu de faire ma demande et en échange elle a accepté de m'aider.

— Claire est une femme traditionnelle mais c'est une artiste, a-t-elle dit. Dis au bijoutier que tu veux quelque chose de joli, de féminin et de fort.

J'ai fini par choisir un solitaire princesse et j'ai envoyé une photo à Jaime.

*C'est parfait*, m'a-t-elle répondu par SMS. *Claire va adorer* !

C'est tout ce qui compte.

Durant ces huit mois, elle a apporté plus de joie dans ma vie que je ne l'aurais cru possible. Elle est patiente, bienveillante et indulgente, même quand je suis en proie au doute ou à l'anxiété. Les crises sont de moins en moins fréquentes et je n'en ai pas eu depuis le début de l'automne. Elle m'écoute quand je veux parler, elle insiste pour que je me confie plutôt que de me refermer sur moi-même et elle m'aide à voir le passé sous un autre angle, moins pénible. Avec elle, j'ai hâte de vivre l'avenir que je distingue clairement pour la première fois. Je sais exactement où je veux être quand je regarde devant moi et je veux qu'elle soit à mes côtés.

Et aujourd'hui, je vais faire un pas de géant dans cette direction.

Après avoir jeté un coup d'œil sur la banquette arrière de ma voiture pour m'assurer que mes vêtements sont bien là, je démarre comme si j'allais au travail. Mais en réalité, je vais chez mon frère pour me changer. Ensuite, je conduirai jusqu'à son école.

Je ne peux pas m'arrêter de sourire.

## Claire

— On s'installe, s'il vous plaît ! Les enfants, vous m'avez entendue ? On se met en rang !

Je tape dans mes mains pour essayer de canaliser les CM1 d'Elyse. Je veux qu'ils se rangent derrière le micro que j'ai installé sur la scène dans le gymnase. Ils ont étudié le folklore et écrit leur propre conte de fées, et je leur ai fait peindre un décor avec une tour pour la princesse. Demain, ils joueront tout ça devant leurs parents, et aujourd'hui c'est la répétition générale. Mais les enfants se montrent inhabituellement agités. Ils gloussent, ils sautillent et ils échangent des murmures excités derrière leurs mains. Elyse n'a jamais mis une pièce en scène, c'est donc moi qui m'en occupe.

Du moins, j'essaie.

Je prends ma voix d'enseignante sévère :

— Je compte jusqu'à trois. À trois, vous devez être silencieux et en rang, sinon pas de pièce. Un. (Ils se précipitent tous vers le micro.) Deux. (Le rang devient plus net.) Trois.

Je m'entends enfin parler.

— Bien. Les personnages, venez dans les coulisses avec moi. Les narrateurs, il faut vous aligner en fonction de votre ordre de prise de parole. Si vous n'avez pas encore retenu votre texte, vous pouvez le garder en main pour le lire. (J'envoie les narrateurs à Elyse et j'embarque les enfants qui incarnent des personnages vers les coulisses.) Vous avez tous appris votre texte ? je demande en voyant qu'aucun n'a de papier dans les mains.

— Oui, répondent-ils tous en chœur avant de se mettre à rire.

Une des filles donne un coup de coude à sa voisine en lui ordonnant de se taire.

Je secoue la tête.

— Bon sang, qu'est-ce qui vous arrive, aujourd'hui ? Bon, je pense qu'on est prêts. Princesse, tu peux grimper. (Je fais un geste en direction de l'échelle qui est cachée par la tour en carton peinte pour donner l'impression qu'elle est faite de pierre et recouverte de vigne vierge.) Prince, tu vas de l'autre côté de la scène et tu attends sans te montrer. Les sorcières, les sorciers et les crapauds, vous restez là. (Une fois que tout le monde est en place, je crie dans la direction d'Elyse.) On est prêts !

— Mademoiselle French ! Mademoiselle French ! (La princesse descend de l'échelle et sautille d'un pied sur l'autre.) Il faut absolument que j'aille faire pipi !

Je soupire et je m'empare du texte.

— D'accord, vas-y, je te remplace le temps que tu reviennes. Mais dépêche-toi.

Elle s'éloigne en courant. Je grimpe en haut de la tour et le rideau se lève.

Une voix féminine commence :

— Il était une fois un prince magnifique qui s'appelait Theo. C'était le chevalier le plus beau et le plus courageux de tout le pays.

Je grimace. Le prince Theo ? Ils ont changé son nom ? C'est une coïncidence. Je jette un coup d'œil au script, sur lequel est écrit prince Verlander.

Une voix masculine poursuit :

— Le prince Theo avait un frère aîné qui avait hérité du royaume de leur père. Il était donc libre de parcourir le pays, de tuer des dragons, de combattre des sorciers maléfiques et de chercher une princesse à sauver.

Quoi ? On en est où ? Je parcours la deuxième page, mais je ne vois pas le texte que le narrateur est en train de lire. Est-ce qu'ils ont tout réécrit ? Je lève les yeux et je pousse un petit cri.

Theo, mon Theo, est debout sur la scène et il porte la couronne que les enfants ont fabriquée pour le prince, ainsi que l'épée en carton.

Quelques rires s'élèvent dans le gymnase. Je cille à plusieurs reprises et je croise son regard ; il me fait un clin d'œil.

Mon cœur se met à battre à toute allure. Qu'est-ce qu'il se passe ?

— Même si le prince était le plus beau, le plus intelligent et le plus courageux chevalier du pays…, poursuit une voix féminine.

— Est-ce que tu as bien dit beau ? l'interrompt Theo à haute voix, en prenant une pose courageuse. N'oublie pas de dire qu'il est beau.

Les enfants et les adultes présents dans le gymnase explosent de rire. Je jette un coup d'œil à l'assemblée et je vois mon chef, l'adjoint, les secrétaires et tous mes collègues.

— Oui je l'ai dit, répond la petite fille en pouffant. Même si le prince était le plus beau, le plus intelligent et le plus courageux chevalier de tout le pays, il n'était pas vraiment heureux.

Theo prend la parole sur un ton théâtral.

— Hélas, même si je suis pourvu de tous les talents que la nature peut donner à un homme, je n'ai jamais sauvé de princesse, c'est pourquoi je suis solitaire et triste.

Un nouveau narrateur prend la parole :

— Le prince décida donc de chercher dans tout le pays une princesse à sauver.

Theo fait semblant de monter un cheval tout autour de la scène, et il cherche dans les coins et derrière le décor.

— Coucou ? Il y a des princesses par ici ? Si quelqu'un a besoin d'être secouru, appelez le 36 15 Prince Bogosse.

J'éclate de rire en même temps que les enfants, tout en secouant la tête, incrédule.

Un autre élève poursuit :

— Un jour, le prince Théo trouva un château dans la forêt avec une tour sur le côté. Il avait entendu dire que les plus belles princesses habitaient toujours dans ce genre de tour, donc il s'approcha en criant.

Theo approche de ma tour.

— Excusez-moi ! Y a-t-il une demoiselle en détresse dans ce château ?

Avant que je puisse réponse, le narrateur poursuit :

— La princesse la plus magnifique que le prince ait jamais vue apparut à la fenêtre. Elle s'appelait Princesse Claire.

Theo s'agenouille.

— Dans tous les paradis, je n'ai jamais vu une étoile briller aussi clairement que vous, belle demoiselle. Si vous tombez du ciel, je vous rattraperai avec bonheur.

Il écarte les bras et je mets la main sur ma bouche tandis que le narrateur poursuit.

— Au grand désarroi du prince, la princesse n'avait pas besoin d'être secourue. Mais elle répondit qu'elle serait ravie d'être son amie.

Un nouveau narrateur se place derrière le micro :

— Le prince, étant très intelligent…

— Et très beau, ajoute Theo.

— Et très beau, poursuit la fillette avec un sourire, il savait que cette princesse était faite pour lui et que si elle ne voulait pas être secourue, il allait devoir gagner son cœur autrement.

— Aha ! fait Théo en levant le doigt et en s'adressant au public. Je vais faire en sorte qu'elle tombe amoureuse de moi ! Je vais lui donner un philtre d'amour ! (Il se tourne vers moi.) Descendez de votre tour, Princesse Claire ! J'ai quelque chose à vous donner !

Il m'adresse un sourire sincère.

Je descends de l'échelle, je prends la main qu'il me tend et je le laisse me conduire au centre de la scène.

— Je n'y crois pas, je chuchote.

— Attends la suite, murmure-t-il entre ses dents. (Puis il fait semblant de me donner quelque chose.) Une collation ?

— Le prince transportait toujours avec lui des feuilletés aux chamallows magiques au cas où il voudrait qu'une jeune femme tombe amoureuse de lui, dit une élève, mais il n'avait jamais utilisé ce philtre sur personne.

— Manges-en un, murmure Theo, dont le regard pétille.

Je fais semblant d'en prendre une bouchée.

— Mmmm. Délicieux !

Theo sourit de toutes ses dents et fait un clin d'œil à l'assistance.

— Comme prévu, la princesse Claire tomba follement amoureuse du prince Theo. Il ne se sentait pas coupable de lui avoir fait avaler un philtre d'amour parce qu'il était fou d'elle et il savait qu'il pourrait la rendre heureuse.

Je joue le jeu, je pose le menton sur le dos de mes mains et je bats des cils dans sa direction. Mais quand Theo s'agenouille devant moi, j'arrête de jouer et je porte les mains à mes joues.

— Princesse Claire, fait-il suffisamment fort pour que tout le monde entende. Vous êtes sans aucun doute la plus adorable, la plus aimable, la plus merveilleuse princesse du pays. Hélas, je n'ai pas de royaume à vous offrir. Pas de sujets à gouverner. Pas de château. Mais si vous voulez bien me faire l'honneur de devenir ma femme, je serai très heureux de rester avec vous dans votre château et d'arrêter de parcourir le pays en étant beau, intelligent et courageux tout le temps. Je passerai ma vie à combattre des dragons uniquement pour vous. Je vous protégerai et je vous chérirai pour toujours.

Il met la main dans sa poche et en tire une petite boîte noire qu'il ouvre.

J'arrête de respirer. Mon cœur explose. La bague la plus belle que j'aie jamais vue scintille sous la lumière.

— Princesse Claire, voulez-vous m'épouser ?

Tout le gymnase garde le silence.

Les larmes aux yeux, je réponds à voix basse :

— Oui.

— Plus fort, Princesse. On ne vous entend pas au fond de la salle, dit Theo.

— Oui ! je crie en battant des mains et en sautant sur place. Oui !

Le gymnase tout entier se met à hurler de joie et à applaudir tandis que Theo me passe la bague au doigt. Quand il se relève, je me jette à son cou en faisant tomber sa couronne en carton. Il me soulève par la taille et je crie de joie.

Quand il me repose par terre, je vois qu'il a les larmes aux yeux lui aussi.

— Et comme vous vous en doutez, dit quelqu'un dans le micro, ils vécurent heureux à jamais !

* * *

— Si tu avais vu ta tête ! s'écrie Jaime en tapant dans ses mains.

Nous dînons tous ensemble ce soir-là pour fêter nos fiançailles : Theo et moi, Jaime et Quinn, et même Margot et Jack. Sans que je m'en rende compte, Jaime et Quinn se sont faufilés dans le gymnase ce matin, de même qu'Aaron et Josie.

Margot est désolée d'avoir raté ça, mais elle est enceinte de dix semaines et elle a des nausées terribles.

— Est-ce que tu as été complètement surprise ? demande-t-elle.

— Totalement. Je ne me doutais de rien.

— J'étais au courant, avoue Jaime, et ça été très dur de tenir ma langue.

— Qui a écrit le texte ? demande Margot. Les enfants ?

— Non, c'est moi, répond Theo avec un sourire. Je l'ai donné à la maîtresse de CM1, et elle l'a communiqué à ses élèves ce matin.

— Les pauvres enfants, dis-je en secouant la tête. Pas étonnant qu'ils se soient montrés aussi agités. Je n'arrive pas à croire qu'Elyse ait tenu sa langue aussi !

— Montre-moi encore la bague. (Jaime s'empare de ma main et soupire.) Elle est magnifique. Theo, c'est génial ce que tu as fait.

Il m'embrasse sur la joue.

— Bien mieux que ce que j'aurais cru possible.

Je lui adresse un sourire et mon cœur accélère sous l'effet de l'amour, de l'orgueil et de l'excitation. Theo ne ressemble pas au prince que je croyais vouloir, mais il est tout ce dont j'ai besoin, maintenant et pour toujours.

# Remerciements

Je remercie du fond du cœur :

Becca Mysoor, ma bonne fée et mon amie. Ce roman est bien meilleur grâce à toi.

Kayti McGee, Laurelin Paige et Sierra Simone, mes sœurs de muscu. Personne ne comprend mieux mes grimaces de nana introvertie que vous.

Jenn Watson, publicitaire et néanmoins amie. Merci de t'être encore occupée du nid.

Melissa Gaston, incroyable assistante. Tu me facilites tellement la vie.

Candi, Nina, Sarah et toute l'équipe de Social Butterfly. Vous êtes géniales. Merci pour tout ce que vous faites !

Erin Remaley, qui a répondu à toutes mes questions sur l'art et m'a généreusement permis de lui voler l'idée du « livre transformé ». Son travail est visible sur Instagram : @after_midnight_ink.

Tamara Mataya, qui a révisé ma concordance des temps, mes « bien », mes « juste » et toutes les décapitations involontaires.

Laura Foster Franks, qui a fait les corrections à toute allure. Je ne laisse jamais assez de temps à personne !

Rebecca Friedman, à la fois pour son soutien indéfectible et pour si bien me représenter.

Mes amies auteures qui m'ont dispensé leurs conseils avec générosité pendant l'écriture de ce roman : Lauren Blakely, Helena Hunting, Staci Hart, Ilsa Madden-Mills, Nicola Rendell, Meghan March et tous les membres de Shop Talkers. J'apprends énormément grâce à vous.

Margaret Provenzano, l'âme la plus bienveillante du monde.

Les PQ, pour votre soutien et votre inspiration.

Mes Harlots, les meilleurs fans du monde. Je vous adore !

Les blogueurs et les organisateurs d'événementiels qui travaillent sans relâche et qui aiment tant la littérature. Je vous aime tous.

Mes lecteurs, à qui je pense sans cesse. J'espère vous avoir fait sourire aujourd'hui.

Et enfin, mon mari, mes enfants et mes parents, qui comprennent pourquoi je ne suis pas toujours là, même quand j'en ai l'air. Je vous aime.

Achevé d'imprimer par Corlet, Imprimeur, S.A. - 14110 Condé-sur-Noireau
N° d'Imprimeur : 188009 - Dépôt légal : décembre 2017 - *Imprimé en France*